ハヤカワepi 文庫
〈epi 7〉

ヘビトンボの季節に自殺した五人姉妹

ジェフリー・ユージェニデス
佐々田雅子訳

epi

早 川 書 房

4785

THE VIRGIN SUICIDES
by
Jeffrey Eugenides

Translated by
Masako Sasada
Published 2001 in Japan by
HAYAKAWA PUBLISHING, INC.
This book is published in Japan by
arrangement with
JANKLOW & NESBIT ASSOCIATES
through JAPAN UNI AGENCY, INC., TOKYO.

ガスとワンダに

ヘビトンボの季節に自殺した五人姉妹

1

リズボン家の最後に残った娘がとうとう自殺を図った朝も――今度はメアリイで、テレーズのときと同じ睡眠薬だった――二人の救急隊員が家に駆けつけた。その家のことなら、ナイフの入った引き出し、ガスオーブン、ロープを吊るすことのできる地下室の梁、もうどれも知り尽くしていた。二人は救急車から降りると、例によって、傍目にはひどくのろのろ行動した。太ったほうが声をひそめてこういった。「これは見せ物じゃないんだからね、みんな。とろとろやってるわけにはいかないんだ」まがまがしいほどに生い茂った低木を縫い、噴き出したように伸びた芝生を越えて、二人は人工呼吸や心臓マッサージ用の重い装置を運んでいった。厄災が始まった十三カ月前には、草も木も手入れが行き届き、きれいに生えそろっていたのが嘘のようだった。

最初に踏み切ったのは、いちばん末のまだ十三歳のセシリアで、入浴中にスティックともいえる強い意思で両手首を切ったのだった。見つかったときには、ピンクのプールの中に、取り憑《つ》かれた人間に特有の黄色い目をして浮かんでいた。小さな体からは成熟した女の匂いが立ち昇っていた。救急隊員たちは、セシリアの異様な静けさにぎょっとして、声もなく立ち尽くした。だが、直後に、ミセズ・リズボンが悲鳴を上げて駆け込んでくると、その場の現実がふたたび目の前に立ち現われた。バスマットの血。便器の水をまだらに染めて、底に沈んだミスタ・リズボンの剃刀《かみそり》。隊員たちはセシリアを湯の中から引き出した。湯の中では出血が早まるからだ。そして、セシリアの腕に止血帯を巻いた。湿った髪は背中に落ちかかり、両手両足は真っ青になっていた。セシリアは何もいわなかったが、両手をひろげてみると、蕾《つぼみ》のような胸に、聖母マリアの肖像のラミネート加工した写真を押しあてていた。

それが六月、ヘビトンボの季節のことだった。毎年、六月になると、ぼくらの町はその命はかない昆虫の浮遊する群れに覆われる。汚れた湖の藻の中から雲霞のように湧き上がって、家々の窓を閉ざし、車や街灯を覆い、公設桟橋を塗り込め、ヨットの帆や柱に取りつき、いつ、どこを見ても、同じ茶色の空飛ぶ泡が漂っているというありさまになるのだ。通り沿いに住んでいるミセズ・シェイアは、セシリアが自殺を図る前の日に見かけたと語った。セシリアはいつものとおり裾を詰めた時代物のウェディングドレスを着て、歩道の端にたたずみ、ヘビトンボにすっぽり覆われた一台のサンダーバードを見つめていた。

「ほうきを持ってきたほうがいいわよ」ミセズ・シェイアが声をかけた。すると、セシリアは巫女のようなどこか神がかりな目つきでミセズ・シェイアを見据えて、「この虫たちは死んでしまうの」といった。「二十四時間しか生きられないの。孵化して、交尾して、それで死んでしまうの。食べる暇さえないの」そういうと、泡のように積もった虫の中に手を突っ込み、虫を払って、自分のイニシャルを書き出した。CL、と。

ぼくらは写真を年代順に並べようとした。だが、あまりに長い時を経た後では、それは容易なことではなかった。そのうちの何枚かは、ぼけてはいるが、非常に意味のあるものだった。資料1の写真には、セシリアが自殺を図る直前のリズボン家が写っている。成長した大家族には手狭になった家を売りに出そうとして、ミスタ・リズボンが委託した不動産屋のミズ・カーミナ・ダンジェロが撮ったものだ。そのスナップショットを見ると、屋根のスレートはまだ一枚も剝がれ落ちていないし、ポーチは茂みに隠れていないし、窓が粘着テープでとめられているということもない。住み心地のよさそうな郊外の家だ。上方の右、二階の窓に写っているぼやけた人影を、ミセズ・リズボンはメアリイ・リズボンと認定した。「あの子はよく髪を梳いてましたからね。自分で髪が弱いと思って」後年、娘がこの世の短い生に何を求めていたかを追想しながら、ミセズ・リズボンはいった。その写真で、メアリイは髪をドライヤーで乾かしているところを捉えられている。頭が燃え立っているように見えるが、それは光線のいたずらにすぎない。それが六月十三日、外気二十八度、晴れた空の下でのことだった。

●

救急隊員たちは出血がぽつりぽつりという状態になったところでひとまずよしとして、セシリアを担架に乗せ、家から運び出して、車まわしに停めた救急車へ向かった。セシリアは女王の輿《こし》に乗った小さなクレオパトラという風情だった。ワイアット・アープ風の口ひげを生やしたひょろ長い隊員が最初に出てくるのが見えた――一家の悲劇を通じて馴染みになってから、ぼくらは彼のことを〝シェリフ〟と呼ぶようになった――その後、太ったほうが担架の後ろの端を担って現われ、芝生をそろそろと歩いていった。犬の糞を踏むまいとでもするように、警察から支給された靴の先をじっと見つめながら。だが、後になって、ぼくらも機器類に詳しくなってみると、それは下を向いて血圧計をチェックしていたのだとわかった。二人は汗をかき、まごつきながら、ライトをちかちかさせ、身震いして待っている車のほうに進んでいった。太ったほうは、ぽつんと立ったクロッケーの柱門につまずいて、腹いせにそれを蹴飛ばした。柱門は泥のしぶきを上げて跳ね飛び、車まわしにピーンという音を立てて落ちた。そうこうするうち、ミセズ・リズボンがセシリアのフランネルのナイトガウンを引きずりながら、ポーチに飛び出してきた。そして、時間も止まれというような長い長い悲嘆の叫びを絞り出した。樹皮の剝げ落ちた木々の下、まぶしいほどに燃え立つ草の上、四つの人影が一瞬静止して、絵のような情景を描き出した。祭壇に生贄《いけにえ》をささげる（車に担架を載せる）二人の奴隷、たいまつを振りかざす（フランネルのナイトガウンを翻す）女司祭、そして肘をついて上体を起こし、蒼白の唇にはこの世のものとは思えない笑みを浮かべた、もうろうとした乙女。

ミセズ・リズボンは救急車の後ろに乗り込んだが、ミスタ・リズボンはステーションワゴンを運転して、制限速度を守りながら、その後を追った。リズボン家の姉妹のうち二人は家を離れていた。テレーズはピッツバーグに出かけて科学関係の集会に参加していた。ボニーはフルートを学ぼうと音楽のキャンプにいっていた。ピアノをあきらめ（手が小さすぎて）、ヴァイオリンをあきらめ（顎が痛んで）、ギターをあきらめ（指先から出血して）、トランペットをあきらめた（上唇が腫れて）あげくのことだった。ボイスレッスンを受けていたメアリイとラックスはサイレンを聞きつけ、ミスタ・ジェサップの家の前の通りを横切って家に駆けつけた。すでに人が密集したバスルームに割り込んだ二人は、セシリアの血まみれの腕、不信心な裸という光景に接して、両親同様、ショックを隠せなかった。外では、土曜日ごとに草刈りをしている頑健な若者、ブッチが刈り残した草地に、人々がたむろしていた。通りの向こうでは、トラックで乗りつけた公園管理局の連中が枯れかけた何本かのニレの木の世話をしていた。救急車がサイレンを響かせながら遠ざかっていくのを、植物学者と作業員たちは殺虫剤散布の手を休めて見送った。車がいってしまうと、ふたたび散布を始めた。資料1の写真の前景にもなっているひときわ堂々としたニレの木は、その後、オランダエルムコガネムシが撒き散らした菌にやられて、結局、切り倒されてしまった。

救急隊員たちはセシリアをカーチェヴァル通りとモーミー通りの角にあるボンセクール病院に運んだ。救急処置室で、セシリアは自分の命を救おうという周囲の試みを薄気味悪いほど無関心に見まもっていた。黄色い目は瞬きもせず、腕に注射針を刺されても、たじろぎもしなかった。アーモンソン医師はセシリアの手首の傷を縫い合わせた。輸血してから五分もたたないうちに、医師は危地を脱したと宣言した。そして、セシリアの顎の下を軽くつついていった。「こんなことしちゃ駄目だろ、うん？　きみはまだ、人生、いかにつらい目にあうかがわかるほどの年にもなってないのに」

そのときだった。生命をとりとめたことで反故《ほご》になってしまったが、ただ一通の遺言状ともとれる言葉をセシリアが口にした。「でも、これははっきりしてます、先生」セシリアはいった。「先生は十三歳の女の子だったことはなかったでしょ」

●

リズボン家の姉妹はそれぞれ、十三（セシリア）、十四（ラックス）、十五（ボニー）、十六（メアリイ）、十七（テレーズ）だった。みんな小柄で、丸いお尻をデニムに包み、ふくよかな頬が同じように肉づきのいい背中の柔らかさを想像させた。ぼくらがちらちらと目をやるたびに、姉妹は露骨なほどくっきりと顔をさらした。まるで、ぼくらがいつもベールをかぶった女しか見ていないとでもいうように。リズボン夫妻にどうしてこんなきれいな子どもたちができたのか、誰にもわからなかった。ミスタ・リズボンはハイスクールで数学を教えていた。痩せて、子どもっぽく見える人で、グレーになった自分の髪に驚いているという風情だった。声も甲高く、後にラックスが自殺騒ぎを起こして病院に担ぎ込まれたとき、ミスタ・リズボンがどんなふうに泣き叫んだか、ジョー・ラーソンから聞いた折りにも、女の子のような泣き声が容易に想像できた。

ぼくらはミセズ・リズボンを見るたびに、かつてはあったに違いない美しさの跡形を見出そうとしたが、結局は徒労に終わった。丸々した腕、ばっさりカットしたスチールウールのような髪、図書館の司書然とした眼鏡には、毎度がっかりさせられるだけだった。ミセズ・リズボンをごくまれに見かけるのは、朝、まだ日も昇らないうちからすっかり身繕いして、露に濡れた牛乳のカートンを取りに出てくるときか、日曜日に一家がパネル張りのステーションワゴンで湖畔のセントポールカトリック教会に出かけるときぐらいだった。そういう日曜の朝、ミセズ・リズボンは終始、女王のような冷ややかさを保っていた。上等なハンドバッグを抱え、娘たち一人一人が化粧をした気配はないか確かめてから、車に乗るのを許可した。もっと露出度の少ないトップを着てくるようにといって、ラックスを家の中に追い返すことも珍しくなかった。ぼくらは誰一人、教会には通っていなかったので、一家が出かけるところをじっくり観察した。父親と母親は、写真のネガのようにすっかり色褪せてしまっていたが、レースと襞《ひだ》で飾られた手製のドレスをまとった五人の輝く娘たちは、よく実った肉体が今にもはじけそうだった。

たった一人だけ家に入ることを許された男の子がいた。ピーター・シセンは、ミスタ・リズボンが学校の授業で使う太陽系の実用模型を取り付けるのを手伝った。そのお返しに、ミスタ・リズボンから夕食に招待されたのだった。シセンの話では、娘たちがテーブルの下、あらゆる方向から絶えず蹴りつけるので、誰がそうしているのかわからなかったということだった。娘たちは熱っぽいブルーの目でシセンを見つめ、混み合った歯並びをのぞかせて微笑みかけた。リズボン家の姉妹の造作の中でぼくらが唯一見出した欠点というのが、その歯並びだった。ボニー一人がピーター・シセンをこっそり見たり蹴ったりはしなかった。一人、祈りを捧げ、静かに食し、十五歳の信心に没頭していた。食事の後、ピーター・シセンはトイレを借りたいと頼んだ。一階のバスルームはテレーズとメアリイの二人が入ったきり、いつまでもくすくす笑ったりささやいたりして出てこなかったので、二階の娘たち専用のバスルームにいかなければならなかった。シセンはぼくらにそのときの土産話をした。ベッドルームはどれも、くしゃくしゃのパンティー、娘たちの情熱のままに抱き締められて押しつぶされた動物のぬいぐるみ、ブラジャーが垂れ下がった十字架、天蓋がついたベッドの薄く透き通った幕、そして、同じ窮屈な空間でともに女になろうとしている少女たちが発散する匂いといったものがひしめきあっていた。バスルームでは、蛇口を開きっぱなしにして物音を覆い隠しながら、ひそかに探索を行なった。その結果、洗面台の下の固く縛ったソックスの中にメアリイ・リズボンが隠匿した化粧品を見つけた。赤い口紅や頬紅や下地のチューブ、それに脱毛剤。ぼくらは見たことがなかったが、メアリイには口ひげが生えていることがそれでわかった。実をいうと、二週間後、桟橋でメアリイ・リズボンを見かけるまで、ピーター・シセンが見つけた化粧品が誰のものかはわからなかった。そのときのメアリイの真紅の口もとが、シセンの述べた色合いと一致したのだ。

シセンは脱臭剤や香水、垢をこすり落とすたわしも在庫目録にあげた。ぼくらは膣洗浄器がどこにもなかったということに驚いた。女の子は毎晩、歯を磨くように膣洗浄をするものと思い込んでいたからだ。だが、その失望もすぐに忘れ去ってしまった。ぼくらのどんなに狂おしい想像もしのぐ発見をシセンが物語ったからだ。何と、ごみ缶の中に、汚れのついたタンパックスが捨てられていたというのだ。それはリズボン家の姉妹の一人の体内から出てきたばかりのものだった。みんなのもとに持って帰りたかった、とシセンはいった。現代絵画か何かのように、気持ち悪いというよりはむしろ美しいもので、あれはぜひ見なければならないというのだ。シセンがついでに戸棚の中のタンパックスを数えたら十二箱あった。ちょうどそのとき、ラックスがドアをノックして、中で死んでしまったのではないかと訊いてきたので、あわててドアを開けた。食事のとき、ヘアクリップでとめてあったラックスの髪は、肩に流してあった。ラックスはバスルームに立ち入ろうとはせずに、シセンの目をじっと見つめた。それから、ハイエナのような独特の笑い声を響かせ、シセンを押しのけるようにして通ると、こういった。「ねえ、バスルームを占領してたの？　わたし、要るものがあるんだけど」ラックスは戸棚に歩み寄ると、そこで立ち止まって、両手を後ろで組み合わせた。「これ以上は駄目よ。悪いけど」ラックスはいった。ピーター・シセンは顔を赤らめ、階段を駆け下りると、リズボン夫妻にお礼をいうなり、あたふたと辞去して、ぼくらのところに報告に駆けつけた。ラックス・リズボンはその瞬間、両脚の間から血を流していた、と。外では、ヘビトンボが空を汚し、街灯がつけられていた。

●

ポール・バルディノはピーター・シセンの話を聞くと、リズボン家の内部に侵入して、シセンが見た以上の想像もつかないようなものを見てくると誓った。「おれはよ、あいつらがシャワー浴びてるところ、見てくるからな」と断言した。ポール・バルディノは十四という年で、すでにギャングの度胸と殺し屋の風貌を併せ持っていた。それは、父親のサミイ・〝ザ・シャーク〟・バルディノ譲りであり、石に刻んだ二頭のライオンが正面の階段脇に鎮座するバルディノ邸に出入りする男たちに共通するものだった。ポールはオーデコロンを香らせ、爪にマニキュアをした都会の肉食獣という趣で、けだるそうに恰好をつけてのし歩いた。ぼくらはポールが怖かった。恐ろしいほどぶよぶよのポールの従兄弟、リコ・マノロとヴィンス・ファシリも怖かった。それは、新聞でたびたびお目にかかるバルディノの家や、イタリアから移植した月桂樹に囲まれた車まわしに滑り込む防弾仕様の黒塗りのリムジンのせいではなく、ポール自身の目の下の濃い隈や巨大なヒップ、野球をするときでさえ脱ごうとしないぴかぴかに磨いた靴のせいだった。ポールはそれ以前にも禁断の場に忍び込んだことがあった。ポールの持ち帰る情報がいつも信用できるとは限らなかったが、その大胆な偵察行には舌を巻くしかなかった。六年生のとき、女の子たちが特別な映画を見るために講堂に集まったことがあった。講堂にもぐり込んで、古い投票用紙記入所に隠れたポール・バルディノが、何の映画なのか報告してくれることになっていた。ぼくらは運動場に出て、小石を蹴りながら待っていた。ポールが楊枝を嚙み、金の指輪をもてあそびながら、ようやく現われたときには、期待で息が詰まりそうになった。

「映画、見てきたぞ」と、ポールはいった。「何のことかわかった。いいか、あのな、女の子はな、十二かそこらになると」――ポールは身を乗り出した――「おっぱいから血が出るんだ」

その後はぼくらのほうがもの知りになったが、ポール・バルディノはあいかわらずぼくらを畏敬させていた。サイのようなヒップはますます大きくなり、目の下の隈はますます黒ずんで、葉巻の灰と泥を混ぜたような色になり、死神の古馴染みといった印象をかもしていた。それがちょうど、脱出用トンネルの噂がひろがりはじめたころの話だった。二、三年前のこと、うりふたつの白いシェパード二頭がいつもうろついているバルディノ邸の忍び返しのついた塀の向こうに、ある朝、作業員の一団が姿を現わした。その一団は梯子に防水シートをかけて、何の作業をしているかを覆い隠した。三日後、シートが払いのけられると、芝生の真ん中に人造の木の幹が立っていた。それはセメント製で、樹皮そっくりの色を塗られ、贋《にせ》の節穴や二本の切られた大枝でみごとに偽装されていた。切り株にされた無念を示すかのように、大枝は天を指していた。その木の中ほどに、チェーンソーで切り込まれたような楔形の隙間があって、そこには鉄格子がはめられていた。

ポール・バルディノは、あれはバーベキューの炉だといい、ぼくらはそれを信じた。だが、その炉は据え付けに五万ドルかかったというのに、ハンバーガーやホットドッグの一つも焼いたことがない、と新聞は報じた。それからまもなく、あの木の幹は脱出用トンネルの入口で、サミイ・ザ・シャークがモーターボートを置いている川岸の隠れ家に通じており、作業員たちは掘るのを隠すためにシートを吊るしていたのだ、という噂がひろがりはじめたのだった。噂が流れてから数カ月後、ポール・バルディノが雨水を流す下水道を通って、他人の家の地下室に現われるようになった。チェイス・ビューエルの家には、灰色の埃に覆われ、うっすらと糞の臭いを漂わせて上がってきた。ダニイ・ツィンの穴蔵にも押し入ってきたが、そのときは懐中電灯、バット、死んだネズミ二匹を入れた袋を持っていた。そして、果てはトム・ファヒームの家のボイラーの手前にまでたどり着いて、ガンガンと三回も大きな音を響かせたのだった。

自分の家の下を走る下水道を探検しているうちに迷ってしまった、というのがポールの決まった説明だった。だが、ポールは親父のトンネルで遊んでいたのではないか、とぼくらは疑うようになった。リズボン家の姉妹がシャワーを浴びているところを見てやるとポールが吹くのを聞いて、ぼくらはみんな、ポールがよその家に入ったのと同じ道筋を通ってリズボン家に侵入しようとしているのだと思った。結局、何があったのか、正確なところはわからなかった。警察はポール・バルディノを一時間以上にわたって尋問したが、ポールはぼくらにしゃべった以上のことはしゃべらなかった。自分の家の地下室の下の下水道にもぐり込み、一時に数フィートずつ歩いて進んだ、というのがポールの話だった。中には、作業員たちが残していった驚くほど大量のパイプ、コーヒーカップ、タバコの吸いさし、あるいは洞窟絵画にも似た裸の女の木炭画があった。それから、いきあたりばったりに暗渠を進んだ。人家の下を通ると、料理しているものの匂いが伝わってきた。そして、最後に、リズボン家の地下室の下水用の鉄格子を押し開けて中に入った。汚れを払い落としてから、誰かいないかと一階に上がってみたが、人の気配はなかった。何度も大声で呼びかけながら、部屋から部屋を見てまわった。階段を上って二階へもいってみた。廊下を進んでいくと、水が流れる音が聞こえてきた。バスルームのドアに近寄ってみた。本人の言い分では、ちゃんとノックもした。そして、バスルームに踏み込んで、手首から血を流している裸のセシリアを見つけた、ということだった。ポール・バルディノはショックから立ち直ると、階段を駆け下り、まずまっさきに警察に通報した。それが、何かのときはそうしろと親父からいつも教えられていたことだったからだ。

●

当然のことながら、最初にラミネート加工した写真を見つけたのは救急隊員たちだった。何しろ急場だったので、太ったほうがとりあえずポケットに入れた。病院に着いてしばらくしてから、それをリズボン夫妻に渡さなければ、とようやく思いついた。その時点では、セシリアは危地を脱し、両親は混乱しながらも一安心して、待合室に座っていた。ミスタ・リズボンはまず娘の命を救ってくれたことを隊員に感謝した。それから、写真をひっくり返し、裏に印刷されたメッセージに目を通した。

聖母マリアがこの砕け散った世界に平和をもたらすメッセージを携えて、わたしたちの町に御降臨なさいました。ルルドやファティマでのように、聖母はあなたのような人々にも拝謁を許されます。詳しくは555-MARYにお電話を。

ミスタ・リズボンはその言葉を三度読み返した。それから、うちひしがれたような声でいった。「あの子には洗礼を受けさせ、堅信式も受けさせたのに、今になってこんな駄ぼらを信じるなんて」

試練の間を通じて、ミスタ・リズボンが罰当たりなことを口にしたのはこのときだけだった。ミセズ・リズボンはその写真をくしゃくしゃに握りつぶすという反応を示した（それでも、写真は何とか生き残った。ぼくらはそのコピーを持っている）。

地元紙は自殺未遂の記事を没にした。一面の女子青年連盟フラワーショーの記事と最終面のにっこり笑った花嫁の写真の間に、そんな暗い情報を入れるのはふさわしくない、と編集長のミスタ・ボービーが判断したからだ。その日の紙面でただ一つ報道価値があるといえる記事は墓地労働者のストライキ（滞る遺体、見えない解決）だったが、それは四面のリトルリーグの記録の下に載せられた。

リズボン夫妻は帰宅すると、家に残った娘たちともどもひっそり閉じこもり、何が起きたかについては一言もしゃべらなかった。ただ一度、ミセズ・シェイアに突っ込まれたとき、ミセズ・リズボンが〝セシリアの事故〟に触れただけだった。それも、セシリアが転んだときに怪我をしたといういいかたで。しかし、血ならもう飽きるほど見てきたポール・バルディノが、正確、かつ客観的に、自分が何を目にしたかをぼくらに語ってくれた。セシリアが自分を傷つけたのは疑いのないところだった。

剃刀が便器の中にあったというのはおかしいと気づいたのはミセズ・バックだった。

「バスタブの中で手首を切ったとしてごらんなさい」と、ミセズ・バックはいった。「剃刀は脇のほうにでも置いておくだけじゃないかしら？」それで、セシリアはまず一度お湯の中に入って手首を切ったのか、あるいは、血に汚れていた例のバスマットに立って切ったのか、という疑問が生まれた。ポール・バルディノはそれを明快にかたづけた。「あいつは便器に座ってやったんだ」といった。「それから、バスタブに入った。それで、そこらじゅうに血を撒き散らしたんだ」

セシリアは一週間にわたって保護観察下におかれた。病院の記録によると、セシリアの右手首の動脈は完全に切断されていた。セシリアが左利きだったからだ。だが、左手首の傷はそう深くはなく、動脈の下側はそっくりそのまま残っていた。結局、左右それぞれの手首を二十四針縫うことになった。

セシリアは例のウェディングドレス姿で帰ってきた。妹がボンセクールの看護婦をしているミセズ・パッツによると、病院のガウンを着るのを拒み、自分のウェディングドレスを持ってきてくれと言い張ったそうだ。病院の精神科のホーニッカー医師は、セシリアをなだめるにはそれがいちばんいいと考えたらしい。セシリアは雷雨の中を家に帰ってきた。最初の落雷のバリバリッという音がしたとき、ぼくらは通りの向かいのジョー・ラーソンの家にいた。窓をみんな閉めるように、と階下からジョーのおふくろさんが叫んだ。ぼくらは手近の窓へ走った。外は底知れぬ真空状態に陥ったように大気が静まりかえっていた。と思うと、さっと風が吹いてきて、紙袋をあおりたてた。紙袋は宙に浮き、くるくるまわって、木の低い枝にひっかかった。それから、真空状態を破る土砂降りがやってきて、空は墨を流したように黒く染まった。そこへ、リズボン家のステーションワゴンが暗闇に紛れようとするように走ってきたのだった。

ぼくらはジョーのおふくろさんに見にこないかと声をかけた。すぐにカーペットを敷いた階段を急ぎ足で上る足音がして、おふくろさんも窓際に陣取ったぼくらの仲間に加わった。それが火曜日のことで、おふくろさんは家具のつや出し剤の匂いをぷんぷんさせていた。ミセズ・リズボンが片足で車のドアを開け、頭が濡れないようにハンドバッグをかざして外に降り立つのを、ぼくらは一緒になって見まもった。ズ・リズボンは顔をしかめながら、体を屈めて後ろのドアを開けた。雨はますます降りつのってきた。ミセズボンの髪が顔に落ちかかった。ようやく、雨に煙る視界の中にセシリアの小さな頭が現われ、両腕を吊るした三角巾のせいか、妙にぎくしゃく動きながら浮かび上がってきた。

セシリアが両足を踏ん張って立ち上がり、走り出そうという姿勢をとるまでには、しばらく時間がかかった。転がるように飛び出したときには、左右の三角巾をキャンバスの翼のようにひろげていた。その左肘をミセズ・リズボンが支えて、家の中へと誘導した。そのときにはバケツをひっくり返したような降りになって、通りの向こうは見えなくなっていた。

それに続く日々、ぼくらはたびたびセシリアを見かけた。セシリアはよく家の正面の階段に腰を下ろし、茂みから赤い実を摘み取って食べたり、果汁で掌《てのひら》をべとべとに汚していた。いつもウェディングドレスを着ていたが、足はむきだしで泥だらけだった。日が前庭を照らす午後になると、歩道の割れ目にうごめくアリをながめたり、生い茂った草の上に仰向けになって雲を見上げたりしていた。四人の姉の誰かが必ずそれに付き添っていた。テレーズは科学の本を正面の階段に持ち出して、深宇宙の写真を見ていた。そして、セシリアが庭の外れまでさまよい出るたびに、さっと視線を上げた。ラックスはビーチタオルをひろげ、その上で横になって体を焼いていた。その間、セシリアは自分の脚を棒でひっかいてアラビア模様を描きつけていた。ときとして、セシリアは自分の見張り役に声をかけて近寄り、首っ玉にかじりついて、耳もとに何かささやきかけることもあった。

セシリアがなぜ自殺を図ったかについては、諸説紛々だった。ミセズ・ビューエルは、責められるべきは両親だといった。「あの子は死にたかったわけじゃないのさ」と、ぼくらにいった。「家を出たかっただけなんだよ」ミセズ・シェイアはそれを補足してこういった。「あの虚飾の構図から逃れたかったのよ」セシリアが退院して家に戻ってきた日、この二人はブントケーキ（リング状のケーキ）を持って見舞いにいった。ところが、ミセズ・リズボンは災難があったということを頑として認めようとしなかった。ぼくらは、あれからずいぶん年をとって途方もなく太ったミセズ・ビューエルと会った。あいかわらずクリスチャンサイエンス信者のご主人とは別のベッドルームで寝ていた。ベッドの上でかろうじて上体を起こし、あいかわらず真珠をちりばめた猫の目形のサングラスをかけ、中身はただの水という丈の高いグラスを揺らして角氷をカラカラいわせていた。それだけでなく、怠惰な午後の新たな匂い、つまり昼メロの匂いまでぷんぷんさせていた。「リリイと一緒にブントケーキを持っていったらね、あの女、娘たちに二階に上がるようにいうんだよ。わたしたち、いったんだ。『まだあったかいから、みんなで分けて食べてちょうだい』って。なのに、あの女、ケーキを受け取ると冷蔵庫に入れちゃうんだからね。わたしたちの目の前で」ミセズ・シェイアの記憶はそれとは違っていた。「こういっちゃなんだけど、ジョーンはもう何年も酒びたりだものね。実際はね、ミセズ・リズボンはとっても丁寧にお礼をいったの。ちっともおかしなところはなかったわ。わたしなんか、あの子が転んで怪我しただけっていうのはほんとなんじゃないかと思いはじめたもの。ミセズ・リズボンはわたしたちをサンルームに案内して、みんなでケーキを食べたわ。ジョーンは途中でいなくなっちゃったけど。たぶん、もう一杯やりにうちに帰ったんじゃないかしら。わたしはべつに驚きもしなかったけど」

ぼくらは奥さんの部屋の先のスポーツの趣味で統一されたベッドルームで、ミスタ・ビューエルと会った。棚には、離婚して以来、愛してやまない最初の奥さんの写真が立てかけてあった。ぼくらを迎えようとデスクから立ち上がったミスタ・ビューエルは、信仰でも癒されることのなかった肩の傷のせいで、あいかわらず体を前に屈めていた。「あれは、この悲しむべき社会のほかのできごとと何も変わりはなかった」と、ぼくらにいった。「みんな、神とは無縁のことだったからな」ぼくらがラミネート加工した聖母マリアの写真のことを指摘すると、ミスタ・ビューエルはこういった。「あの子はイエスの写真を持っていなければならなかったのだ」ぼくらは無数の皺ともじゃもじゃの白い眉毛を透かして、遠い昔、フットボールのパスのしかたを教えてくれた人のハンサムな顔だちを垣間見た。ミスタ・ビューエルは第二次大戦中はパイロットだった。ビルマで撃墜されたが、部下を率いてジャングルを百マイルも踏破して安全圏に脱出した。それ以後、どんな種類の薬も、アスピリンさえも受けつけなくなった。ある冬、スキーをしていて肩の骨を折ったが、X線写真を撮ることだけは納得しても、それ以上の処置はさせなかった。そのとき以来、ぼくらがタックルしようとすると尻込みし、片手だけで熊手を操って枯れ葉をかき集めるようになった。その一方、日曜の朝、パンケーキをさっとひっくり返す芸当を見せることはなくなった。だが、ほかの点では変わることなく、ぼくらがみだりに主の名を口にしたりすると、優しくたしなめるのだった。ベッドルームで見たとき、その肩はなだらかな猫背にそのまま連なっていた。「あの娘たちのことを考えると悲しい」ミスタ・ビューエルはいった。「何という人生の浪費だ」

だが、当時の通説は、ドミニク・パラツォーロに責任があるというものだった。ドミニクは移民の子で、家族がニューメキシコに落ち着くまでの間、こちらの親戚に預けられていた。ぼくらの仲間うちで最初にサングラスをかけた少年で、きてから一週間もたたないうちにもう恋に落ちていた。その欲求の対象はセシリアではなく、ダイアナ・ポーターだった。栗色の髪、長いがきれいな顔をした少女で、湖畔の蔦《つた》のからまる家に住んでいた。クレーコートで髪を振り乱してテニスをしているところや、プールサイドのリクライニングチェアに横たわって玉の汗を流しているところを、ドミニクがフェンス越しにのぞいているということにダイアナはあいにく気づかなかった。ぼくらの溜まり場、ぼくらのグループにいても、ドミニク・パラツォーロは野球やバス通学の話には加わらなかった。英語はほんの片言しかしゃべれなかったからだ。それでも、ときどき頭をぐいと後ろにそらせて、サングラスに空を映しながら、こういった。「おれ、彼女を愛してる」そういうたびに、自分でも驚くような深遠なことがらを口にしているという顔をした。まるで、咳をするたびに真珠を吐き出しているというふうだった。六月のはじめ、ダイアナ・ポーターが休みを利用してスイスに旅立つと、ドミニクはひどくがっかりした。「ふざけんなよ」元気なくつぶやいた。「こんちくしょう」そして、自らの絶望と自らの愛の正当性を示すため、親戚の家の屋根に上って、そこから飛び降りたのだった。

ぼくらはドミニクを見ていた。同時に、家の前庭からのぞいているセシリア・リズボンを見ていた。ぴったりしたパンツ、カウボーイブーツ、オールバックできめたドミニク・パラツォーロは、家の中に入っていった。一階の一枚ガラスのはめ殺し窓の脇を通りすぎたかと思うと、首にシルクのハンカチを巻きつけて、二階の窓に姿を現わした。そこから壁の出っ張りによじ登り、さらに体を揺すって平らな屋根の上に上がった。空中に立つと、さすがのドミニクも、ぼくらがヨーロッパの人間に対して抱いているイメージのとおり、脆弱《ぜいじゃく》で病的で神経質に見えた。ドミニクは高飛び込みの選手のように屋根の縁を爪先立って進むと、「おれ、彼女を愛してる」とつぶやきながら落下し、窓の外を過ぎて、計算どおり、庭の植え込みの中に突っ込んだ。

ドミニクは怪我もしなかった。愛の証《あかし》の飛び降りを敢行した後、すっくと立ち上がった。同じブロックの先で、それを自己流に発展させたのがセシリア・リズボンなのだ、と主張する人々もいた。学校でセシリアを知っていたエイミイ・シュラフの話によると、卒業式直前の一週間、セシリアが話すことといったらドミニクのことばかりだった。セシリアは試験勉強をするかわりに、自習室にこもって百科事典で〝イタリア〟の項を調べるのに時間を費やした。そのうち、挨拶も「チャオ」といいはじめ、湖畔のセントポールカトリック教会に入り込んで、聖水を額に振りかけるようになった。カフェテリアでは、お決まりの食べ物の匂いが鼻につく暑い日でさえも、必ずスパゲティミートボールを食べた。ドミニク・パラツォーロと同じ食べ物を食べれば、より彼に近づけるとでもいうように。イタリア熱が頂点に達すると、十字架まで買い込んだ。ピーター・シセンがブラジャーを掛けてあるのを見たというのはその十字架だった。

この説の支持者が決まって指摘する重要な事実が一つあった。セシリアの自殺未遂の前の週、ドミニク・パラツォーロがニューメキシコの家族に呼び寄せられたということだ。ドミニクはまたそこらじゅうで、くそくらえなどと暴言を吐きちらした。ニューメキシコはスイスからもっと遠くなるからだった。ちょうどそのころ、スイスでは、ダイアナ・ポーターが夏の木立の下をそぞろ歩きし、ドミニクがカーペットクリーニング業者として受け継ぐことになっていた世界からは手の届かないところへ去っていこうとしていた。エイミイ・シュラフにいわせると、セシリアがお湯の中に自らの血を放出したのは、人生が耐え難くなったときに古代ローマ人がそうしたからであり、ドミニクがサボテンを縫って走るハイウェイで知らせを聞けば、自分を愛していたのはセシリアだったのだと悟るだろう、と考えたからだった。

精神科医の報告書というのは、病院関係の記録の中ではもっとも興味をひくものだ。セシリアと話した後、ホーニッカー医師が下した診断は、彼女の自殺は思春期のリビドーが催す衝動が抑圧されることで刺激された攻撃的行動であるというものだった。ずいぶん形の違う三つのインクのしみを見せられて、セシリアはどれも「バナナ」と答えた。また、「刑務所の鉄格子」「沼地」「アフロヘア」あるいは「原爆が落ちたあとの地球」にも見立てた。なぜ自殺を企てたのかと訊かれると、「あれは間違いだったの」と答えるだけで、ホーニッカー医師が重ねて訊くと口を閉ざしてしまった。「傷の重さにもかかわらず」と、医師は書いている。「患者が本気で自らの生命を絶とうとしていたとは思えない。患者の行為は助けを呼ぶ叫びだったのである」医師はリズボン夫妻と会って、少し手綱を緩めるように勧めた。「学校という体系の外側に、自分と同年齢の男性と交流することができるような社会的出口を持つこと」は、セシリアのためになるだろうと考えたのだ。「十三歳という年齢なら、同じ年頃の少女たちとの絆を保つために、あたりまえとされる程度の化粧は許されてしかるべきである。共有されている習慣を真似ることは、個体化のプロセスの不可欠な一歩である」

そのときから、リズボン家に変化が見えはじめた。ラックスはほとんど毎日、セシリアの見張りをしていないときでも、タオルの上に寝そべって体を焼いた。ナイフ研ぎの男が十五分間、無料実演のサービスをしたのは、その水着姿のせいだった。娘たちがしょっちゅうばたばた出入りするようになったので、玄関のドアは開けっ放しにされた。一度、ぼくらがジェフ・マルドラムの家の外でキャッチボールをしていたとき、女の子たちのグループがリヴィングルームでロックンロールに合わせて踊っているのが見えた。みんな、どうしたらうまく動けるか、ひどく真剣に練習しているようだった。ところが、面白半分で踊っていたということがわかって、おやと思わされた。ジェフ・マルドラムがガラスをトントン叩いてブチュッとキスするような音をさせたとたん、女の子たちはさっとシェードを引き下ろしたのだ。女の子たちが姿を隠す前、奥の本棚の近くに、お尻にハートの刺繡のあるベルボトムのブルージーンズをはいたメアリイ・リズボンの姿が見えた。

ほかにも奇蹟的な変化があった。リズボン家の草刈りをしていたブッチは、家の中に入ってコップで水を飲むことを許され、外の蛇口で飲む必要はなくなった。汗にまみれ、シャツを脱いで刺青をむきだしにしたブッチが、娘たちの生身の姿が見られるキッチンにまっすぐ入っていったのだ。だが、ブッチの筋肉と貧しさに怖じ気づいていたぼくらは、何を見たか訊くのを遠慮した。

リズボン夫妻の双方が、たがを緩めることに同意したのだろう、とぼくらは思っていた。ところが、後年、ミスタ・リズボンに会ったとき、奥さんは精神科医の意見に賛成していたわけではなかったと聞かされた。「女房はほんの一時、譲歩しただけだよ」ミスタ・リズボンはそのときにはもう離婚して、ワンルームのアパートメントで独り暮らしをしていた。床は木の削り屑で覆われ、棚には木彫りの鳥や蛙がひしめきあっていた。ミスタ・リズボンによると、ダンスも禁じられた娘たちでは、顔色が悪く、胸がへこんだような男しか夫にできないだろう、と内心思っていたので、自分の妻の厳格さには長い間ずっと疑問を抱いていたそうだ。それに加えて、籠《かご》の鳥同然の娘たちが発する匂いにも辟易させられるようになっていた。ときどき、自分は動物園の鳥小屋で暮らしているのではないかと感じたりもした。目をやる先々にヘアピンや毛のからまった櫛があったし、女ばかりが家の中を歩きまわっているせいで、女たちに自分が男だということを忘れられ、目の前でおおっぴらに生理の話をされる始末だった。セシリアはほかの娘たちとちょうど同じ日に生理が始まったばかりだった。娘たちはみんな、月のもののリズムがぴったり一致していた。毎月のその五日間はミスタ・リズボンにとっては迷惑この上ないものだった。アヒルに餌をやるように頻繁にアスピリンを飲ませ、テレビで犬が殺されたといって引き起こされる阿鼻叫喚を鎮めなければならなかった。また、〝毎月のあの時期〟の間、娘たちは何とも派手に女らしさをひけらかした。みんな、ふだんよりけだるそうに振る舞い、階段を下りるにもしゃなりしゃなりと恰好をつけ、ウィンクしてはこういうのだった。「今、お客さんがきているの」夜になると、タンパックスを買いにやらされることもあった。それも一つではなく四つ五つで、薄い口ひげを生やした若い店員ににやにやされた。ミスタ・リズボンは娘たちを愛していた。みんな、かけがえのない存在だったが、それでも男の子が二、三人いてくれたらと思わずにはいられなかった。

セシリアが家に戻ってから二週間後に、ミスタ・リズボンが奥さんを説得し、娘たちが短い生涯の中で最初で最後のパーティーを開くのを許したのには、そういう背景があったのだ。ぼくらもみんな、工作用紙を用いた手作りの招待状をもらった。それには、フェルトペンでぼくらの名前を書き込んだ風船がくっついていた。バスルームでの空想でしか訪れたことがない家に正式に招待されたぼくらの驚きは並たいていのものではなく、お互いに招待状を比べ合ってみるまで本物とは信じられないくらいだった。リズボン家の娘たちがぼくらの名前を知っていた、あの娘たちの繊細な声帯からぼくらの名前が発音されていた、それが娘たちの生活で何らかの意味を持っていた。そういうことがわかると、わくわくせずにはいられなかった。娘たちはぼくらの名前の正しい綴りを苦労して調べ、電話帳や木に打ちつけられた金属板で住所を確認したに違いなかった。

パーティーが間近に迫り、ぼくらは飾りつけやその他の準備の気配があるかどうか確かめようと家をうかがってみたが、それらしいものは何も見当たらなかった。黄色い煉瓦はあいかわらず教会が運営する孤児院といった趣だったし、芝生はしんと静まりかえっていた。カーテンが擦れ合う音もせず、六フィート分のサブマリンサンドイッチや容器何杯分ものポテトチップを積んだヴァンが配達にくる様子もなかった。

そして、その晩がきた。ブルーのブレザー、カーキ色のズボン、クリップ留めのネクタイに身を固めたぼくらは、それまで何度となくそうしてきたように、リズボン家の前の歩道を歩いていった。だが、その晩は、家に通じる小道に曲がり込み、赤いゼラニウムの鉢に挟まれた玄関の階段を上がって、ベルを鳴らした。ピーター・シセンはいかにもリーダー然と振る舞い、うんざりしたというような顔さえ見せて、何度も繰り返しいった。「まあ、見てろって」そのうち、ドアが開いた。ぼくらの上方の薄闇の中に、ミセズ・リズボンの顔が現われた。入るようにいわれて、ぼくらは押し合いへし合いしながら戸口を通り抜けた。玄関の間のラグを踏んだとたん、ピーター・シセンによるリズボン家の描写はすべて間違いだということがわかった。女のカオスというような悩ましい雰囲気はなく、干からびたポップコーンの臭いがかすかに漂うだけの、味気ないほどきれいにかたづいた家だということが見てとれた。アーチの上には、〝この家に神の祝福あれ〟と刺繡したレースが額に入れられて飾られていた。右手のラジエーターの棚の上には、ブロンズの赤ん坊の靴が五つ保存され、リズボン家の姉妹のまだ刺激的でなかった幼児期を今に伝えていた。ダイニングルームの家具調度は、簡素な植民地時代風のものばかりだった。一方の壁には、ピルグリムファーザーズが七面鳥の羽をむしっている絵が掲げられていた。リヴィングルームでは、オレンジの敷物と茶色のビニールのソファーが目についた。ほかに、ミスター・リズボンの布張りのリクライニングチェアが、小さなテーブルの傍らに置いてあった。テーブルの上には、まだ帆や柱はないが、船首に豊満な胸の人魚の像が描かれた、つくりかけの帆船の模型が載っていた。

ぼくらは地下の娯楽室に案内された。滑り止めの金具をつけた急な勾配の階段を下っていくにつれ、階下の照明が明るさを増し、まるでどろどろに溶けた地球のコアへ近づいていくような感じがした。最後の一段を下りたときには、ほとんど目がくらんでいた。頭上では蛍光灯が低いうなりをあげ、どのテーブルの上でも卓上スタンドが輝いていた。バックルのついた靴の下でも、緑と赤の市松模様のリノリウムが燃え立っていた。トランプ用のテーブルの上では、パンチボウルから溶岩のような中身が噴きこぼれていた。パネル張りの壁はきらきら反射して、最初の数秒間は、リズボン家の姉妹も、天使の群れに似た光の模様としか見えなかった。しかし、そのうち照明に目が慣れると、それまで気づいたことのなかった事実が見えてきた。リズボン家の姉妹はそれぞれが別人だという事実が。ぼくらが姉妹を特別視したのは同じブロンドの髪、同じふくよかな頬を持つ五つの複製と見たからだったが、それぞれの個性が顔だちを変え、表情を変えはじめていた。自己紹介で本名のボナヴェンチャーを名乗ったボニーは、やや黄ばんだ顔色と尼さんのような尖った鼻をしているのがすぐに目についた。目は潤んで、背はほかの姉妹より一フィートほど抜きん出ていた。その差の大半は、後日、ロープに吊るされることになる長い首に由来していた。テレーズ・リズボンは肉づきのいい顔、雌牛のような頬と目をしていた。ぎこちなく前に進み出て、ぼくたちに挨拶した。メアリイ・リズボンの髪は濃い色をしていた。富士額で、上唇の上には産毛が生えていた。それが母親が脱毛剤を見つけるきっかけになった。ぼくらが抱いていたリズボン家の姉妹のイメージそのままというのは、ラックス・リズボンただ一人だった。ラックスは健康さと悪戯《いたずら》っ気を発散させていた。体にぴったりフィットしたドレスを着て、前に進み出て握手する段になると、こっそりぼくらの掌を指でくすぐり、妙にしゃがれた笑い声をあげた。セシリアはいつものように丈を詰めたウェディングドレスを着ていた。そのドレスは一九二〇年代の時代物で、ぶかぶかの胸にはスパンコールの飾りがついていた。セシリア本人か中古服の店の人間か知らないが、誰かがドレスの裾をぎざぎざに切り落としたために、擦りむいた膝の上までしか丈がなかった。セシリアは背の高いスツールに座り、パンチのグラスをじっと見つめていた。ドレスが不恰好にたるんで体に落ちかかっていた。唇には赤いクレヨンを塗っていた。そのせいで、頭のおかしい娼婦というような顔になっていたが、本人はまったく周囲の目を気にする様子もなかった。

とにかく、セシリアにはかまわないほうがいいということはわかっていた。もう包帯はとれていたが、ブレスレットをいくつもつけて傷痕を隠していた。姉たちが一人もブレスレットをつけていなかったことから察すると、みんな、手持ちのものをセシリアにやったのだろう。ブレスレットはずれたりしないよう、粘着テープで肌にくっつけてあった。ウエディングドレスには、病院の食事、たぶんニンジンとビートのシチューの染みがついていた。ぼくらはパンチを手にして部屋の一方の側にかたまって突っ立った。リズボン家の姉妹はその反対側に立った。

ぼくらは大人が付き添うようなパーティーには出たことがなかった。ぼくらが馴染んでいたのは、両親が町にいないときに兄貴たちが開くようなパーティーだった。暗い部屋で何人もの体が揺れ動き、音楽ががんがん鳴り、バスタブに放り込んだ氷の上にはビールの小樽が並び、廊下では大騒動が起こり、リヴィングルームの彫刻はぶち壊されるという態《てい》のものだった。リズボン家のパーティーは、そういうものとはまったく趣が違っていた。テレーズとメアリイがドミノに興じるのをぼくらが見まもっている間、ミセズ・リズボンはせっせとパンチをつぎたしてまわっていた。部屋の向こうでは、ミスタ・リズボンが自分の道具箱を開けていた。ぼくらに爪車を見せ、それを手の中でまわしてウィーンというような音をさせた。それから、溝彫り器と称する細長い尖った管、パテでカバーされた削り器、尖った先端のついた測定器といった器具を次々に披露した。そういう道具のことを語るとき、ミスタ・リズボンは声をひそめ、ぼくらのほうを見ようともせず、道具そのものにじっと見入っていた。そして、道具の端から端まで指を這わせたり、親指の柔らかな腹で鋭さを確かめたりしていた。ミスタ・リズボンの額には縦皺が一本、深く刻まれ、かさついた顔の真ん中で唇だけがぬめっていた。

その間も、セシリアはスツールから動こうとしなかった。

知恵遅れのジョーが現われたのはうれしかった。ジョーはお母さんの腕にすがってやってきた。ぶかぶかのバミューダショーツ、ブルーの野球帽という恰好で、例によって、ほかのダウン症の子と同じように、顔じゅうでにっと笑っていた。ジョーは手首に赤いリボンで招待状を結わえつけていた。ということは、リズボン家の姉妹が、ぼくらと同様、ジョーの名前もきちんと書いて出したということだった。大きすぎる顎、締まりのない唇、日本人のような小さな目、兄弟に剃ってもらったすべすべの頬をしたジョーは、口の中で何やらぶつぶついっていた。ジョーがいったいいくつなのか、誰も正確には知らなかったが、ぼくらが思い出す限りでは、ジョーには頬ひげが生えていた。兄弟がよくバケツを持ってポーチに連れ出し、そのひげを剃ってやっていた。じっとしろと怒鳴りつけ、間違って喉を切っても自分たちのせいではないからなと言い聞かせると、ジョーは青くなって、トカゲのように動かなくなるのだった。ぼくらはそういう障害のある人が長生きせず、ほかの人より早く年をとるということも知っていた。ジョーの野球帽の下からのぞいたグレーの髪はそれを証明するものだった。子どものころ、ぼくらは自分たちが青春を迎えるころまでジョーが生きているとは思わなかった。だが、実際にぼくらが青春を迎えてみると、ジョーはあいかわらず子どものままで生きていた。

ジョーがやってきたことで、ぼくらはジョーについて知っているすべてのことをリズボン家の姉妹に話すことができた。顎をかいてやると、耳をぴくぴく動かすこと。コインをはじいてみせると、「表」というばかりで、絶対に「裏」とはいわないこと。それは裏というのがあまりにややこしいからだった。ぼくらが「ジョー、裏といってみな」とそそのかしても、ジョーは「表！」というのだった。ジョーはそういえばきっと勝てると思っていたが、それはぼくらが勝たせてやっていたからだった。ぼくらはジョーがいつも歌っている歌を披露させた。ミスタ・ユージーンが教えた歌だった。ジョーは歌った。「あれ、サンボアンガじゃ、お猿の尻尾がない。あれ、サンボアンガじゃ、お猿の尻尾がない。あれ、お猿の尻尾がない。尻尾を鯨に食べられちゃった」ぼくらは拍手した。リズボン家の姉妹も拍手した。ラックスは拍手した上に、知恵遅れのジョーにもたれかかったが、ジョーの鈍さではそのありがたみはわからなかった。

パーティーがやっと盛り上がってきたところで、セシリアがスツールから滑り降りて、自分の母親に近寄った。セシリアは左手首のブレスレットをいじりながら、失礼してもいいかと尋ねた。セシリアがしゃべるのを聞いたのはそのときがはじめてだったが、ぼくらはその声がひどく大人びているのにびっくりした。何よりもまず、老けて疲れているという印象だった。セシリアがブレスレットを引っ張りつづけているのを見て、ミセズ・リズボンがいった。「そうしたいならしてもいいわよ、セシリア。だけど、わたしたちがさんざん苦労してパーティーを開いたのは、あなたのためなんですからね」

セシリアはテープがはがれるまでブレスレットを引っ張りつづけた。それから、ぴたりと動きを止めた。ミセズ・リズボンがいった。「わかったわ。だったら、上にいきなさい。

わたしたち、あなた抜きで楽しみますからね」許しが出ると同時に、セシリアは階段のほうに歩きはじめた。うつむいたまま、人から忘れられた自分だけの世界に向かって進んでいった。ヒマワリのような目は、他人の理解の及ばない人生の苦境をじっと見据えていた。セシリアはキッチンに通じる階段を上ると、後ろ手でドアを閉め、上の廊下を歩いていった。ぼくらの頭の真上で足音がした。さらに二階へ上がる階段の途中で、その足音は途絶えた。が、わずか三十秒後、家に沿って走る塀にセシリアの体が落ちるどさっという音が聞こえた。最初に聞こえたのは突風のような音だった。後になって考えると、それはセシリアのウェディングドレスが落ちるときに空気をはらんで巻き起こした音だった。ほんの一瞬のことだった。人間の体は大変な速さで落ちるものだ。いってみれば、こういうことだ。即ち、通常の肉体的特性を備えた人間であれば、岩石と変わらぬ速度で落下する。落ちていく途中、セシリアの頭脳が閃きつづけていたとしても、自分のしたことを悔やんでいたとしても、自分を突き刺そうとしている塀の剣先に焦点を合わせる暇があったとしても、それは意味のないことだった。セシリアの心はもうまったくうつろになっていたからだ。とにかく、風がごうっと吹いたかと思うと、湿ったどさっという音がして、ぼくらはぎょっとさせられた。西瓜が割れるような音だった。一瞬、みんなが動きを止めて静まりかえった。オーケストラでも聞いているように、頭を傾け、予断を排除しようというようにじっと耳を澄ませた。直後に、ミセズ・リズボンが独り言のようにいった。「ああ、何てこと」

ミスタ・リズボンが上へ駆け上がった。ミセズ・リズボンも階段の上まで上ったが、手すりをつかんで立ち止まってしまった。階段の吹き抜けに、そのシルエットが浮かんだ。太い脚、大きくたわんだ背中、パニックで静止した大きな頭、宙に突き出して光をいっぱいにはらんだ眼鏡。ミセズ・リズボンが階段をほとんど占領してしまったので、ぼくらがそこをすり抜けるのをためらっているうちに、姉妹が先に進んだ。ぼくらも隙間を押し開けて後に続いた。そして、キッチンに出た。脇の窓を通して、ミスタ・リズボンが植え込みの中に立っているのが見えた。玄関から出てみると、ミスタ・リズボンはセシリアを支えていた。片手を首の下、もう一方の手を膝の下に差し入れて。セシリアの左胸を刺した剣先から体を持ち上げようとしていたのだ。その剣先は、セシリアの謎めいた心臓を貫き、二つの椎骨を砕くことなく切り離し、背中から突き出し、ドレスを引き裂いて、空中に現われていた。あまりに速く貫通したため、血もついていなかった。どこにも一点の汚れもなく、セシリアは体操の選手のようにポールの上でバランスをとっているとしか見えなかった。ひらひら翻るウェディングドレスが、それにサーカスのような印象を加えていた。ミスタ・リズボンはなおもそっとセシリアを持ち上げようとしていた。だが、ぼくらがいくらそういうことに無知だといっても、もう望みはないということは明らかだった。セシリアの目が開いたままで、ひもに吊るされた魚のように口がぴくぴく動いていたにしても、それは神経のせいだった。セシリアは二度目の試みで、この世の外に飛び出すことに成功したのだった。

2

セシリアが最初に自殺を図ったときもなぜかわからなかったが、二度目はもっとわからなかった。警察が型通りの捜査の一環として調べたセシリアの日記も、片思い説を裏づけるものではなかった。上質な紙を使ったその小さな日記帳の中で、ドミニク・パラツォーロについて触れているのは一カ所しかなかったからだ。日記帳はカラーのフェルトペンで色をつけ、時禱書や古い聖書に似せてあった。どのページにも細かい絵がびっしりと描き込まれていた。上部の余白から舞い降りたり、ぎっしり詰まった段落と段落の間に羽をこすりつけている風船ガムの天使。日記帳の背に、海の色のようなブルーの涙をこぼしている金髪の乙女。絶滅の危機のリストに加えられた種を列挙した新聞記事（糊で貼りつけられていた）のまわりで、血を噴いているブドウ色の鯨。イースターの日の記述の近くで、砕けた卵の殻の中から叫んでいる孵化したばかりの幼鳥六羽。セシリアは各ページを豊富な色と渦巻き模様、ボードゲームの梯子模様、縞の入った三つ葉模様で埋め尽くしていた。だが、ドミニクについての記載はこれだけだった。「今日、パラツォーロがあの金持ち娘のポーターのことで屋根から飛び降りた。どうしたら、あんなお馬鹿さんになれるのだろう？」

また、救急隊員がやってきた。それと見分けるのに少し時間がかかったが、前と同じ二人だった。ぼくらはようやく恐怖と最低限の礼儀から解放されると、通りを渡って、ミスタ・ラーソンのオールズモビルのボンネットに腰かけた。何とか退出はしたものの、ヴァレンタイン・スタマロウスキーを除くと、みんな、ものもいえなかった。スタマロウスキーは芝生越しに声をかけた。「パーティー、どうもありがとうございました、リズボンさん」ミスタ・リズボンは茂みの中に腰まで没したまま立っていた。まだセシリアを引っ張り上げようとしているのか、あるいはすすり泣いているのか、背中がぴくぴく動いていた。ポーチでは、ミセズ・リズボンがほかの娘たちに家のほうを向いているようにいっていた。

午後八時十五分に作動するよう時間を合わせてあったスプリンクラーが、ブロックの先に救急車が現われると同時に水を噴き出しはじめた。もう望みがないとわかっているというように、救急車は回転灯もつけずサイレンも鳴らさず、時速二、三十キロでゆっくり走ってきた。口ひげを生やした痩せたほうの隊員が先に降り、太ったほうが後に続いた。二人は患者を診ようともせず、いきなり担架を引っ張り出した。後で医療の専門家に聞いてみると、それは手続き違反ということだった。誰が救急車を呼んだのか、また、隊員たちがその日、自分たちの仕事は葬儀屋と変わらないとどうして知ったのか、ぼくらにはわからなかった。トム・ファヒームはテレーズが中に入って電話したといったが、ほかの連中の記憶では、残りの四姉妹は救急車が着くまでポーチでじっと立ち尽くしていたはずだった。通りに沿った一帯で、できごとに気づいた人はほかにはいなかった。ブロックの先の同じようないくつもの芝生に人影はなかった。どこかで誰かがバーベキューをしていた。ジョー・ラーソンの家の裏からは、バドミントンの羽根が果てしなくいったりきたりする音が聞こえてきた。世界最強の二人の選手が争っているのではないかと思われた。

救急隊員たちはミスタ・リズボンを脇にどかせて、セシリアを調べた。脈はなかったが、とにかくセシリアを救う努力は続けられた。太ったほうが塀の格子を弓のこで切る間、痩せたほうはセシリアを受けとめようとかまえていた。格子の尖った先端からセシリアの体を引き抜くのは、刺さったままにしておくよりも、かえって危険だったからだ。格子がぽきりと折れると、痩せたほうはセシリアの体重をもろに受けて、思わずよろめいた。だが、もう一度踏ん張ると、片足を軸にくるりとまわり、セシリアを担架の上にそっと載せた。二人がセシリアを運び去ると、切られた格子にはシーツがかけられ、テントの支柱のように見えた。

そのときには九時近くになっていた。ぼくらは盛装を脱ぎ捨てると、次に何が起きるのかを見ようと、チェイス・ビューエルの家の屋根の上に集まった。宙に突き出した木々の重なりの向こうに、森が途切れて市域が始まるはっきりした境界線が見えた。太陽は遠くの工場群のもやの中に沈もうとしていた。隣合ういくつものスラムに点々とする窓ガラスが、煙った日没のじめじめした光を照り返していた。いつもは耳にすることのない物音が聞こえてきたのは、高いところに上っていたせいだろう。ぼくらはタールを塗った屋根板にしゃがみこみ、頬杖をついて、都市生活の逆回しテープの渾然とした音をようやく聞きわけた。さまざまな叫び、鎖につながれた犬が吠える声、車の警笛、何か知らないがいつまでも続くゲームで数を数える女の子の声——ぼくらが足を踏み入れたことのないさびれた都市の物音が意味もなく混ざって、徐々に弱まりながらも、そこから風に乗って運ばれてきた。そして、暗闇が訪れた。遠くでは、車のライトが動いていた。近くでは、家々の黄色い灯がともって、テレビを囲む家族の姿を映し出した。ぼくらは一人また一人と家に帰っていった。

●

ぼくらの町内ではそれまで葬式というものがなかった。少なくとも、ぼくらが生まれてこのかたは。町の人の死の大半は、ぼくらがまだ存在もせず、親父たちが白黒写真の中の信じられないほどほっそりした若者だった第二次世界大戦中に起きたものだった——ジャングルの中の滑走路に立つ親父、にきびと刺青が華やかな親父、ピンナップ写真を張りめぐらした親父、後にぼくらのおふくろになる女の子にラブレターを書く親父、K号携帯食で元気をつける親父、国に帰ったとたんに途切れてしまう白日夢に収斂した、マラリアがはびこる大気の中での孤独と馬鹿騒ぎ。今、ぼくらの親父たちは中年にさしかかり、腹が出て、長年ズボンをはいてきたためにむこうずねの毛も擦り切れていたが、死に至るまではまだ長い道のりがあった。いまだに外国語を話し、改装した屋根裏部屋でハゲタカのように暮らしていた親父たちの両親も、最高の医療を受けることができるようになって、へたをすれば次の世紀まで生き延びそうだった。誰のおじいさんも、誰のおばあさんも、誰の両親も死んではいなかった。わずかに何匹かの犬が死んだだけだった。トム・バークのビーグル犬のマフィンは、バズーカ・ジョーの風船ガムが喉につかえて死んだ。そして、その夏、犬の年齢でいえばまだほんの子犬という生き物が死んだ——それがセシリア・リズボンにほかならなかった。

墓地労働者のストライキは、セシリアが死んだ日で六週間に達した。だが、誰もそんなストライキのことや、墓地労働者の不満を深刻に考えてはいなかった。というのも、墓地にいったことがある人間があまりいなかったからだ。それまで、ときどき、スラム街のほうから銃声が聞こえてくることがあったが、親父たちはあれは車のバックファイアだと言い張っていた。そのせいもあって、市の埋葬業務が完全にストップしたと新聞で報じられたときにも、それがぼくらに影響するとは思ってもみなかった。同じように、若い娘たちを抱えて、まだ四十代まっさかりのリズボン夫妻も、娘たちが自殺を始めるまでは、ストライキのことにはほとんど考えが及ばなかった。

　ストライキ中も葬儀は続いたが、最後の埋葬は行われないままだった。柩はまだ掘られていない墓地の一画まで運ばれた。聖職者が個人に対する頌徳《しょうとく》の言葉を述べた。参列者は涙を流した。その後、柩は葬儀場の冷凍庫に戻されて、一件落着を待った。そのころは火葬の人気が高まりつつあった。しかし、ミセズ・リズボンはそういう考えかたは異教徒のものだとして拒み、キリストの再臨にあたって死者は肉体とともによみがえると示唆した聖書の一節まで指摘して、遺骨にすることを許さなかった。

　ぼくらの住む郊外に墓地は一つしかなかった。長年の間、ルター派から監督教会派、さらにはカトリックに至るさまざまな宗派が所有してきた、眠ったように静かな野辺だった。三人のフランス系カナダ人毛皮猟師、クロップというパン屋の家系、ルートビア（根や樹皮の汁からつくる炭酸飲料）に似た地元産のソフトドリンクをつくりだしたJ・B・ミルバンクの墓もあった。だが、傾いた墓石が並び、赤らんだ砂利道が馬蹄形に巡り、肥え太った死体から養分をとった木々が生い茂るその墓地は、最後の死者たちを葬った遠い昔に満杯になっていた。そのため、葬儀屋のミスタ・オールトンは、それに代わり得る場所をミスタ・リズボンに見せてまわらなければならなかった。

　ミスタ・オールトンはそのときの行脚《あんぎゃ》のことをよくおぼえていた。墓地のストライキ中のことだったのでただでさえ忘れられるものではなかったが、ミスタ・オールトンはこんな告白もした。「いや、わたし、自殺を扱ったのはあれがはじめてでしてね。それに、若い子でしょう。いつもと同じようなお悔やみをいうわけにはいきませんしね。いや、いろいろ苦労しましたよ、正直いって」ウェストサイドでは、パレスティナ人居住地区の静かな墓地を訪れたが、人々に祈りの時を告げるムアッジン（イスラム教の勤行時報係）の呼びかけの異国の言葉がミスタ・リズボンの気に入らなかった。それに、その近辺では、いまだに生贄の山羊をバスタブでほふっているという話だった。「ここはまずい」ミスタ・リズボンはいった。「ここはまずい」次に訪れたのは小さなカトリックの墓地で、見たところ申し分なかったが、それも裏手へまわるまでだった。ミスタ・リズボンはそこで真っ平らにならされた土地が二マイルも続いているのを見て、ヒロシマの写真を思い出したのだった。「そこはポーランド人町だったんです」ミスタ・オールトンはぼくらに説明した。「ＧＭが馬鹿でかい自動車工場を建設しようとして、二万五千人ほどのポーランド人から買収したんです。そして、町の二十四ものブロックをぶち壊したんですが、そこで資金が切れちまったんです。で、その土地は瓦礫と雑草ばかりになったというわけです。そりゃ、たしかに荒涼としてましたよ。でも、それは裏の塀越しにのぞいてみたりしなけりゃわからなかったんですがね」彼らが最後に行き着いたのは、二本の高速道路の間に位置する、特定宗派に関係のない公営の墓地だった。埋葬を除いて、セシリア・リズボンに対するカトリック教会の葬送の儀式は、すべてそこで執り行なわれた。公式には、セシリアの死は〝事故〟として教会の記録に載せられ、その後のほかの娘たちの死も同じ扱いをされた。それについて、ムーディー神父に尋ねたところ、神父はこう答えた。「わたしたちは余計な詮索はしたくなかったのです。セシリアが足を滑らせたのではないと言い切れますか？」ぼくらが睡眠薬や首吊りのロープその他を持ち出すと、神父はこういった。「自殺を神に背く大罪として見る場合、その意図が問題となります。ですが、あの娘たちの心の中に何があったのかを知るのはひじょうに難しい。娘たちがほんとうに何をしようとしていたかを知るのはね」

ぼくらの両親のほとんどが、悲劇の汚染を防ごうとして、ぼくらを家に残し、自ら葬儀に参列した。その墓地はそれまで見たこともないほど真っ平らだったというのが、参列者全員の一致した感想だった。墓石や記念碑はなく、花崗岩の銘板が地面に埋め込まれているだけだった。海外からの復員兵の墓では、ビニール製のアメリカ国旗が風雨に色褪せ、針金の輪でくくられた花もとっくに枯れていた。ゲートではピケットが張られていたために、霊柩車を通す通さないで一悶着あった。だが、ピケ隊員たちも故人の年齢を聞くと、道を開け、怒りのプラカードを伏せる気づかいさえ見せた。中に入ってみると、ストライキの結果として生じた荒廃ぶりが一目瞭然だった。一部の墓のまわりには埃がうずたかく積もっていた。穴掘りの機械は、誰かを埋葬している最中に組合の指令が届いたとでもいうふうに、顎を芝土に食い込ませたまま立ち往生していた。管理人の代わりに立ち働いた遺族の人々が、愛する者の最後の休息の場をきれいにしてやろうとしたいじらしい努力の跡も残っていた。ある区画は、肥料のやりすぎで芝が枯れ、おぞましい黄色になっていた。また、ある区画は、水のやりすぎで沼地のようになっていた。その水は手で運ばなければならなかったため（スプリンクラーは使用不可能になっていた）、墓から墓をつたう深い足跡がついていて、夜になると死者が徘徊しているのではないかと思わせた。

草はもう七週間近くも刈られていなかった。会葬者は柩が運び出されるのを、くるぶしまで草にめりこませて見送った。十代前半の死亡率を考えて、棺桶屋は中型の柩というのをほとんど作っていなかった。パンの貯蔵箱よりちょっと大きいくらいの幼児用の柩はいくらか製造していたが、次のサイズとなると、もう標準サイズになってしまって、セシリアには大きすぎた。葬儀場でセシリアの柩が開けられたとき、みんなの目についたのはサテンの枕と柩の蓋の襞飾りのついたクッションだけだった。ミセズ・ターナーはこういった。「しばらくの間、中は空なのかと思いましたよ」しかし、その後、四十キロの体、青白い肌、白いサテンと見紛う髪のせいで、どうしても印象の薄いセシリアが、錯覚の中で見えてくる何かの形のように、背景から浮かび上がってくるのだった。セシリアはもうあのウェディングドレスを着てはいなかった。ウェディングドレスはミセズ・リズボンが捨ててしまっていた。かわりに、レースの襟のついたベージュのドレスをまとっていた。おばあさんがクリスマスの贈り物にくれたが、生前は絶対に着ようとしなかったものだ。蓋の窓からは、顔と肩だけでなく、手と嚙んだ痕のある爪、ざらざらの肘、とんがった左右の腰、さらには膝までもが見えていた。

遺族の一列が柩の前を通り過ぎて別れを告げた。娘たちが先に立ったが、みんな、ぼうっとして、ほとんど無表情だった。あの顔つきから察していなければならなかった、と人々は後になっていった。「あの子たち、セシリアにウィンクしてたみたいだったわ」ミセズ・カラザーズはいった。「泣き叫んであたりまえだったのに、あの子たち、どうしたと思う？　お棺に近寄って、ちらっとのぞいて、いってしまったの。わたしたち、なぜ、わからなかったんでしょうね？」ぼくらの仲間で葬儀場に入ったのは、カート・ヴァン・オズドルただ一人だったが、ぼくらが一緒にいて見ていたら、神父やみんなの真ん前で、セシリアのあそこにこっそり触ってきたのに、とうそぶいた。娘たちが通った後、夫の腕にすがったミセズ・リズボンがよろよろと十歩ほど進み出て、セシリアの顔の上に力なく頭を垂れ、最初で最後の頬紅をさしてやった。「爪を見てやって」ミセズ・リズボンはそうつぶやいたようだった、とミスタ・バートンはいった。「爪を何とかしてやれなかったのかしら？」

すると、ミスタ・リズボンが答えた。「ちゃんと伸びてくるさ。爪は伸びつづけるんだ。でも、あの子はもう嚙めないからね」

セシリアに関するぼくらの知識は、本人の死後も、前と変わらぬ異様な持続性をもって、さらに増えつづけた。セシリアはめったにしゃべらず、ほんとうの友だちはいなかったけれども、誰もがセシリアをめぐる忘れ難い思い出を持っていた。ぼくらの中には、ミセズ・リズボンがハンドバッグを取りに家に戻る間、セシリアを五分間見ていてと押しつけられた者もいた。セシリアと砂場で遊んでいるうちに、シャベルで喧嘩した者もいた。金網塀を縫って奇怪な形に伸びた桑の木の陰で、セシリアにおちんちんを見せた者もいた。ぼくらはセシリアと一緒に種痘の列に並び、ポリオワクチンの角砂糖をなめた。セシリアに縄跳びや蛇に火をつける悪戯を教え、かさぶたを剝がそうとするのを何度となくやめさせ、スリーマイル公園の水飲み器に直接口をつけないように注意した。ぼくらの中にはセシリアに恋した者もいなくはなかったが、変わり者だとわかっていたので、その気持ちは自分の胸の内におさめていた。

セシリアのベッドルームは——ルーシイ・ブロックから詳細に様子を聞いてわかったが——いかにもセシリアらしいと思わせるものだった。ルーシイは十二宮のモビールに加えて、T字形模様のアメシストのコレクションを見つけた。ほかに、セシリアの香《こう》と髪の匂いが残る枕の下からは、タロットのカードが一組出てきた。ルーシイは——ぼくらに頼まれて――シーツが洗濯されていたかどうか調べてみたが、洗濯されていなかったということだった。部屋は証拠物件として、手をつけずに保存されていた。セシリアが飛び降りた窓は開いたままだった。ルーシイはたんすのいちばん上の引き出しに市販の染料で黒く染められたパンティーが七枚しまってあるのを見つけた。クロゼットには染み一つないハイトップの靴が二足しまってあった。どちらもべつに意外ではなかった。ぼくらはセシリアが黒い下着をはいているのをずっと前から知っていた。セシリアが自転車を加速しようとしてペダルの上に立ち上がったとき、ドレスの下をのぞいたからだ。また、セシリアが裏の階段に腰かけて、歯ブラシに液状石鹼をつけ、ハイトップをこすっているのをたびたび見かけたからだ。

セシリアの日記は自殺の一年半前から始まっている。色とりどりの絵で飾られたページは、その絵のほとんどが楽しそうに見えても、他人にはわからない絶望の象形文字でつづられているようだ、と感じる人が多かった。日記帳には錠がついていた。しかし、水道工事手伝いのスキップ・オーテガから日記帳を手に入れたデイヴィッド・バーカーの話によると、スキップは大きいほうのバスルームのトイレのそばでそれを見つけたが、リズボン夫妻が目を通したのか、錠はすでにこじあけられていたということだった。学者肌のティム・ワイナーが日記を調べてみようと主張した。ぼくらはティムが両親につくってもらった書斎に日記帳を持っていった。書斎には、グリーンのデスクランプ、等高線入りの地球儀、金縁の百科事典がそろっていた。「情緒不安定だな」ティムは筆跡を分析していった。「このiの点を見てごらん。そこらじゅうにとんでる」それから、身を乗り出し、なまっちろい皮膚の下の青い血管を浮き上がらせて、こうつけ加えた。「基本的には、ここに存在するのは空想家だということがいえる。現実と向き合っていない人物だ。彼女は飛び降りたときも、たぶん、自分が飛んでいると思ったんじゃないかな」

今でも日記の一部はそらでおぼえている。ぼくらは日記帳をチェイス・ビューエルの屋根裏部屋に持ち込んで、ところどころ声を出して読んでみた。それから、次々にまわして、自分たちの名前が出てこないかと心配しながらページを繰ってみた。しかし、セシリアはいつも誰かをじっと見つめてはいたけれども、ぼくらのことを考えていたわけではないということが次第にわかってきた。かといって、セシリアは自分のことを考えていたわけでもなかった。セシリアの日記は、ようやく目覚めようとする自我にほとんど触れることのない、思春期の記録としては珍しいものだった。その時期につきものの不安、悲嘆、興奮、白日夢ははっきりした形では残っていない。そのかわり、セシリアは姉たちと自分を一体化して描いている。どの姉のことをいっているのかわからないという個所も少なくないし、数多くの奇妙な文章が読む者の心の中にこんなイメージを喚起する。十本の足と五つの頭を持った不思議な生き物が、ベッドに寝そべってジャンクフードを食べたり、世話好きなおばさんたちの訪問に迷惑したり、というイメージを。日記の大半は、姉妹がなぜ自殺したかということよりも、どんなふうに生きていたかということを教えてくれた。何を食べたとか（「二月十三日、月曜日。今日、わたしたちは冷凍ピザを食べた……」）、何を着たとか、どんな色が好きかということばかりで、さすがのぼくらもうんざりするほどだった。姉妹はそろってクリームコーンが嫌いだった。メアリイはジャングルジムにぶつけて歯を欠き、冠をかぶせていた（「ほら、いったとおりだろ」それを読んで、ケヴィン・ヘッドがいった）。そういうわけで、ぼくらは姉妹の生活ぶりを知り、経験したわけでもないのにある時代をめぐる共同の記憶を持つようになり、他人には知りようもないこんなイメージを浮かべたりした。ラックスがはじめて見る鯨に触ろうとして船べりに身を乗り出していう。「鯨がこんなに臭いとは思わなかったわ」すると、テレーズが答える。「鯨のひげにからまったケルプ（コンブ科の大型褐藻）が腐ってるのよ」何年か前のキャンプで姉妹がじっと見上げた星空とも、裏庭から前庭、さらに裏庭へと行きつ戻りつするけだるい夏とも、姉妹が〝ドブ臭い〟といっていた雨の夜にトイレから立ちのぼる何ともいえない臭いとも、ぼくらは馴染みになった。シャツを脱いだ男の子を見るのがどんな感じなのか、ラックスが三つ輪のバインダーのそこらじゅうに、さらにはブラやパンティーにまで紫のフェルトペンでケヴィンの名を書いたのはなぜなのかも知った。ある日、家に帰ってみると、ミセズ・リズボンが自分の持ち物を漂白剤に浸して、〝ケヴィン〟をみんな消してしまっていたと知って、ラックスが怒ったというのもよくわかった。スカートを巻き上げる冬の風の冷たさも、授業中に両膝を合わせていなければならないつらさも、男の子が野球をしているのを横目に縄跳びで我慢するのがどんなに退屈で腹立たしいことかも身につまされた。なぜ、女の子が女らしくなることにあれほどこだわるのか、お互いにほめあわなければならないと感じるのか理解できなかったが、ぼくらの一人が日記の一節を読みあげるのを聞いているうちに、誰かと抱き合いたい、自分たちがどんなにかわいいか確かめあいたい、というような衝動に駆られることがたびたびあった。ぼくらは女の子でいるのがどんなに不自由なものか、女の子であればどんなふうに心ときめかせ夢を見るものか、どんなふうにしてどの色とどの色が合うのかがわかるようになるものかを感じとった。ぼくらは自分たちが姉妹とは双子同士なのだということに気がついた。みんな、同じ模様の毛皮の動物のように、この世に生まれてきたのだ。ぼくらは彼女たちのことを何一つ見抜くことができなかったが、彼女たちはぼくらのことを何でも知っていたのだ。姉妹は見た目は少女でも、まぎれもない女で、愛のみならず死さえも理解していたということを、ぼくらはようやく悟った。ぼくらの役割は、彼女たちの心を引きそうな物音を立てることでしかなかったのだ。

　日記を書き進んでいくうちに、セシリアは姉たちと距離をおきはじめ、実際、それまで目についたある種の身の上話も影をひそめる。一人称単数はまったくといっていいほど見られなくなる。それは、映画の終わりで、登場人物に焦点を合わせていたカメラが後ろに引いて、ディゾルヴ（ある場面が消えていくのと同時に次の場面が現われて映像が転換すること）で、彼らの家、通り、町、国、最後には地球と写していくのに似て、ただ彼らを矮小化するというだけでなく抹消してしまう効果がある。セシリアの早熟な文章は、個人を超えた主題、たとえば悲嘆に暮れたインディアンが汚れた流れをカヌーで漕ぎ下るコマーシャルや、夜戦での戦死者数に向けられる。日記の最後の三分の一には、二つの気分が交互に現われている。ロマンチックな気分の一節では、ニレの木の死に深い絶望をあらわしているが、シニカルな気分の記述では、木が病んでいるのではなく、伐採は「何でもかんでも平らにしてしまう」陰謀のせいだとほのめかしている。ときどき、あれもこれも陰謀ではないか――光明派（啓示を得たと称する宗教団体や諸派の総称）、軍産複合体による――という説をさしはさんでいるが、そういったものを本気で糾弾しているわけではなく、とらえどころのない化学汚染物質か何かのように言及しているにすぎない。セシリアは何かを非難したかと思うと、一転して、ふたたび詩的な夢想にふけっている。中でも、未完に終わった詩の、夏をうたった二行連句はとてもすばらしいと思う。

木々は肺のように空気をいっぱいにはらみ
意地悪な姉さんはわたしの髪を引っ張る

その断章は六月二十六日の日付になっていた。セシリアが退院してから三日後で、そのころ、本人が前庭の草の上で横になっているのをよく見かけたものだ。

セシリアの人生最後の日の精神状態についてはほとんどわかっていない。ミスタ・リズボンによれば、セシリアはパーティーを楽しみにしているようだった。準備ができているか確かめようと下に下りてみると、セシリアが椅子の上に立って、赤と青のリボンで風船を天井に結びつけていた。「わたしは下りなさいといったんだ。両手を頭の上に上げないようにと先生にいわれていたんでね。何しろ、まだ縫ったばかりだったから」セシリアはいわれたとおりにした。そして、その後は自分のベッドルームで横になって、十二宮のモビールを見上げたり、通信販売で買った風変わりなケルト音楽のレコードに耳を傾けたりしていた。「どれも沼地だの死んだバラのことだのをソプラノで歌ったものだった」そのもの悲しい調べは、若いころに聞いた明るい曲とはあまりに対照的で、ミスタ・リズボンを驚かせたが、廊下に伝わってくるのを聞いていると、ラックスの吠えるようなロックミュージックや、テレーズのアマチュア無線機のキーキーいう非人間的な音よりはたしかにましだった。

午後の二時からセシリアはバスタブにつかったきりだった。そんな長風呂をするのは珍しいことではなかったが、この前のことがあってから、リズボン夫妻は危険は芽のうちに摘み取るようにしていた。「わたしたち、あの子の部屋のドアをほんの少し開けておくようにしました」ミセズ・リズボンはいった。「もちろん、あの子はいやがりましたよ。でも、あの子には新兵器がありましてね。精神科の先生が、シールはもういろんなプライバシーが必要な年頃になってるとおっしゃったんです」その午後じゅう、ミスタ・リズボンはバスルームの前を通る口実ばかり考えていた。「水のはねる音が聞こえるのを待って、それから通り過ぎるんだ。鋭利なものはその辺に置いておかなかった。当然のことだがね」

四時半に、ミセズ・リズボンはラックスにセシリアの様子を見にいかせた。ラックスはまもなく下に下りてきたが、いかにも無頓着な様子で、その日遅くの妹の行動を予測していたと思わせる節はまったくなかった。「大丈夫よ」ラックスはいった。「あの子、お風呂じゅう、バスソルトをぷんぷんさせてるわ」

五時半になると、セシリアは風呂から出て、パーティーのための服を着た。ミセズ・リズボンはセシリアが姉たちの二つのベッドルーム（ボニーはメアリイと、テレーズはラックスとそれぞれ共有していた）をいったりきたりする物音を聞いた。ブレスレットがジャラジャラいうのは、ちょうど動物の首に鈴をつけたようなもので、動きを追いかけることができたから、両親は心強かった。ぼくらが着く前の時間帯、セシリアは靴をあれこれ試そうとして何度か階段を上り下りしたが、そのたびにブレスレットが鳴るのをミスタ・リズボンは耳にしていた。

後になって、別々の機会に別々の状況で聞いたところによると、リズボン夫妻はどちらも、パーティーの間のセシリアの行動を不審には思わなかったそうだ。「あの子はお仲間と一緒のときはいつも静かにしてましたから」と、ミセズ・リズボンはいった。おそらく、社交に不慣れだったせいだろう、リズボン夫妻はパーティーがうまくいっていると思っていた。事実、セシリアにもう失礼していいかといわれて、ミセズ・リズボンは愕然としたほどだ。「あの子は楽しく過ごしてるものと思ってましたから」その時点でも、姉たちは一人として、次に何が起きるのか予測しているような行動はとらなかった。トム・ファヒームはメアリイがペニイズ（デパートチェーン）で買おうと思っているジャンパーのことを話していたのをおぼえている。テレーズとティム・ワイナーは、アイヴィーリーグのカレッジに進学できるかどうかという共通の心配ごとを語り合っていた。

　後で見つかった手がかりからすると、セシリアはぼくらが思っていたほど早々とベッドルームへ上がっていったわけではなさそうだ。たとえば、ぼくらのもとを去ってから階段を上がるまでの間、洋梨の缶ジュースを飲むのに時間を費やしている（セシリアはその缶をカウンターの上に置いていった。ミセズ・リズボンが教えたやりかたを無視して、穴は一つしか開けていなかった）。また、ジュースを飲む前か後に、裏口にいっている。「あの子を旅に出すつもりなのかと思ったわ」と、ミセズ・ピッツェンバーガーはいった。「あの子はスーツケースを持ってたから」

スーツケースは見つからなかった。ミセズ・ピッツェンバーガーの証言は、遠近両用眼鏡をかけている人にありがちの錯覚か、旅行鞄が中心的なモチーフを演じるその後の自殺の予言だった、としか説明のしようがない。事実はどうあれ、ミセズ・ピッツェンバーガーはセシリアが裏口の近くにいたのを見たのであって、セシリアはその数秒後に階段を上ったのだった。それは、ぼくらが下のほうではっきり足音を聞いたとおりだ。セシリアはベッドルームに入ると、外はまだ明るいのに照明をつけた。ミスタ・ビューエルは通りの向こうからセシリアがベッドルームの窓を開けるのを見ていた。「わたしは手を振ったんだけどね、あの子はこちらを見もしなかったよ」と、ミスタ・ビューエルはいった。ちょうどそのとき、ほかの部屋で奥さんがうめき声をあげた。ミスタ・ビューエルがセシリアの大事を聞いたのは、救急車がきて、いってしまった後のことだった。「運悪く、わたしらも問題を抱えていたんでね」というのが、そのわけだった。ミスタ・ビューエルが病気の連れ合いの具合を見にいったちょうどそのとき、セシリアは窓の外へ、ピンク色の湿っぽい、ふんわりした空気の中へ、頭を突き出したのだった。

3

生花がリズボン家に届くようになったのは、ふつうよりもかなり遅くなってからのことだった。死にかたが死にかただっただけに、葬儀場に花を送るのはやめようと判断した人が多かった。その後も、厄災を沈黙のうちにやり過ごすべきか、死が自然なものであったかのように振る舞うべきか迷ったあげくに、みんなが注文するのを遅らせたのだ。とはいうものの、結局はみんなが何かを送った。白バラの花輪、ランの花房、あるいは頭を垂れたボタン。電話注文で花を宅配したピーター・ルーミスの話では、リズボン家のリヴィングルームは花で埋まったということだった。椅子からあふれたブーケが床に散らばっていた。「それを花瓶に入れようともしないんだ」と、ルーミスはいった。多くの人が〝哀悼の意を表して〟とか〝お悔やみ申しあげます〟といったありきたりのカードを選んで添えていたが、どんな場合にも一筆したためるのが習慣のようになっていた、いかにもワスプというタイプの一部の人は、苦心して自分の思いを伝えようとした。ミセズ・ビアーズは、ぼくらが好んで口ずさんでいたウォルト・ホイットマンを引用していた。〝すべてが前に進み外に向かって、朽ちるものは何もない／であれば、死ぬことは想像と違って、より幸せである〃チェイス・ビューエルは自分の母親のカードをリズボン家のドアの下に滑り込ませるときにちらりとのぞいた。それにはこう書いてあった。〃お気持ちのほど、わたしにはわかりようもありません。わかったふりをしようとも思いません〃

思いきって弔問に出かけた人も何人かいた。ミスタ・ハッチとミスタ・ピーターズは別々にリズボン家に立ち寄ったが、その報告にはあまり違いはなかった。ミスタ・リズボンは二人を中に通したが、二人がつらい話題を持ち出す前に、野球中継のテレビの前に座らせた。「彼、控え投手の話ばかりするんだよ」ミスタ・ハッチはいった。「いや、わたしもカレッジでちょっとばかり投げてたもんでね。いくつか基本的なことで、彼の間違いを訂正してやらなきゃならなかった。何が間違ってるって、ミラーをトレードに出そうっていうんだから。うちのたった一人のまともな抑えなのに。いや、わたしもあそこに何をしにいったのか、ついつい忘れてしまったよ」ミスタ・ピーターズはこういった。「あの人は半ば放心状態だったね。テレビの色調をいじりつづけてるうちに、内野がほとんど真っ青になっちゃってね。それでも、また椅子に戻って座りこんで。それから、また起き上がって。そのうち、娘の一人が入ってきて――あそこの娘、誰が誰だかわかんないね――ビールを持ってきてくれたんだ。あの人、受け取るか受け取らないうちにがぶ飲みしてたよ」

二人とも自殺のことには触れなかった。「いや、触れようとは思ったんだ。ほんとに」と、ミスタ・ハッチはいった。「ただ、その機会がなかったんだよ」

ムーディー神父はそれ以上の粘りを見せた。ミスタ・リズボンはほかの客と同様、神父も歓迎し、野球中継のテレビの前に案内した。数分後、合図でもあったかのように、メアリイがビールを運んできた。だが、ムーディー神父はそれではぐらかされたりはしなかった。二回の攻防の間に、神父はいった。「奥さんもここにいらしていただくわけにはいきませんか？　ちょっとお話ししたいのですが」

ミスタ・リズボンは背中を丸めて画面をのぞきこんだ。「申し訳ないんですが、女房は今、どなたとも会いません。具合が悪いんです」

「ご自分の司祭とは会われるでしょう」ムーディー神父はいった。

神父が腰を浮かすと、ミスタ・リズボンは指を二本立てた。目が潤んでいた。「神父さん」ミスタ・リズボンはいった。

「ダブルプレーですよ、神父さん」

教会の侍者をつとめるパオロ・コネリは、ムーディー神父が聖歌隊指揮者のフレッド・シンプソンに、〝あの変人〟はそのままうっちゃっておいた、と話すのを漏れ聞いた。「変人と呼ぶのを神もお許しになると思いますよ。もっとも、神がそのようにおつくりになったわけですが」神父は階段を上がっていった。その後とは比べものにならないにしても、家にはすでに荒廃の兆しが見えていた。階段の一段一段には、埃の玉がいくつも転がっていた。上りつめた床面には、あまりに悲しくて最後まで食べきれなかったというように、食べかけのサンドイッチが放ってあった。ミセズ・リズボンが洗濯どころか、洗剤を買うのもやめてしまったので、娘たちは衣類をバスタブの中で手で洗う羽目になっていた。ムーディー神父がバスルームを通りかかると、シャツやパンツや下着がシャワーカーテンにかけてあるのが見えた。「ザーザーと気持ちのいい音がしていましたよ、ほんとに」神父はいった。「雨が降ってるようでした」床からは、ジャスミンソープの香りとともに（数週間後、ぼくらはジェイコブセンの店の化粧品販売の女性からジャスミンソープを買って、香りを嗅いだ）湯気が立ちのぼっていた。ムーディー神父はバスルームの外で立ち止まった。娘たちが二人ずつで共有している二つのベッドルームの間の共通の部屋、湿った洞窟のような部屋に立ち入るのは、あまりに気恥ずかしかったのだ。もし、彼が聖職者でなくて、中をのぞきこんでいたとしたら、リズボン家の姉妹みんなが用を足す玉座のようなトイレ、枕を詰め込んで寝椅子代わりに使うバスタブが見えただろう。寝椅子代わりにしたのは、誰かが髪をカールしている間、二人はそこでくつろいで待つことができるからだった。ラジエーターには、グラスやコークの缶、困ったときに灰皿代わりに用いる貝殻形の石鹸入れが山積みされているのも見えたはずだ。ラックスは十二のときからトイレでタバコを吸っていた。窓の外か、湿ったタオルの中に煙を吐き出して、タオルはその後で外にかけておくようにしていた。しかし、ムーディー神父はそういったことを何も見なかった。むっとするような空気の流れの中を通り過ぎたという、ただそれだけのことで終わった。だが、神父は家を吹き抜けるひやりとした隙間風のようなものを背後に感じた。それは、細かい塵や埃とともに、その一家特有の臭いを循環させていた。そういった臭いはどの家にもあるもので、一歩入れば鼻につく——チェイス・ビューエルの家では皮のような臭い、ジョー・ラーソンの家ではマヨネーズのような臭い、そしてリズボン家では干からびたポップコーンのような臭いがする、とぼくらは思った。もっとも、一連の死が始まった後でリズボン家を訪れたムーディー神父はこういった。「葬儀場と掃除道具入れの中間のような臭いがしてましたね。あの花と埃とですから」神父はジャスミンの香気の中に引き返そうかと思った。だが、立ち止まって、バスルームのタイルに湯が流れ落ち、娘たちの足跡を流し去るのを聞いているうち、どこかで人の声がするのを聞いた。神父はミセズ・リズボンの名を呼びながら、廊下を早足で一まわりしたが、応答はなかった。やむなく階段まで戻って、下りはじめたとき、少し開いたドアの隙間からリズボン家の姉妹の顔が見えた。

「あの時点では、あの子たちがセシリアの過ちを繰り返すような気配はありませんでしたね。あれは計画的な行動で、まわりの人間にはいかんともしがたいものだった、とみんなが思っていることはわたしも承知しています。でも、あの子たちもわたしとまったく同じようにショックを受けていたのですよ」ムーディー神父はドアをそっとノックして、入ってもいいかと尋ねた。「あの子たちは、一緒に床の上に座ってました。それまで泣いていたのだとわかりました。パジャマパーティーみたいなことをしていたのだと思います。そこらじゅうに枕が散らばってましたからね。こんなことというのは何ですが、それにあのときもそんなことを考えたというだけで自分を責めたのですが、これは間違いないことでした。あの子たちがずっと入浴していなかったということは」

セシリアの死や、本人たちの悲しみについて何か話したのか、とぼくらが訊くと、ムーディー神父は否定した。「二、三度、その話を持ち出したのですが、あの子たちは乗ろうとしませんでした。わたしもそういうことは無理強いするものじゃないと学びましたよ。ふさわしい時がくれば、自ら語る心境になるものなのですね」その時点での娘たちの精神状態について、印象を一言でいうと、とぼくらが尋ねると、神父はこういった。「打ちのめされてはいるが、壊されてはいない、というところでしょうか」

●

葬式の直後の数日間、リズボン家の姉妹に対するぼくらの関心はつのるばかりだった。これまでのようにただかわいいというだけでなく、決して人には漏らさない謎めいた苦悩が新たに加わったからだ。それは、目の下の青ざめた腫れに、あるいは歩みを途中で止めて、視線を落とし、人生に納得できないというように頭を振るしぐさの中に見ることができた。悲しみが姉妹を迷わせた。こぢんまりしたソーダ水売り場や、赤外線灯に照らされたホットドッグ屋台の連なるイーストランドの明るい商店街を、姉妹があてもなくうろついていた、という報告がぼくらの耳に入るようになった。姉妹はときどき、ブラウスやドレスに触れることはあっても、何も買いはしなかった。ハドソンの店の前でラックス・リズボンがオートバイの暴走族と話をしているのを、ウッディー・クラボールトが見かけた。暴走族の一人が一緒に乗らないかと誘った。ラックスは十マイル以上隔たった自分の家の方角に目をやった後、うなずいた。ラックスは後ろから男の腰に抱きついた。男はキックしてエンジンをかけた。その後、ラックスが靴を手に持って、一人で家に帰っていく姿が目撃された。

クリーガーの家の地下室で、ぼくらはカーペットの余り布の上に寝そべって、リズボン家の姉妹の心を和ませる方法をあれこれ夢想していた。草むらで一緒に横になってやりたいと思う者もいれば、ギターを爪弾きながら歌を歌ってやりたいと思う者もいた。ポール・バルディノは姉妹が十分に肌を焼くことができるよう、メトロ・ビーチへ連れていってやりたいと思っていた。クリスチャンサイエンス信者の父親の強い影響に何度となくさらされていたチェイス・ビューエルは、姉妹には〝この世のものでない助け〟がいると言い張った。だが、それはどういう意味かと訊くと、肩をすくめて「何でもない」というばかりだった。にもかかわらず、姉妹が通りかかると、木の陰に隠れ、目を閉じて何やらぶつぶついっているチェイスの姿をぼくらはしばしば見かけた。

しかし、誰もが姉妹のことを考えていたというわけではなかった。セシリアの葬式の前でさえ、彼女が飛び降りた塀の危険性しか云々しない人もいた。「あれは起こるべくして起きた事故だ」と、保険業に携わるミスタ・フランクはいった。「あれをカバーするような保険はない」

「わたしたちの子どもだって、あそこに飛び降りないとは限りませんよ」日曜のミサに続くお茶の時間に、ミセズ・ザレッティが主張した。それからまもなく、父親たちのグループが、無料奉仕で塀の根元を掘りはじめた。そのうち、塀はベイツ家の地所に建っているのが明らかになった。弁護士のミスタ・バックが、塀の移動についてミスタ・ベイツと交渉した。ミスタ・リズボンには何の相談もなかった。当然、リズボン家は感謝するだろう、とみんなが思っていたのだ。

ぼくらはそれまで、親父たちがワークブーツを履いて、せっせと大地を掘ったり、真新しい根切り鋏を使ったりする姿など、めったに見たことがなかった。親父たちは硫黄島に国旗を押し立てた海兵隊のように前屈みになって、塀と悪戦苦闘した。記憶にある限り、ぼくらの地区でみんなが力を合わせて何かをしたという中で、あれは最大の見ものだった。弁護士や医者や銀行家が溝の中で腕と腕とを組み合わせれば、おふくろたちもオレンジのクールエイドを持って駆けつけた。しばらくの間、われらの世紀は気高さを取り戻した。

電話線にとまっている雀までもが見まもっているようだった。車は一台も通らなかった。市域から流れてくる煙霧のせいで、親父たちは軟らかい合金を打ち抜いてつくったどれもそっくりな像に見えた。だが、昼下がりになっても、まだ塀を引き抜くことさえできなかった。救急隊員たちがしたように格子を弓のこで挽き切ったらどうか、とミスタ・ハッチが提案した。とりあえず、みんなが交代でのこを挽いたが、事務しかしたことのない腕はすぐにつかいものにならなくなった。最後には、塀にロープをかけて、アンクル・タッカーの四輪駆動のブロンコの後ろに結びつけた。アンクル・タッカーが運転免許を持っていないことなど、誰も気にしなかった（試験官はアンクル・タッカーが酒臭いというので毎回はねた。たとえ、試験の三日前から禁酒していても、毛穴から蒸発する酒気を嗅ぎつけられてしまうのだ）。親父たちは声を合わせて叫ぶだけだった。「それいけ！」アンクル・タッカーはアクセルを床まで踏み込んだが、塀はびくともしなかった。午後の三、四時になると、親父たちも無駄な努力はやめて、牽引の専門業者を雇うための募金を始めた。一時間後、男が一人、牽引トラックでやってきて、塀に鉤を引っかけると、巨大なウィンチをまわすボタンを押した。すると、低い地鳴りとともに、人命を奪った塀はぐらぐらと揺らぎはじめた。「血が見えるぞ」アンソニイ・ターキスがいった。自殺のときには見えなかった血が、事後につくということがあるのかどうか見ようと、ぼくらはのぞきこんだ。三本目の剣先についていたという者もあれば、四本目だという者もいた。だが、ポール死亡説を裏打ちするさまざまな手がかりがあるという《アビイ・ロード》のジャケットの裏に血まみれのスコップを見つけようというのと同じで、血痕を見つけることなど不可能だった。

リズボン家の人間は誰も塀の移動に手を貸さなかった。だが、ときおり、窓に頭が見え隠れするのにぼくらは気づいた。トラックが塀を引き倒した直後に、ミスタ・リズボン本人が横の出入口から現われて、庭の散水用のホースをくるくる巻き上げた。溝のほうに近づこうとはしなかったが、隣人たちに挨拶するように片手を上げてから、家の中へ戻っていった。塀をばらして屑鉄にして引き取ろうという男は——そのお返しに——ミスタ・ベイツの芝生を見たこともないような惨憺たる状態にした。芝生に何かあれば警察を呼ぶのがふつうなのに、親たちがそれを大目に見たのは驚きだった。ミスタ・ベイツはわめきもしなければ、トラックのナンバープレートを書きとろうともしなかった。ミセズ・ベイツも同じだった。州の共進会に出品するチューリップの植え込みでぼくらが爆竹を鳴らしたときには泣いたのに——二人とも何もいわなかったし、ぼくらの親たちも何もいわなかった。その結果、彼らがいかに古臭いか、トラウマとか憂鬱とか争いごとに引きずられているかをぼくらは感じた。彼らがぼくらに提示する世界像というのは、本人たちが実際に信じている世界とは違うということ、芝生を荒らす雑草には神経を尖らせ、文句をいうくせに、芝生そのものは気にしないということをぼくらは悟った。

トラックが走り去ると、親父たちはまた穴のまわりに集まって、のたくるミミズや捨てられたスプーン、ポール・リトルがインディアンの矢じりだという石を見下ろした。みんな、何をしたというわけでもないのに、スコップにもたれかかり、額の汗を拭っていた。湖や大気が浄化されたとか、対立陣営の爆弾が解体されたとでもいうように、とても気分よさそうだった。それが何かの役に立つということはあまりないにしても、ともかくも塀は撤去されたのだ。芝生をめちゃめちゃにされたにもかかわらず、ミスタ・ベイツは緑のほうの手入れをしていたし、ドイツ人の老夫婦はデザートワインを飲むためにブドウの木の下に姿を現わした。二人はいつものようにアルペンハットをかぶっていた。ミスタ・ヘッセンの帽子には小さな緑の羽がさしてあった。革ひもにつながれたシュナウツァー（ドイツ産のテリア）は鼻をくんくん鳴らしていた。二人の頭上ではブドウが鈴なりになっていた。みごとなバラに水をやるミセズ・ヘッセンの曲がった背中が、茂みの中で浮いたり沈んだりしていた。

空を見上げると、いつのまにか、ヘビトンボの姿はなくなっていた。空気ももう茶色ではなく青くなっていた。ぼくらはキッチン用のほうきを使って、柱や窓、電線にくっついた虫を払い落とした。そして、生糸のような羽を持つ昆虫のそれこそ何千という死骸を袋に詰め込んだ。学者のティム・ワイナーは、ヘビトンボの尻尾がロブスターの尻尾といかによく似ているかを指摘した。「ヘビトンボのほうが小さいけど」と、ティムはいった。

「基本的な構造は同じなんだ。事実、ロブスターは昆虫と同じように節足動物門に分類されている。あれは虫なんだ。虫は飛ぶことを学んだロブスターにすぎないってことでもある」

その年、ぼくらに何が取り憑いたのか、ぼくらの生活にくっついたかさぶたのような虫の死骸をなぜあれほど嫌ったのか、誰にもわからなかった。しかし、突然に、プールを覆い尽くし、郵便受けを埋め尽くし、国旗の星を塗りつぶすヘビトンボに我慢ならなくなったのだ。みんなが集まって溝を掘った行動は、さらに共同の掃除、袋の運搬、中庭の水洗いへとつながった。あちらこちらで、大勢が調子を合わせてほうきを動かすと、青ざめた幽霊のようなヘビトンボが、灰のようにぱらぱらと壁からこぼれ落ちた。ぼくらは魔法使いのようなヘビトンボの小さな顔をのぞきこんだ。指でつまんでこすると、鯉のような臭いを発散させた。火をつけてみたが、燃えはしなかった(だが、それでヘビトンボは完全に息の根を止められたように見えた)。ぼくらは茂みをつつき、敷物を叩き、フロントガラスのワイパーを目一杯動かした。ヘビトンボが下水の格子の目を詰まらせたので、棒で突いて下へ落とさなければならなかった。下水の上に屈み込むと、町の地下を走る川がごうごうと流れる音がした。ぼくらは石を落として、ぽちゃんとしぶきが上がる音を聞いた。

ぼくらは自分の家だけにとどめてはおかなかった。自分たちの家の壁がきれいになったところで、リズボン家にたかった虫も掃除するように、とミスタ・ビューエルがチェイスにいいつけた。ミスタ・ビューエルは宗教的信念から人一倍頑張ることがよくあった。ヘッセン家の庭の内側十フィートまで熊手をかけたり、歩道の雪をスコップでかいたり、凍結防止の岩塩をまいたりした。自分の隣でもない通りの向かいのリズボン家の掃除をするようチェイスに命じたのは、本人にしてみれば奇異なことでも何でもなかった。というのは、ミスタ・リズボンには娘しかいなかったので、落雷で折れた大枝をかたづけるのに男たちが手伝いに出かけたということが過去にあったからだ。それで、チェイスがほうきを連隊旗のように頭上に掲げて近づいていったときも、誰も何もいわなかった。それどころか、その後、ミスタ・クリーガーはカイルに手伝いにいくよう命じ、ミスタ・ハッチはラルフを送り出した。そのうち、ぼくら全員がリズボン家に集まって、壁を掃き、虫の殻をこすり落とす作業にいそしんだ。だが、壁は一インチもの厚さで覆われていて、こすってもこすってもなかなか追いつかなかった。ポール・バルディノはぼくらに謎をかけた。

「魚みたいな臭いがして、食ってみたくなるけど、魚じゃないものって何だ？」

リズボン家の窓に取りかかると、姉妹に対する不可思議な感情がまた新たに湧き上がってきた。虫を叩き落とすうち、キッチンにメアリイ・リズボンがいて、クラフトのマカロニ・アンド・チーズの箱を手にしているのが見えた。それを開けようか開けずにおくか思案している様子だった。メアリイは説明を読むと、箱をひっくり返し、本物そっくりのヌードルの絵に見入った。それから、箱をカウンターに戻した。窓に顔を押しつけていたアンソニイ・ターキスがいった。「何か食べてくれよ」メアリイはまた箱を取り上げた。ぼくらは期待しながら見まもった。しかし、その後、メアリイはくるりと背を向けて姿を消してしまった。

外は暗くなってきた。ブロックの先の家々では明かりが灯ったが、リズボン家は暗いままだった。中をのぞきこむのは難しくなった。事実、窓ガラスにはぼくら自身のぽかんとした顔が反射して映るようになった。まだ九時だったが、人々が噂していたことをすべてが立証しているようだった。つまり、セシリアが自殺した後、リズボン家ではほとんど夜を待つことなく眠りに就いて我を忘れるのだ、という噂を。ベッドルームの窓の上のほうでは、ボニーの三本の灯明が赤らんだ靄《もや》の中でちらついていた。だが、それを除くと、家は夜の影の中に吸い込まれていた。ぼくらが帰りかけると同時に、虫たちがそこらの隠家で体を震わせて鳴きはじめた。みんなはそれをコオロギといっていたが、殺虫剤を振りかけられた茂みや空気にさらされた芝生では、一匹も見かけることがなかったし、どんな姿をしているのか見当もつかなかった。ただ鳴き声がするだけだった。ぼくらの両親はコオロギのことには詳しかった。その鳴き声を聞くと、何か感興を催さずにはいられないようだった。鳴き声は四方八方から聞こえてきた。ぼくらの頭のすぐ上の高みから、あるいはすぐ下から。虫の世界はぼくらの世界よりも感じるところが多いのかと思わせるような鳴き声だった。ぼくらがコオロギの音に耳を傾けながら、静けさに心ひかれて立ち尽くしていると、家の横の出入口からミスタ・リズボンが現われて礼をいった。髪は前より白くなったように見えたが、甲高い声は悲しみによっても変わることがなかったようだ。ミスタ・リズボンはつなぎの服を着ていた。片膝はおが屑にまみれていた。「好きにホースを使ってもらっていいんだよ」そういって、たまたま通りかかったグッドヒューマーのアイスクリームのトラックに目をやった。チリンチリンというベルの音が何かを思い出す引き金になったのか、ミスタ・リズボンは微笑んで、あるいは顔をしかめて——ぼくらにはどちらかわからなかった——家の中に戻っていった。

そのすぐ後、ぼくらは好奇心の化身となって姿を隠し、ミスタ・リズボンの後を追った。ミスタ・リズボンは中に戻ったところで、ダイニングルームから出てきたテレーズと鉢合わせした。テレーズは口いっぱいにキャンディーを頬ばっていた——色からすると、M&Mのキャンディーのようだった——が、父親を見るとあわてて口を動かすのをやめた。食べかけの塊はそのまま飲み込んだ。秀でた額が通りから差し込む光を浴びて輝き、キューピッドのような唇は父親が思っていたよりも赤く、小さく、形がよかった。とくに、重みが加わってきた頬や顎とみごとなコントラストを描いていた。まつげは糊でくっつけたばかりとでもいうように固まりついていた。この女はいったい誰なのだろうとミスタ・リズボンが思ったその瞬間に、実の娘たちは一緒に暮らしているだけの他人になったのだった。ミスタ・リズボンは初対面の人間を迎えるように両手を差し出した。その手をテレーズの肩に置いて、それから自分の体の脇にだらりと下げた。テレーズは顔にかかった髪を払いのけて、にっこりした。それから、階段をゆっくり上がっていった。

ミスタ・リズボンはいつものように夜の巡回を始めた。玄関のドアの錠がかかっているか(かかっていなかった)、ガレージの明かりが消えているか(消えていなかった)、レンジのバーナーが全部切ってあるか(切ってあった)を確認した。次に一階のバスルームの明かりを消した。洗面台でカイル・クリーガーの歯列矯正の固定装置を見つけた。パーティーのとき、カイルがケーキを食べようとして外したまま忘れたものだった。ミスタ・リズボンはそれを水洗いしてから、カイルの上顎に合うようにつくられたピンクの殻を調べてみた。小さな塔が連なったような歯を取り囲むぎざぎざのプラスチック、調節された圧力を加えるべく要所要所(やっとこでつけた印が見えた)で曲がった環状の針金。それをジプロックの袋に入れて、クリーガー家に電話し、高価な歯列矯正装置をちゃんと保管してあると告げるのが、父親として、隣人としての務めだということをミスタ・リズボンは承知していた。そのような——素朴で、人情味豊かで、良心的で、寛大な——行動が、人生を充実させるのだ。つい数日前だったら、素直にそうすることができただろう。だが、ミスタ・リズボンは装置を手に取ると、それを便器の中に落とした。そして、水を流すハンドルを押した。装置は激流に揺れ動き、磁器の喉首の中にいったんは呑み込まれたが、水の勢いが弱まると、勝ち誇って、人をからかうように浮かび上がってきた。ミスタ・リズボンはタンクがふたたび満杯になるのを待って、また水を流した。だが、今度も同じことだった。少年の口の複製は、便器の白い斜面にしがみついていた。

そのとき、ミスタ・リズボンの視界の端を何かがさっと横切った。「人影が見えたような気がしたんだ。だが、もう一度、見てみると、何もなかった」それから、奥の廊下をまわって、玄関の間に戻り、さらに正面の階段を上がってみたが、何も見かけなかった。二階では、娘たちの部屋のドアの前で耳を澄ませた。メアリイが眠りの中で咳をしているのと、ラックスが音を絞ってラジオをかけ、それに合わせて歌っているのが聞こえるだけだった。ミスタ・リズボンは娘たちのバスルームに足を踏み入れた。昇った月の光が窓から差し込んで、鏡の一部を明るく浮かび上がらせていた。指紋がべたべたついた中に、きれいに拭われた小さな円があった。娘たちがじっと見てイメージを思い描くのに使っている円だ。鏡の上には、ボニーが白い工作用紙を切り抜いてつくった鳩がテープでとめてあった。ミスタ・リズボンは口を開けて顔をしかめると、口の左側の死んで緑色になりはじめた犬歯を、汚れのない円に映して見た。娘たちが共有する二つのベッドルームへ続くドアは完全に閉まってはいなかった。スースーいう寝息やムニャムニャいう寝ぼけ声が隙間から漏れてきた。娘たちが何を感じているか、娘たちをどうすれば慰められるかを教えられるとでもいうように、ミスタ・リズボンはそういう物音に耳を澄ませた。ラックスがラジオを消した後、あたりはすっかり静まりかえった。「どうしても中には入れなかった」後年、ミスタ・リズボンが打ち明けた。「何といったらいいのかわからなかったからね」だが、自分も眠りについてすべてを忘れようとバスルームを出たとき、ミスタ・リズボンはセシリアの幽霊を見たのだった。セシリアはどういうわけか、柩におさめられたときに着ていたレースの襟のついたベージュのドレスを脱ぎ、またあのウェディングドレスを着て、元の自分のベッドルームに立っていた。「窓は開いたままだった」ミスタ・リズボンはいった。「そういえば、閉めようと思ったことは一度もなかったような気がする。だが、わたしにははっきりわかった。窓を閉めなければならなかったんだ。でないと、あの子は永久に飛び降りつづけるだろうから」

ミスタ・リズボンの話を信じれば、そこで叫んだりはしなかった。娘の亡霊と関わり合おうとも思わなかったし、なぜ自殺したのかを訊き、許しを乞うたり、責めたりしようとも思わなかった。とにかく窓を閉めようと、前方へ駆けだし、幽霊をかすめるように通り過ぎた。窓を閉めると、幽霊が振り向いていた。よく見ると、シーツにくるまったボニーだった。「心配しないで」ボニーは静かな声でいった。「塀はもうなくなってるから」

●

ホーニッカー医師はチューリッヒの大学院時代に身につけた達筆を振るって書いた手紙で、リズボン夫妻にもう一度相談にくるよう要請した。だが、二人は応じなかった。そのかわりに、ぼくらが夏の名残の時期に観察したところからすると、ミセズ・リズボンはふたたび家事に取り組むようになった。その一方で、ミスタ・リズボンは霧の中に隠れてしまった。その後、ミスタ・リズボンを見かけると、劣等生のようなおどおどした様子ばかりが目についた。八月の終わり、新学期前の準備の期間になると、ミスタ・リズボンはまるでこそこそ逃げだすように、裏口から出かけるようになった。ガレージの中で車がうなるのが聞こえ、やがて自動扉が上がると、その車が脚を一本失った動物のように一方にかしいで、ためらいがちに姿を現わすのだった。フロントガラス越しにミスタ・リズボンがハンドルを握っているのが見えたが、髪はまだ濡れたまま、ときには顔にシェービングクリームがついたままということもあった。だが、毎回のように車の排気管が車まわしの突き当たりにぶつかって火花を散らしても、まったく無表情だった。ミスタ・リズボンは六時に家に帰ってきた。車まわしにさしかかると、ガレージの扉が車を呑み込むべく、身震いして開いた。その後は翌朝まで姿を見かけることはなかった。朝になると、また出発を知らせる排気管の音がした。

姉妹とのある程度の接触といえば、八月の末に一度あったきりだった。メアリイが予約なしでベッカー医師の歯列矯正の診療室に現われたときがそうだった。後年、ガラス戸棚に並んだ何十もの石膏の歯型がゆがんだ笑いを浮かべて見下ろす中で、ぼくらはベッカー医師に話を聞いた。その歯型の一つ一つに、セメントを呑み込む羽目になった運の悪い子どもたちの名前がつけられていた。それを見て、ぼくらは中世の拷問を思わせる自分たちの歯列矯正の歴史に引き戻された。ベッカー医師がしばらくしゃべった後で、ぼくらはようやく我に返った。というのは、臼歯に金属のクラスプ（支台になる歯を囲んで義歯を固定する装置）をはめられたり、上下の歯をゴム製のバンドでくくり合わせられたりした感触がよみがえってきたからだ。ぼくらは突き出た歯列矯正器が残した傷痕のくぼみを舌で探った。十五年たった後でも、そういう割れ目にはほのかに甘い血の味がするようだった。だが、ベッカー医師はこういった。「わたしがメアリイのことをおぼえておるのは、メアリイが両親の付き添いなしでやってきたからだよ。それまで、そんな子どもはおらんかった。どうしてほしいのかと尋ねると、指を二本、口に突っ込んで上唇をめくりあげてみせた。そして、こういうんだ。『おいくらですか？』とな。両親が支払えないんじゃないかと心配しておったんだよ」

ベッカー医師はメアリイ・リズボンに見積もりをしてやるのを断わった。「お母さんにきてもらって、話し合うことにしよう」といった。事実、ほかの姉妹と同じく、メアリイも特大の犬歯が二本あるように見えたので、広範囲な処置が必要になりそうだった。メアリイはがっかりした様子で、両足を上げ、歯科用椅子の背にもたれかかった。銀色の管からチューッと水が噴き出して、うがい用のコップを満たした。「わたしは椅子に座ったきりのあの子を放っておかなきゃならんかった」ベッカー医師はいった。「ほかに五人、子どもが待っておったんでな。後で看護婦に聞いたんだが、あの子は泣いておったそうだ」

姉妹は始業式までまとまって姿を見せることはなかった。九月七日、暖かい日和になりそうだという期待が寒気でしぼんだ日、メアリイ、ボニー、ラックス、それにテレーズは、何ごともなかったような様子で登校してきた。四人ともあいかわらず似通ってはいたが、ぼくらはまたしてもその間の新たな違いに気がついた。それだけでなく、じっと見つめていれば、姉妹が何を感じているのか、姉妹がどういう人間なのか、理解できるかもしれないと思うようになった。ミセズ・リズボンが新しい通学着を買ってやらなかったので、姉妹は前の年の服をそのまま着ていた。きっちりしたドレスはすっかり窮屈になって（いろいろなことがあったが、発育は止まらなかった）、着心地が悪そうだった。メアリイはアクセサリーで服を引き立てていた。ブレスレットにはスカーフと同じ明るい赤の木製のサクランボがたくさんついていた。ラックスの通学用のタータンのスカートは今では丈が短くなって、むきだしの膝と腿が一インチほど見えていた。ボニーは曲がりくねった飾りがついたテントのようなものを着ていた。テレーズは白衣に似た白いドレスを着ていた。それにもかかわらず、姉妹は意外なほどの威厳に満ちて一列になって入ってきた。講堂がしんと静まりかえったほどだった。ボニーは学校の草地で時期遅れのタンポポを摘んでシンプルな花束をこしらえていた。そして、黄色い野の花は嫌いかというように、それをラックスの顎の下に差し出した。姉妹はショックを受けた様子を表にあらわしてはいなかったが、セシリアの席をとっておこうというように、折り畳み椅子を一つ空けて着席した。

姉妹は授業を一日も休まなかった。それはミスタ・リズボンも同じことで、あいかわらず熱心に教えつづけた。生徒を絞め殺さんばかりに執拗に質問して答えを引き出し、もうたるチョークの埃の中で方程式を殴り書きした。しかし、昼休みになっても、職員室にはいかずに、カフェテリアからリンゴとカテージチーズを一皿、自分のデスクに持ってきて、教室で食事をするようになった。ほかにも奇妙な行動を見せるようになった。科学棟に沿って歩きながら、測地学教室の窓から垂れ下がったオリヅルランに話しかけているのを見かけたこともあった。最初の一週間が過ぎると、ミスタ・リズボンは回転椅子に座ったままで教えるようになった。車輪を動かして黒板に向かっていったりきたりしても、決して立ち上がらなかった。血糖値のせいだというのが、その説明だった。放課後は、サッカーのコーチ補佐としてゴールの後ろに立って、大儀そうにスコアを告げ、練習が終わると、石灰の埃が舞うフィールドをうろつき、ボールを集めてキャンバスの袋の中にしまっていった。

ミスタ・リズボンは、朝寝坊してバスで通学する娘たちよりも一時間早く、一人で車を運転して登校した。正門を入り、騎士の鎧《よろい》のそばを通り過ぎると(ぼくらの学校の運動チームはナイツと名乗っていた)、教室に直行した。教室の穴のあいた天井のパネルからは(授業中に数を数えたジョー・ヒル・コンリイによると、一枚につき六十六の穴があるということだった)、太陽系の九つの惑星が吊るされていた。ほとんど見えない白い糸が、惑星を軌道に結びつけていた。惑星は毎日、自転し、公転していた。ミスタ・リズボンは天体図を調べ、鉛筆削りの隣のクランクをまわして、全宇宙をコントロールしていた。惑星の下には、黒と白の三角形、オレンジ色の螺旋《らせん》形、先端が切り離せる青い円錐形が吊るされていた。ミスタ・リズボンは自分のデスクの上にソーマ・キューブ(ルービック・キューブに似たパズル)を置き、粘着テープでとめて解を示していた。黒板の脇には、五本のチョークを針金で固定したものがあった。それで、自分が指導している男声ボーカルグループのためにポップスの楽譜を書くことができた。また、長い教師生活を送るうち、教室に洗面台までつけさせていた。

一方、姉妹は脇の通用門から入り、ほっそりした働き者の校長夫人が春になると手入れをする休眠中の水仙の花壇の脇を通り抜けた。ロッカーでいったんばらばらに散らばった後、カフェテリアでふたたび集まってジュースを飲んだ。ジュリー・フリーマンはメアリイ・リズボンの親友だったが、セシリアの自殺の後、ふっつり話をしなくなった。「メアリイはきちんとした子だったけど、あたしのほうがつきあいきれなくなっちゃって。あの子には何かくたびれさせられるんだもの。あたしもそのときにはトッドとつきあうようになってたし」姉妹は本を胸に抱え、ぼくらには見えない宙の一点を見据え、落ち着きはらった様子で廊下を歩いていった。その姿はアイネイアス(ぼくらはふんぷんたる体臭を漂わせるティマーマン医師のような風貌を想像していた）を思わせた。黄泉《よみ》の国に下って、死者に会い、心の底で泣きながら、この世に戻ってきたトロイの勇士を。

姉妹が何を考え、何を感じているのか、誰にわかったろう？　ラックスはあいかわらず馬鹿みたいにくすくす笑っていた。ボニーはコーデュロイのスカートのポケットの奥深くしまったロザリオをつまぐっていた。メアリイはファーストレディーのように見えるスーツを着ていた。テレーズは廊下でも目を保護するゴーグルをかけていた——しかし、姉妹は、ぼくらから、ほかの女の子たちから、そして自分たちの父親からも遠のいていった。霧雨の煙る中、姉妹が中庭に立って、一つのドーナッツをかじりながら、次第に濡れていくのもいとわず、じっと空を見上げている光景をぼくらは目にしたことがある。

●

ぼくらは折りをみて姉妹に話しかけた。一人一人が共通の話題のほかに何か一言つけ足して。マイク・オリヨが一番手だった。オリヨのロッカーはメアリイの隣だった。ある日、オリヨはロッカーの縁越しにのぞきこんで声をかけた。「やあ、元気？」メアリイの頭が前に傾き、髪が顔に落ちかかった。オリヨは聞こえなかったのかと思ったが、メアリイはぽつりとつぶやいた。「まあまあね」振り返って視線を合わせようともせず、金属のロッカーをぴしゃりと閉めると、メアリイは本を抱えて立ち去った。何歩か歩いてから、スカートの後ろをぐいと引き下ろした。

翌日、オリヨはメアリイを待ちかまえた。メアリイがロッカーを開けるのを見はからって、新しい一言をつけ足した。「おれ、マイクっていうんだ」今度はメアリイも垂れた髪の間からはっきりと言葉を返した。「あなたが誰かぐらい知ってるわ。わたし、生まれてからほとんどずっとこの学校で過ごしてきたんだから」マイク・オリヨはもっと何かいおうとしたが、ようやく振り返ったメアリイと正面きって向かい合うと、何もいえなくなった。オリヨがぽかんと口を開けて、突っ立ったまま見とれていると、メアリイがぴしゃりといった。「わざわざ、わたしに話しかけなくてもいいのよ」

ほかの連中はもう少しうまくやった。居残り処分の常習犯、チップ・ウィラードは、日溜まりに座っているラックスを見つけて歩み寄った――その年最後の暖かな日々のうちの一日だった――ぼくらが二階の屋根窓から見まもっていると、ウィラードはラックスの隣に腰を下ろした。ラックスはタータンのスカートと白いハイソックスをはいていた。ゴム底のカジュアルシューズは新品のようだった。ウィラードが近寄る前、ラックスはその靴を土の中でけだるそうにこすりあわせていた。それから、両脚を大きくひろげ、両手を後ろについて体を支え、季節の最後の陽光に顔を向けた。ウィラードはその日差しの中に割り込んで声をかけた。ラックスは脚を閉じ、一方の膝をかいたが、そのうちまた開いた。ウィラードは軟らかい地面にどっかと腰を下ろし、ラックスのほうに大きな体を傾けて、にやにやしながら話しかけた。ぼくらが知る限り、ウィラードが少しでも気のきいた話をしたということは一度もなかったが、そのときはなぜかラックスをけらけら笑わせた。ウィラードは自分が何をしているか心得ているようだった。ウィラードが地下室や外野席での悪さを通じて養った手管に、ぼくらは舌を巻くばかりだった。ウィラードはラックスの頭の上で枯れ葉をもみくちゃにした。ばらばらになった屑がラックスのシャツの背に舞い落ちた。ラックスはウィラードを叩いた。ぼくらが次に目にしたのは、二人が連れ立って学校の裏のほうに歩いていく姿だった。二人はテニスコートを過ぎ、記念植樹されたニレの並木を抜け、ずっと向こうの私道に沿った宅地の塀のほうに向かっていった。

それはウィラードだけではなかった。ポール・ワナメイカーも、カート・サイルズも、ピーター・マグワイアも、トム・セラーズも、ジム・チェスラフスキーも、それぞれにラックスと親密な数日間を過ごした。リズボン夫妻が娘たちにデートを許さないという事実はよく知られていた。とくにミセズ・リズボンは、ダンスや学校の舞踏会、その他、ティーンエイジャーが後ろのほうの席でいちゃつきあってもおかしくないと思われるような機会はいっさい認めなかった。ラックスの束の間の交際はあくまで秘密のものだった。そういう交際は自習室での待ち時間のうちに芽生え、公園の水飲み場までの途中で花開き、講堂の上の暑苦しいボックス内の立て込んだ照明器具やケーブルの中で成就した。少年たちはラックスが親からいわれた用足しに出てきたときに、たとえばミセズ・リズボンが外の車で待っている間に、薬局の通路で会ったりした。中でももっとも大胆な逢引は、ミセズ・リズボンが銀行で行列している十五分の間に、そのステーションワゴンの中で行なわれた。しかし、ラックスと密会していた少年たちというのは、きまってひどく愚かで、身勝手で、家では虐待されているという連中だったから、ろくでもない情報ばかりをばらまいた。ぼくらが何を尋ねても、連中はこんな卑猥ないいぐさを並べたてるばかりだった。「締まり具合は悪くなかったぜ。聞かせてやろうか」とか「何があったか知りたい？　だったら、おれの指の臭いを嗅いでみな」ラックスが校庭の窪みや藪で連中と会うのを断わらないのは、いかに不安定な状態にあるかを示すものにほかならなかった。ぼくらはラックスがセシリアのことを話さなかったか訊いてみたが、連中がきまっていうのは、わかってるだろう、こちらはおしゃべりなんかするつもりじゃなかったんだから、ということだった。

その時期、ラックスとつきあうようになった連中の中で、ただ一人信用できたのはトリップ・フォンテインだった。だが、トリップのその品性が、長年の間、ぼくらを真相から遠ざけたのだった。トリップ・フォンテインが赤ん坊のような肥満児から、女の子や大人の女たちの人気の的に浮上したのは、一連の自殺の起きるほんの一年半ほど前のことだった。深海魚のように大きく開いた、よく動く口から歯が斜めに突き出した丸ぽちゃの少年という印象があまりに強かったので、ぼくらはトリップの変身ぶりになかなか気づかなかった。それに加えて、ぼくらは親父や兄貴、それに年のいった伯父たちから、まだ大人にならないうちは見かけなど問題ではない、と言い聞かされていた。仲間うちでもハンサムぶりを競うことなどなかったし、知り合いの女の子たちが母親ともどもトリップ・フォンテインに恋するようになるまでは、そんなことはたいして重要でないと信じていた。だが、彼女たちの熱中ぶりは、静かではあったが、なかなか壮観で、太陽の通り道にいつも顔を向けている何千ものヒナギクを思わせた。最初、ぼくらはトリップのロッカーの格子から丸めた手紙の束がこぼれ落ちたり、大量のたぎった血から吹き出す熱風がトリップを追って廊下を渡るのに、ほとんど気づかなかった。しかし、利口な女の子たちの一団までもがトリップと近づくとぱっと顔を赤らめたり、だらしなく口もとが緩みそうになるのを戒めようとお下げ髪をぎゅっと引っ張ったりするのを目の当たりにして、親父や兄貴、伯父たちがいっていたのは嘘で、優等生だからといって愛してもらえるものではないということを悟った。後年、トリップ・フォンテインは前妻の蓄えの残りをはたいて赴いたアル中の治療を行なう小さな牧場で、かつての狂おしい情熱を思い起こした。それははじめて胸毛が生えたころに噴き出してきたもので、始まりはアカプルコへの旅行中のことだった。そのとき、トリップの父親とそのボーイフレンドは浜辺へ散歩に出かけ、残されたトリップはホテルの庭で独り過ごさなければならなかった（資料7、旅行中に撮ったスナップショットには、日焼けしたミスタ・フォンテインがドナルドとポーズをとっているところが写っている。二人はホテルのパティオに置かれたモンテスマの玉座といった趣の椰子を編んだ椅子に、腿と腿とをぴったりくっつけて座っている)。未成年用のバーで、トリップは最近離婚したばかりのジーナ・デサンダーと出会い、はじめてのピーニャコラーダ(ラム酒、ココナッツクリーム、パイナップルジュースのカクテル)をおごってもらった。昔から紳士だったトリップ・フォンテインは、帰ってくると、ジーナ・デサンダーの素顔のいちばんすてきな部分だけをぼくらに教えてくれた。職業はラスヴェガスのディーラーでブラックジャックの勝ちかたを教えてくれたこと、詩を書くこと、スイスアーミーナイフで生のココナッツをえぐって食べること。持ち前の騎士道精神ももう五十の坂を越えた女性を守ることはできなくなったのか、すさんだ目で砂漠を見はるかしながら、ジーナ・デサンダーが〝はじめてのセックスの相手〟だったとトリップが告白したのは、それから長い年月を経てからのことだった。

それで多くのことに合点がいった。ジーナがくれた白い貝殻のネックレスをトリップが外そうとしなかったわけも。モーターボートに引っ張られた凧に乗った男がアカプルコ湾の上空へ舞い上がっている構図の観光ポスターを、ベッドの上に貼っていたわけも。一連の自殺が起きる前の年に、いかにも男子生徒といったシャツとズボンからウェスタン風の服へ装いを変えたわけも。パールのボタンのシャツ、飾りのついたポケットのフラップや肩のステッチ。どのアイテムも、写真の中でジーナ・デサンダーと腕を組んで立っているラスヴェガスの男たちに近づこうとして選んだものだった。その写真は、六泊七日のパッケージツアー中、ジーナが財布から出して見せてくれたうちの一枚だった。三十七歳のジーナ・デサンダーは、トリップ・フォンテインの丸々太った人命救助隊の水着のような体形に男らしいたくましさが潜んでいるのを見てとった。そして、メキシコでともに過ごした一週間のうちに、トリップを大人の男の体形に彫りあげた。ジーナ・デサンダーのホテルの部屋で何があったのか、ぼくらは想像するしかなかった。トリップがラム酒を加えたパイナップルジュースを飲みながら、ジーナがむきだしのベッドの真ん中で目にもとまらぬ早さでカードをさばくのを見まもっている姿を。小さなコンクリートのバルコニーに出る引き戸はレールから外れている。男になったトリップが何とかはめようとしたが、うまくいかなかったのだ。化粧台やテーブルの脇には、ゆうべの内輪のパーティーの名残が散乱している――空のグラス、トロピカルドリンクをかきまぜるスティック、しなびたオレンジの皮。休暇の間に日焼けして、トリップは去年の夏に負けないくらい黒くなっていたに違いない。去年の夏、トリップは自宅のプールをぐるぐる泳ぎまわって、その結果、乳首がブラウンシュガーに埋め込まれたピンクのサクランボのように見えたものだ。ジーナ・デサンダーの赤らんで、かすかに皺が寄った肌は、木の葉のように年を経て艶を増している。ハートのエース。クラブの10。21点。勝ちだ。ジーナは髪をなでつけ、またカードを配る。トリップは後年、ぼくらがものごとの機微を察することのできる大人になってからも、詳しいことを語ろうとはしなかった。だが、ぼくらはそれを慈母が営んでくれた成人式のようなものと理解していた。秘密にされてはいたが、その一夜がトリップに恋する人間のマントを着せかけたのは間違いなかった。トリップが帰ってきた後、ぼくらは彼が今までとは違う深みのある声をぼくらの頭上高く響かせるのを聞いた。なぜかはわからなかったが、彼がぴったりしたジーンズをはくようになったのに気づいた。そして、彼がつけるようになったコロンの香りを嗅ぎ、彼の焼けた肌を見て、思わず自分たちの乳白色の肌と比べてみた。とはいっても、トリップの麝香《じゃこう》の香り、ココナッツオイルのようにすべすべした顔の艶、眉の中にこびりついていまだにきらきら輝いている金の粒のような砂が、女の子たちに与えた影響に比べればどうということはなかった。何しろ、女の子たちは一人また一人と、そしてついにはグループで恍惚状態に陥ってしまったのだから。

トリップは様々な唇の鮮やかな跡がついた手紙を十通ももらった（それぞれの唇の襞が指紋と同じように違っていた）。ベッドで一緒に一夜漬けをしようという女の子が押し寄せてくるので、試験勉強をするのをやめた。暇をみては、バスタブに毛が生えた程度の自宅のプールのまわりにエアマットレスを敷いて横たわり、日焼けの維持につとめた。トリップを愛の対象として選んだ女の子たちは正しかった。なぜなら、何があっても固く口を閉ざしていられる男の子というのは彼一人だったからだ。トリップ・フォンテインは生まれつき、慎重さを持ち合わせていた。そういう慎重さは、十二巻もの回想録を後世に残さず、今となってはどんなに凄かったのか知りようもないという意味で、カサノヴァをもしのぐ世界の偉大な色事師たち、女たらしたちに共通のものだった。フットボールのフィールドでも、あるいはロッカールームで裸になっても、トリップ・フォンテインは自分のロッカーの中にあった銀紙で丁寧に包んだパイのことなど決してしゃべったりはしなかった。自分のカーアンテナにガーターで留めてあった髪飾りのリボンのことも、バックミラーに汚れた靴紐で吊るされたテニスシューズのこともしゃべったりはしなかった。そのテニスシューズの爪先には、汗でにじんだ字でこう書いてあった。「スコアはラブよ。ラブ。あなたのサーブよ、トリップ」

そのうち、廊下にトリップの噂がこだまするようになった。ぼくらは彼を〝トリップスター〟とか〝ファウンテンヘッド〟とかいっていたが、女の子たちはただただトリップ、トリップと騒ぐばかりだった。それが彼女たちの会話のすべてだった。トリップが〝ハンサムナンバーワン〟〝おしゃれナンバーワン〟〝パーソナリティーナンバーワン〟〝運動選手ナンバーワン〟に選ばれたとき(ぼくらが腹いせに一票も投じなくても、何の根まわしもなくても影響はなかった)、ぼくらは女の子たちに蔓延した熱の凄まじさを思い知らされた。ぼくらの母親たちまでもがトリップのハンサムぶりを話題にして、夕食に招待したりしたが、油でべとついた長髪についてはとがめもしなかった。まもなく、トリップのパシャ(トルコで高官に与える称号)のような暮らしが始まった。合織の上掛けに覆われたベッドの中の御前で、様々なみつぎ物を受け取るようになったのだ。母親の財布からくすねた小額紙幣、麻薬の袋、卒業記念指輪、パラフィン紙で包んだライスクリスピー、亜硝酸アミル（血管拡張薬。興奮剤・催淫剤ともする）の小瓶、アスティ・スプマンテ（イタリア産の発泡性ワイン）のボトル、オランダ産のチーズ盛り合わせ、ときにはハシシの小さな塊。女の子たちは分担して、学期末レポートをタイプし、脚注をつけた。彼女たちがまとめた〝チック・ノート〟は、どの学科も一ページで読めるようになっていた。トリップはそのうち、みつぎ物を利用して、〝世界の最高級マリファナタバコ〟を展示する博物館をつくった。スパイスの空き瓶にサンプルをおさめて、それを本棚にずらりと並べたのだ。〝ブルーハワイアン〟から〝パナマレッド〟まで、その中間の地域のあちこちの銘柄がそろった。中には、カーペットのような見かけと臭いのするものもあった。トリップ・フォンテインにみつぐ女の子たちのことはよくわからなかった。わかっていたのは、彼女たちが車を運転して出かけ、いつもトランクから何かを取り出すということだけだった。イヤリングをジャラジャラいわせ、前髪を脱色し、コルクのヒールの靴の紐を足首に巻きつけているというタイプがほとんどだった。彼女たちはガムを嚙み嚙み、にやにやしながら、プリント柄の布巾をかけたサラダボウルを持って、芝生を歩いていった。そして、二階のベッドの中で、トリップにスプーンで食べさせ、シーツで口を拭ってやってから、ボウルを床に放り投げ、彼の腕の中でとろけるのだった。ときどき、ミスタ・フォンテインがドナルドの部屋へのいきがけに、あるいは帰りがけに息子の部屋を通りかかったが、自分の行状の後ろめたさが、ドアの下から漏れてくるささやきについて問いただすのをためらわせた。父と息子の二人はルームメイトのように暮らしていた。そろいの派手なローブ姿で鉢合わせしたり、コーヒーを使いきった相手に文句をいったりしても、午後には一緒にプールに浮かんで、波間でぶつかりあった。そのときの二人は、この世にささやかな情熱を探し求める仲間同士だった。

二人はこの町でいちばんきれいに日焼けした父子だった。くる日もくる日も強い日差しの中で働きつづけるイタリアの建設労働者にしても、この二人のようなマホガニーの色合いに焼くことはできなかっただろう。夕暮れになると、ミスタ・フォンテインとトリップの肌は青みを帯びた。タオルをターバンのように巻きつけると、双子のクリシュナ神のように見えた。盛り土式の小さな円形のプールは、裏庭の塀に接していて、ときどき起きる大波が隣家の犬にしぶきを浴びせた。体じゅうにベビーオイルを塗りたくったミスタ・フォンテインとトリップは、背もたれとコップ台がついたエアマットレスに乗って、生暖かい北の空の下を、まるでコスタデルソルにでもいるかのように漂うのだった。ぼくらは二人が徐々に靴墨の色を変えているのに気がついた。ミスタ・フォンテインが髪を明るい色に染めているのにも、二人の歯がまともに見るのがつらいほどまぶしくなっているのにも勘づいた。パーティーでは、目をぎらぎらさせた女の子たちが、トリップを知っているというだけの理由でぼくらをつかまえた。ぼくらと同じく、彼女たちも恋という魔物にとりつかれていると知るのに、たいして時間はかからなかった。ある晩、外に出て自分の車に向かっていたマーク・ピーターズは、誰かに脚をつかまれた。見下ろしてみると、サラ・シードで、トリップにすっかりのぼせあがって腰が抜けたようになったのだと打ち明けた。自分を見上げるサラのあわてふためいた様子をピーターズは今でもおぼえている。胸の大きさで有名な、大柄で健康的な女の子が、夜露に濡れた草の上に、足の悪い障害者のように横たわっていたのだ。

トリップとラックスがどんなふうに出会ったのか、お互いに何をいったのか、お互いにひきつけあうものがあったのか、一人として知る者はいなかった。後年になっても、トリップはその問題について口を開こうとしなかった。長い遍歴の間に一緒に寝た女の子や大人の女、四百十八人に対する信義の誓いにのっとってのことだった。トリップはぼくらにこれだけいった。「あの子のことは絶対に忘れないよ。絶対にな」砂漠の中で、トリップは絶えず身震いし、目の下にはいかにも病的な黄色い皮膚のたるみをこしらえていたが、青春のころを振り返る目そのものに曇りはなかった。あの手この手でなだめすかすうちに、大部分は回復途上のアル中患者の絶えずしゃべっていたいという欲求のおかげだったが、ぼくらはだんだんと二人の愛の物語を紡ぎ合わせていくことができた。

それはトリップ・フォンテインがとってもいない歴史の授業に出た日に始まった。トリップ・フォンテインは習慣に従って、第五時限の自習時間になると、そっと抜け出し、自分の車にいってマリファナを吸った。糖尿病のピーター・ペトロヴィッチがインシュリンを注射するのに負けないくらい規則正しい一服だった。ペトロヴィッチは一日三回、注射のために保健室にやってきて、臆病なジャンキーのように必ず自分で皮下注射をした。ただし、注射をした後は、まるでインシュリンが天才をつくる秘薬でもあるかのように、驚くべき芸術的才能をもって講堂のコンサート用ピアノを弾きこなすのだった。同じように、トリップ・フォンテインも一日三回、十時十五分、十二時十五分、三時十五分に自分の車にいった。薬の時間になるとビーッと鳴るペトロヴィッチの腕時計と同じものをはめているのではないかと思わせるほどの正確さだった。そのトランザムはいつも駐車場のいちばん端に停め、教師が近づいてくれば見えるように、必ず校舎のほうに向けていた。前が低くなったフード、滑らかなルーフ、傾斜した後尾の車は、空気力学的なコガネムシという印象だった。さすがに古さは隠せず、金色の塗装には傷がつきはじめていたが、トリップは黒いレーシングストライプを上塗りし、スパイクつきのハブキャップをピカピカに磨きあげて、何かの兵器のように見せていた。中を見ると、革張りのバケットシートには奇妙な染みがついていた――ミスタ・フォンテインが渋滞に巻き込まれたときに、そこに頭をもたせかけていたということがうかがえた。ヘアスプレーに含まれている化学薬品が茶色のシートを明るい紫色に変えたのだ。ミスタ・フォンテインの〝ブーツ・アンド・サドル〟の芳香剤のかすかな香りがまだ車内の空気にこびりついていたけれども、そのときにはトリップの麝香とマリファナタバコの香りのほうがより強く浸透していた。レーシングカー風のドアは気密シールで密封されるようになっていた。車の中にこもった煙を吸うことになるから、ほかのどこよりもハイになれる、とトリップはよく自慢した。休憩時間、昼休み、自習時間のたびに、トリップ・フォンテインはぶらぶらと車に出かけていって、そのスチームバスにどっぷりつかるのだった。十五分後にドアを開けると、煙が煙突からあふれるようにどっと流れ出し、拡散し、音楽——ふつうはピンク・フロイドかイエスだった——に合わせて渦巻いた。エンジンの具合をチェックしたり、フードを磨いたりするとき（それが駐車場へ出向く表向きの理由だった）、トリップは音楽をかけっぱなしにしていた。ふたたび車のドアを閉めると、トリップは学校の裏手へ歩いていって、脱臭のため服を空気にさらした。一本の記念樹（一九一八年卒業のサミュエル・O・ヘイスティングズのために植えられた）の節穴には、いつも予備のミントの箱が隠してあった。教室の窓からは、女の子たちが、木の下で独りインディアンのように足を組んで座っている、たまらなく魅力的なトリップの姿を見まもっていた。トリップが立ち上がる前から、彼女たちは尻についたかすかな汚れまでを心に描いていた。あとはいつも同じことだった。トリップ・フォンテインは立ち上がって背を伸ばすと、プラスチック製レンズのサングラスのフレームの具合を直し、髪をさっと後ろに撫でつけ、茶色の革ジャケットの胸ポケットのファスナーを閉め、何でも踏みつぶしそうなごついブーツで歩きだした。そして、記念樹の回廊を通り、裏庭を横切り、蔦の枯れ葉の吹き溜まりを過ぎて、学校の裏口から入ってくるのだった。

あれほどクールで超然とした少年はいなかった。ぼくらがいまだに引用文を暗記し、いい成績をとろうと汲々としているのを尻目に、トリップ・フォンテインはすでに人生の次の段階に進んでいるという印象、実社会の心臓部に両手を突っ込んでいるという印象を振りまいていた。トリップがロッカーから本を取り出したとしても、それは小道具に過ぎず、すでに手がけているヤクの売買が暗示しているように、この先、奨学金ではなく資本主義への道を進むに違いない、とぼくらは思っていた。しかしながら、トリップ・フォンテインが忘れることのないその日、木々の葉が色づきはじめた九月のある午後、彼は校内に戻ると、廊下を歩いてくる校長のミスタ・ウッドハウスを見かけたのだった。トリップはハイになっているときに、学校の当局者と出くわすことがよくあったが、必要以上にびくつくことはなかった、といっていた。だから、だぶだぶのズボンにカナリア色のソックスの校長の姿を見たとたん、心臓の鼓動が速まり、首筋にうっすらと汗が浮かんできたのはなぜなのか説明がつかなかった。にもかかわらず、トリップはさりげない動作で、いちばん近い教室にすいと逃げ込んだ。

トリップはそのまま席についたが、知った顔は一つもなかった。先生も知らなければ生徒も知らなかった。ただ、教室の中に神々しい光が、表の紅葉のオレンジ色の照り返しがさしこんでいるのに気づいただけだった。教室は甘い粘液に、空気のように軽い蜜に満ちているようだった。トリップはそれを吸い込んだ。時の進行がにわかに遅くなり、左耳の中で宇宙のオーム（ヒンドゥー教で儀式の前後に唱える神聖な音）の響きが電話のようにはっきりと聞こえるようになった。そういった繊細な感覚はやはり血液中のＴＨＣ（マリファナの主成分）のせいではないかと指摘すると、トリップ・フォンテインは指をぐいと突き出した。面会を通じて、トリップの両手の震えが止まったのはそのときだけだった。「ハイになるのがどんなものか、おれはよく知ってる」と、彼はいった。「あれはそれとは違ったんだ」オレンジ色の光の中で、生徒たちの頭は静かに揺れ動くイソギンチャクのように見えた。教室の静寂は海底の静寂のようだった。「一秒一秒が果てしなかった」トリップはそういった。そして、机に向かって座った自分を、前の席の女の子がこれという理由もないのに振り返って見つめたときの様子を話した。その女の子を美しいということはできなかった。というのは、トリップには女の子の目しか見えなかったからだ。顔のほかの部分——果肉のような唇、もみあげのブロンドの毛、透き通るような明るいピンク色の鼻孔をした鼻——は、薄ぼんやりとしか心に残らなかったが、一対の青い目はトリップを海のうねりに乗せ、そのまま浮遊させた。「あの子は移り変わる世界の静止点だった」トリップは治療センターの本棚で見つけたエリオットの『詩集』を引用して、そういった。果てしなく長い間、ラックス・リズボンに見つめられ、トリップ・フォンテインもラックスを見つめ返した。その瞬間に感じた愛は、その後のどんな愛よりも真実だった。なぜなら、その愛は実生活で生きつづけるまでもなく、トリップに取り憑いているからだ。容姿も健康も衰え果てて、砂漠に取り残された今もなお。「何が記憶を誘発するかはわからない」と、トリップはいった。「赤ん坊の顔。猫の首につけた鈴。何だってあり得る」

二人は一言も言葉を交わさなかった。それまで会った中で、服は着ていてももっとも裸に近い人間、ラックスが現われないかと期待して。ラックスは実用的な通学用の靴をはいても、素足と同じように踊れたし、ミセズ・リズボンが買い与えただぶだぶの服を着ても、魅力が際立つだけだった。まるで、それまでのありあわせの普段着を脱ぎ捨てたというような感じがした。ラックスがコーデュロイを着ると、腿と腿とが擦れ合ってがさがさ音を立てた。そして、いやでも気がつく、びっくりするようなだらしなさが必ず一つはあった。はみ出したシャツの裾、穴のあいた靴下、腋毛がのぞく縫い目のほころび。ラックスは教室から教室へ本を持ち歩きはしたが、それを一度も開くことはなかった。ペンや鉛筆はシンデレラのほうきのようにかりそめの道具のようだった。ラックスが笑うと、何本もの歯がのぞいたが、トリップ・フォンテインは夜になると、その一本一本で噛まれている夢を見た。

自分が常に追いかけられる立場だったトリップには、ラックスを追いかける第一歩をどう踏み出したらいいのかわからなかった。自分のベッドルームにやってくる女の子たちに、少しずつ探りを入れて、ラックスがどこに住んでいるかを聞き出しはしたが、彼女たちの嫉妬をかきたてるのを避けるため、慎重にことを運ばなければならなかった。トリップはラックスをちらりとでも見られないものか、それが駄目ならせめて姉たちでも見られないものかという期待を抱いて、リズボン家の前に車を走らせるようになった。ぼくらと違って、トリップ・フォンテインはリズボン家の姉妹を見間違うようなことはなかった。最初からラックスを輝く最高峰と見ていた。トリップは家の前にさしかかると、トランザムの窓を開け、エイトトラックのカートリッジテープをかけた。自分の好みの歌をラックスがベッドルームで聞いてくれるかもしれないと思ってのことだった。また、あるときは、自分の胸に突き上げてくるものを抑えきれず、アクセルをいっぱいに踏み込み、タイヤのゴムの焼ける臭いを愛のしるしに残して走り去った。

トリップはラックスが自分にどんな魔法をかけたのか、なぜ自分の存在を忘れてしまったというような振る舞いをするのかわからなかった。絶望的な気分に陥って、鏡に問いかけた。自分が夢中になったたった一人の女の子が、自分に夢中になってくれないたった一人の女の子というのは、いったいどういうことなのか、と。しばらくの間、トリップは時間をかけて磨きあげた女の子の気をひく法を試みた。ラックスが通ると、髪を後ろへ撫でつけてみたり、机の上にブーツをどんと投げ出してみたり、サングラスをずりさげて自分の目を見せるということまでした。それでも、ラックスは見向きもしなかった。

実のところ、女の子をデートに誘うということでは、どんな意気地なしの少年でもトリップよりは慣れていた。というのは、彼らは貧弱な胸やX脚という引け目から、忍耐ということを学んでいたからだ。ところが、トリップは自分で女の子の家の電話番号をダイヤルする必要さえなかった。トリップにとっては経験のないことばかりだった。うまく話を運ぶ段取りを暗記し、想定される会話を予習し、ヨガの深呼吸をしてから、電話線の向こうの静まりかえった海に目をつぶってまっさかさまに飛び込むことになるなどとは思ってもみなかった。むこうが受話器を取るまでいつまでも鳴りつづけるベルの音を耐え忍んだこともなかったし、突然、かけがえのない声が自分の声と結びつくのを聞いて、心臓が高鳴ったということもなかった。それは相手を目にするよりももっと親密な、現実に相手の耳の中にいるという感覚を与えてくれた。トリップはいかにも気のない応答、たとえば、いやいやながらの「ああ……あなた」とか、にべもない「誰？」という応答に出会う苦痛を経験したことがなかった。持ち前の美しさのおかげで、狡猾さを身につける機会もなかった。切羽詰まったトリップは、自分のやるせない胸の内を父親とドナルドに打ち明けた。二人はトリップの窮境を察し、イタリアのリキュールの一杯で落ち着かせてから、秘密の愛の重荷を経験した二人にしかできないというアドバイスをした。二人がまっさきにいったのは、ラックスに電話をかけるな、ということだった。「すべてが微妙なものなのよ」ドナルドがいった。「ニュアンスなのよ」二人はトリップに、はっきり愛の告白をするよりも、なるべくありふれた話をするように勧めた。天気のこと、宿題のこと、その他、口には出さなくても間違いなく意味が伝わる目と目の会話ができるような話題を選ぶということだ。二人はサングラスを外させ、ヘアスプレーで髪を抑えて顔にかからないようにさせた。翌日、トリップ・フォンテインは科学棟の一角に腰を下ろして、ロッカーにいくラックスが通りかかるのを待った。朝日が蜂の巣模様のパネルを紅に染めていた。出入口のドアが開くたびに、トリップは目の前にラックスの顔が浮かぶのを見た。と思う間に、その目、鼻、口が、ほかの女の子の顔へと変わっていった。まるでラックスが自分を避けようとして、いつも身をやつしているようで、何か不吉な兆しとしか思えなかった。トリップはラックスが現われないことを恐れていた。いや、現われることをもっと恐れていた。

ラックスを見ないままに一週間が過ぎた後、トリップは非常手段に訴えようと決心した。次の金曜の午後、トリップは科学棟の図書室の閲覧席を立って、生徒集会に出かけた。集会に出るのは三年間ではじめてのことだった。なぜなら、集会をさぼるのは、ほかの時限をさぼるのよりも簡単だったし、グラブコンパートメントからのばした水ぎせるを吸って過ごすほうがずっとよかったからだ。集会でラックスがどこに座るのかは見当もつかなかったので、彼女が現われたら、その後について入ろうと、水飲み器のあたりをうろうろしていた。父親とドナルドのアドバイスに反してサングラスをかけたのは、廊下の先をじっと見ているのを隠すためだった。ちょうどおとりのようにラックスの姉たちが次々に現われて、トリップの心臓を三回高鳴らせたが、ラックスがようやく女子トイレから姿を現わしたのは、ミスタ・ウッドハウスがその日の講演者——地元テレビの天気予報係——を紹介した後だった。トリップ・フォンテインは神経を集中してラックスを見つめた。集中するあまり、自分の存在さえも忘れてしまった。その瞬間の世界は、ただラックス一人を包み込んでいるだけだった。ぼんやりしたオーラがラックスを取り巻き、分離した原子のようなきらめきが生じていた。それはトリップの頭に血が上っていたせいだったのだろう、とぼくらは後で思った。ラックスはそれと気づきもせずにトリップの真ん前を通り過ぎた。その瞬間、トリップは予想していたタバコの臭いでなく、西瓜の味のガムの香りを嗅いだ。

講堂はモンティセロドーム、ドーリス式の柱形、それにぼくらがよくミルクを流し込んでいた模造のガス灯などからなり、コロニアル風の明るさを宿していた。トリップはラックスについてその中に入っていった。そして、最後列のラックスの隣に座った。目が吸い寄せられそうになるのは何とか抑えたが、それは意味のないことだった。トリップ・フォンテインはそれまで自分が持っているとは気づかなかった感覚器官で、隣にいるラックスを感じ、その体温、心搏数、呼吸数、体内のあらゆる脈動や流れを記録していたからだ。講堂の照明が暗くなり、天気予報係がスライドを見せはじめてまもなく、四百人の生徒、四十五人の教師をよそに、トリップは暗闇の中でラックスと二人だけになった。恋で金縛りになったトリップは、竜巻がスクリーンを席巻している間、ぴくりとも動くことができなかった。十五分ほどたってから、ようやく前腕を肘掛けに置いた。置いてはみたが、まだ一インチの隙間が二人を隔てていた。それに続く二十分余り、トリップ・フォンテインは全身に汗をかきながら、ほんのわずかずつ自分の腕をラックスの腕のほうに動かしていった。ほかのみんなの目がカリブ海沿岸の町に襲来するハリケーン・ゼルダに注がれている間、トリップの腕の毛がラックスの腕の毛をこすった。とたんに、電流が新しい回路に押し寄せた。振り向きもせず、息も荒らげず、ラックスは同じ圧力で応えた。トリップがさらに圧力を加えると、ラックスはそれに応じた。何度も同じことが繰り返されるうちに、二人の肘がくっついた。ちょうどそのときだった。前のほうにいた悪戯者が、両手で口を囲って、おならの音をさせたのは。講堂の中に笑いのさざなみがひろがった。ラックスは青くなって、腕をさっと引っ込めた。しかし、トリップ・フォンテインはその機会をとらえて、はじめての言葉を彼女の耳もとにささやきかけた。「あれは絶対にコンリイだ」と、トリップはいった。「あいつはどうしようもないな」

ラックスは答えるどころか、うなずきもしなかった。だが、トリップはラックスのほうへ身を乗り出したまま話しつづけた。「おれ、きみの親父さんにきみを誘ってもいいかどうか、訊いてみるつもりだからね」

「あんまり見込みないわ」トリップのほうを見もせずにラックスがいった。照明がついて、まわりの生徒たちが手を叩きはじめた。トリップは拍手が最高潮に達するまで待ってから、また口を開いて、こういった。「まず、きみのうちにぶらっと寄って、テレビを見せてもらう。今度の日曜日に。それから、きみを外に誘う」そこでまた、答えを待ったが、ラックスは聞こえたというしるしに手を動かしただけだった。掌を上に向けたそのしぐさは、お好きなように、といっていた。トリップは立ち上がっていこうとしたが、いく前に、空いた自分の席の背にまわりこんだとき、何週間も抑えてきた言葉が思わず口をついて出た。「きみは冷たい女だな」トリップはそういって立ち去った。

トリップ・フォンテインは、ピーター・シセン以後、はじめて単独でリズボン家に足を踏み入れた。何時ごろにいくかをラックスにいい、それをそのまま両親に伝えさせることで、かえって楽々とやってのけたのだ。ぼくらがどうしてそれを見過ごしたのか、誰にも説明がつかなかった。とくに、トリップが面会中に主張したように、人目をはばかることなく、見通しのいい場所にトランザムを乗りつけ、ニレの切り株の前に停めたとあれば、木で隠れることもなかったはずなのに。トリップはこのときのために散髪し、ウェスタン風の装いのかわりに、ホテルの宴会係のような白いシャツ、黒いズボンという恰好をしていった。ラックスはドアまで迎えに出ると、ほとんど何もいわず(それまでしていた編み物を続けた)、リヴィングルームのトリップのために空けられた席に案内した。トリップはソファーにミセズ・リズボンと並んでかけた。ラックスはミセズ・リズボンの向こう側に座った。姉妹はほとんどといっていいほど注意を払わなかった、少なくとも学校一の人気者の自分が予想していたほどには、とトリップ・フォンテインはいった。テレーズは隅のほうに座り、剝製のイグアナを手にして、イグアナは何を食べるのか、どうやって繁殖するのか、どんなところに生息しているのかをボニーに説明していた。ただ一人トリップに話しかけたのはメアリイで、コークのおかわりを何度も勧めた。テレビではウォルト・ディズニーの特別番組をやっていた。リズボン家の人々は健全なエンタテインメントに慣らされた家族らしい見かたでそれを見ていた。ぎこちないスタントに大笑いし、結果のわかったクライマックスに息をのんでいた。トリップ・フォンテインが見る限り、姉妹には何一つねじけたところはなかった。だが、彼は後にこういった。「何かしなけりゃならないっていうだけの理由で、自殺することがあるのかもしれないな」ミセズ・リズボンはラックスの編み物にちらちら目をやっていた。そろそろチャンネルを変えようという頃合になると、《TVガイド》を繰って、次はどの番組が適当か判断を下した。部屋のカーテンはキャンバス地のように分厚かった。窓の下枠には、ひょろひょろの植物の鉢植えが二、三、置いてあった。トリップの家の緑あふれるリヴィングルーム（ミスタ・フォンテインは園芸に凝っていた）とはあまりにもかけ離れていて、ソファーの反対側でラックスの命が脈打っているのでなければ、死の惑星にいると感じたかもしれなかった。ラックスが素足をコーヒーテーブルの上に上げるたびに、トリップはそれを目で追った。足の裏は真っ黒で、足の指の爪はピンクのペディキュアでまだらに染まっていた。足が見えるたびに、ミセズ・リズボンが編み棒で軽く叩いて、テーブルの下に追いやった。

それがことのすべてだった。トリップはラックスの隣に座ることも、言葉を交わすことも、じっと見ることさえもできなかった。それでも、ラックスが間近にいたという輝かしい事実は、心の中で明るく燃えたった。十時になると、妻から合図を受けたミスタ・リズボンがトリップの背中を軽く叩いて、こういった。「さてと、わたしたちはいつもこの時間になると寝るんだがね」トリップはミスタ・リズボンと握手した。それから、ミセズ・リズボンの冷たい手を握った。ラックスがトリップを送り出すために進み出た。ラックスも今はどうしようもないと思っていたに違いない。ドアまでの短い道行きの間、トリップのほうをほとんど見もしなかったことから、それがうかがえた。ラックスは耳に栓をしたように、うつむいたまま歩きつづけた。ドアを開ける段になってようやく顔を上げ、悲しげな笑みを見せた。それは、この先も残るのはいらだちだけということを示唆していた。またこういう機会があっても、自分に望めるのはミセズ・リズボンと隣合わせにソファーに座ることだけと知って、トリップ・フォンテインは打ちひしがれた。トリップはセシリアの死後、伸び放題になっている芝生を横切って歩いていった。車の中に座ると、家のほうをじっとうかがい、一階の明かりが消えて二階の明かりがつき、それがまた一つ一つ消えていくのを見まもった。ラックスはもう寝る用意をしたのだろうかと考えた。ラックスが歯ブラシを持っている姿が浮かんできたが、それは毎晩のように自分のベッドルームで目にしている成熟した裸体よりもさらに興奮をかきたてた。トリップは頭をヘッドレストにのせ、口を開けて胸苦しさをやわらげようとした。そのとき突然、車の中の空気が大きく揺れ動いた。気がついてみると、服の長い襟をつかまれ、体を前後に激しく揺さぶられていた。まるで何百もの口を持った生き物が、自分の骨の髄を吸い取ろうとしているようだった。ラックスは無言のまま、飢えた獣のように襲ってきた。西瓜のガムの味がしなかったら、相手が誰なのかわからなかっただろう。最初に燃えるようなキスを二、三度繰り返した後、トリップは自分がそのガムを嚙んでいるのに気づいた。ラックスはフランネルのナイトガウンを羽織っていたが、パンティーははいていなかった。芝生の露で濡れた足からは、草地の臭いが伝わってきた。トリップはラックスのじっとりしたむこうずね、ほてった膝、毛の生えた腿に触れた。そして、ラックスのウェストの下につながれている貪欲な獣の口におずおずと指を這わせた。これまで女の子に触れたことさえないというような振る舞いだった。トリップはカワウソの毛皮のような柔らかい毛とぬるぬるした中身に触ってみた。車の中には二匹の獣がいた。上になった一匹は、雄の臭いを嗅いで嚙みついた。下になったもう一匹は、湿った檻から抜け出そうとしてもがいた。トリップは男らしく与えられる限りのものを与え、なだめられる限りのものでなだめた。だが、自分自身の満たされない感じはつのるばかりだった。そして、ものの数分もしないうちに、「ベッドを調べられる前に戻らなくちゃ」という言葉だけを残してラックスがいってしまうと、ぐったりしてほとんど死んだような状態になった。

たとえ、その電撃的な攻撃がたったの三分間しか続かなかったとしても、それはトリップにくっきりと痕跡を刻みつけた。トリップはそれを宗教的体験や天恵、あるいは幻がもたらす力、言葉では言い表わせない彼方から生じてこの世に伝わった亀裂のように語った。「ときどき、あれは夢だったのではないかと思う」暗闇の中で自分の精を吸い取った何百もの口の貪欲さを思い起こしながら、そういった。たとえ、人目にはうらやましい性生活を続けていても、それはだんだん尻すぼみになっていった、とトリップ・フォンテインは告白した。あれほどの甘美な力ではらわたを揺さぶられたことも、他人の唾液でべとべとに濡らされる感覚を味わったことも二度となかった。「自分が切手になったみたいだった」と、トリップはいった。思い込んだら命がけ、まったく堪え性がなく、同時に三本、四本の腕を伸ばすこともできる並外れて移り気なラックスに、トリップは後年になっても舌を巻いていた。「ああいう類《たぐい》の恋を経験した人間はめったにいないだろうな」トリップは不遇の中で勇気を奮い起こして、そういった。「少なくとも、おれは一度は経験した」それに比べれば、大人になろうというころ、成熟しようというころの愛人は、すべすべした脇腹と頼もしい大声を持った御しやすい女たちだった。愛の行為の最中でさえも、彼女たちが熱いミルクを入れ、厄介ごとをかたづけ、死の床を涙で看取ってくれる図を想像することができた。みんな、温かく包み込んでくれる湯たんぽのような女ばかりだった。大人になってからの煽情的な女たちにしても、いつもどこか調子の合わないところがあった。

ラックスに燃え立たせられたあの沈黙のときに匹敵するほどの強烈なエロティシズムはもうなかった。

ラックスがこっそり家の中に戻ろうとしたとき、ミセズ・リズボンに見つかったのかどうかはわからない。だが、理由はともあれ、トリップがもう一度、一緒にソファーに座ろうとデートを申し込んでも、ラックスは外出を禁止されているからというばかりだった。それに、母親はもう男の子が訪ねてくるのを許さない、ということだった。トリップ・フォンテインは二人の間であったことを学校で悟られないよう用心した。それでも、二人であちこちの物陰に姿を隠すことがあるという噂がひろまったが、トリップはラックスに触れたのは車の中での一度だけだと言い張った。「学校じゃ、どこにも行き場がなかったんだ。ラックスの親父さんは彼女から目を離さなかったしな。あれは苦痛だった。どうしようもない苦痛だった」

●

ホーニッカー医師の意見によれば、ラックスの性的放埓《ほうらつ》は精神的に満たされない状態への反動で、珍しくはないということだった。「思春期の男女は、手近に見つけられるところに愛を求める傾向がある」ホーニッカー医師は出版されることを願って書いた多くの論文の一つで述べていた。「ラックスは性的行為を愛と混同していた。彼女にとって、セックスは妹の自殺の結果必要になった慰安に代わるものだった」何人かの少年が、この仮説を実証する材料を提供した。一度、二人で運動場の付属の建物の中で一緒に横たわっていたとき、ラックスが自分たちのしたことを汚らわしいと思うかと訊いてきた、とウィラードはいった。「そりゃ、こう答えるしかないよな。おれ、思わないっていったよ。そしたら、彼女、おれの手を取って、こういうんだ。『わたしのこと、好きでしょ？』って。おれ、黙ってたよ。女の子にはいろいろ想像させとくのがいちばんいいからな」後年、ぼくらがラックスの情熱は見当違いな要求から発したものだったのではないかとほのめかすと、トリップ・フォンテインはいらだった様子を見せた。「きみたちがいうのは、おれは手段にすぎなかったってことか？　だが、あれはごまかせるもんじゃない。本物だった」ぼくらはミセズ・リズボンにバス発着所のカフェテリアで会って、ただ一度だけ話を聞いたが、そのときにも苦労してこの問題を持ち出した。だが、ミセズ・リズボンはかたくなに突っぱねた。「うちの娘たちは一人として愛情に飢えていたりしませんでした。うちの中には愛情が満ちあふれていましたから」

説明するのは難しかったが、十月になると、リズボン家はますます暗く見えはじめた。一定の光のもとでは、空中に浮かんだ池のように見えていた青いスレートの屋根が、目に見えて黒ずんできた。黄色い煉瓦は茶色くなった。夕方になると、隣のブロックのスタマロウスキーの屋敷から飛び立っていたコウモリが、リズボン家の煙突からも飛び立つようになった。スタマロウスキー家の上空を旋回していたコウモリが、ジグザグ飛行して急降下すると、女の子たちが悲鳴を上げ、長い髪を抑えて逃げまわるのをよく見たものだ。ミスタ・スタマロウスキーは黒いタートルネックを着て、バルコニーにたたずんでいた。日暮れどき、ぼくらが広い芝生をうろついてもとがめなかった。ぼくらは一度、花壇の中で死んだコウモリを見つけたことがある。そいつは二本の鋭い歯を持った皺くちゃの老人の顔をしていた。コウモリはスタマロウスキー家とともにポーランドからきた、とぼくらはずっと思っていた。ベルベットのカーテンに閉ざされ、旧世界の衰微した雰囲気の漂う陰気な屋敷の上をコウモリが舞うのは、いかにも似つかわしかったが、リズボン家の実用的な二本の煙突の上ではそうは見えなかった。荒廃の兆しはほかにもあった。呼び鈴を照らしていた照明が消えた。裏庭の鳥の餌箱が落ち、そのまま地面に転がっていた。ミルクの受け箱の上にミセズ・リズボンが配達屋にあてて書いたそっけないメモが置いてあった。「ひどいミルクはもういりません！」当時を思い出して、ミセズ・ヒグビーがいうには、ミセズ・リズボンは長い棒を使って外側の鎧戸を閉めていたということだった。ぼくらが訊いてまわった限りでは、みんながそれに同意した。しかし、ミスタ・ビューエルが新しいルイヴィルスラッガー（野球バット）を構えているチェイスを撮った資料3の写真では、背景のリズボン家の鎧戸はすべて開いている（ぼくらは虫眼鏡のありがたさを知った）。その写真は十月十三日、チェイスの誕生日、ワールドシリーズの開幕日に撮られたものだった。

学校と教会以外、リズボン家の姉妹はどこにも出かけなかった。週に一度、クローガー（スーパーマーケットのチェーン）のトラックが配達にやってきた。ある日、ちびのジョニイ・ビューエルとヴィンス・ファシリが通りに空想のロープを張って、そのトラックを停めた。双子のマルセル・マルソーといった趣で、通りの両側からそれぞれが空気を引っ張ったのだ。運転手は二人を乗せてくれた。二人は自分たちも大きくなったら配達の仕事をしたいと嘘をいって、注文伝票に目を通した。ヴィンス・ファシリがこっそりポケットに入れてきたリズボン家の注文は、軍の補給品の請求を思わせるものだった。

5ポンド-1　クローガー小麦粉
1ガロン-5　カーネーション脱水ミルク
18ロール　ホワイトクラウド・トイレットペーパー
24缶　デルモンテ桃（シロップ漬け）
24缶　デルモンテ・グリーンピース
10ポンド　牛挽き肉
3　ワンダー・パン
1　ジフ・ピーナッツバター
3　ケロッグ・コーンフレーク

5　スターキスト・ツナ
1　クローガー・マヨネーズ
1　アイスバーグ・レタス
1ポンド　オスカーメイヤー・ベーコン
1　ランドオレイクス・バター
1　タング・オレンジフレーバー
1　ハーシー・チョコレート

●

ぼくらは木の葉の移ろいゆく様子を見まもっていた。葉はもう二週間にわたって散りつづけ、芝生を覆っていた。当時はまだ葉を落とす木々が健在だった。今は、秋になっても、わずかに生き残ったニレの木のてっぺんから、ほんの何枚かの葉がスワンダイブするだけで、落ち葉といっても、杭で支えられた若木から四フィートほどの高さを落下するだけのものがほとんどだ。通りが百年後にはどうなるか、とりあえず未来図を示して市民を安心させようと市当局が植えた、冴えない後継ぎがその新しい木だった。それがどういう種類のものなのか、はっきり知っている人は一人もいない。公園管理局の係員は、その木が〝オランダエルムコガネムシに対する強さ〟で選ばれた、とだけいった。

「虫でさえ、あの木を好かないってことが問題なのよ」と、ミセズ・シェイアはいった。

昔は、木々のてっぺんの葉がいっせいにがさがさ鳴る音で秋が始まった。そして、限りないと思われるほど後から後から葉がちぎれ、ときおり上昇気流にあおられて、まわったり、はためいたりしながら、ふわふわ舞い落ちた。まるで世界が自らの一部を振るい落としているような光景だった。ぼくらは落ち葉を積もるままにしておいた。日ごとに枝の間からのぞく空の断片が大きくなっていく間、何もしない言い訳を考えながら傍観していたのだ。

それでも、葉が落ちてしまった後の最初の週末になると、ぼくらはずらりと並んで、通りに積もった落ち葉の山を掻き集めはじめた。もっとも、やりかたはその家ごとに違っていた。ビューエル家は三人編成でのぞみ、熊手を持った二人が縦に並んで落ち葉を掻き集めると、もう一人がそれとは直角に掃いていった。ミスタ・ビューエルが大戦中、ヒマラヤ越えをするときに組んだ編隊の形を真似たものだった。ピッツェンバーガー家は十人が繰り出して立ち働いた——両親、ティーンエイジャー七人、それにカトリック教徒として中絶もならないままに生まれた二歳の子がおもちゃの熊手を持って続いた。肥満体のミセズ・アンバーソンは送風機で葉を吹き飛ばした。みんながそれぞれにつとめを果たした。終わった後、きれいにブラシをかけた毛のようにこざっぱりした芝生を見て、みんな、腹の底までいい気分になった。ときには、調子に乗りすぎて、芝まで掻き起こし、土を露出させたりもしたが。その日の終わり、ぼくらは道路脇に立って、草の葉の一枚一枚まで平らにならされ、土くれの一つ一つまできれいに潰され、休眠中のクロッカスの球根の一部まで傷つけられた芝生を見渡した。当時は大気汚染がひろがる前で、落ち葉を燃やすことも許されていたので、夜になると、崩壊しようとしている部族の最後の行事の一つとして、父親たちが通りに出て、自分の家の落ち葉の山に点火した。

ミスタ・リズボンは例のソプラノで歌を歌いながら、一人で落ち葉を搔く作業をするのがふつうだった。しかし、テレーズが十五になってからは、父親を手伝うようになった。男のような服を着て、膝までのゴム長をはき、釣り用のキャップをかぶり、体を屈めて、せっせと落ち葉を搔き集めた。夜になると、よその父親と同じように、ミスタ・リズボンも落ち葉の山に火をつけた。しかし、焚き火が急に燃え上がるのではないかという心配で、せっかくのいい気分も半減した。ミスタ・リズボンは落ち葉の山のまわりをまわって、葉を中心のほうに投げ入れ、炎が燃えひろがらないようにした。そして、ミスタ・ウォズワースが、そこらをひとまわりする間、ほかの父親たちに勧めた頭文字入りのフラスコからの一杯を勧めても、こういうばかりだった。「いいえ、結構です、結構です」

一連の自殺があった年、リズボン家の落ち葉は搔き集められずに放置された。頃合の土曜日になっても、ミスタ・リズボンは家から動こうとはしなかった。ぼくらは熊手を動かしながら、ときどきリズボン家のほうを見やったが、家の壁は秋の湿り気にじっとり濡れ、落ち葉が散り敷いてまだらになった芝生は、掃除が済んで青々としたよその芝生に取り囲まれていた。ぼくらが落ち葉を掃けば掃くほど、リズボン家の庭にはますます厚く積もっていくようで、低木の茂みを包み、ポーチの階段の最初の段を覆った。その晩、ぼくらが焚き火を燃やすと、どの家もオレンジ色に輝いて今にも踊り出しそうだった。ただリズボン家だけが暗いまま、ぼくらの煙や炎の及ばないトンネルか虚空のように取り残された。何週間かたっても、リズボン家の落ち葉は積もったままだった。それがよその庭に吹き飛ばされると、文句をいう声も聞こえてきた。「これはうちの葉じゃないぞ」ミスタ・アンバーソンはそういって、飛んできた葉を缶に詰め込んだ。二度雨が降って、葉は濡れそぼち、茶色に変色した。リズボン家の芝生は泥の野原のように見えた。

●

リズボン家の荒廃ぶりの進み具合は、前にやってきた記者たちの注意をひいた。だが、地元紙の編集長、ミスタ・ボービーは、自殺のような個人的な悲劇は報道しないという決定を変えなかった。編集長はかわりに、湖岸を覆い隠す新しいガードレールをめぐる論争、あるいは五カ月目に入った墓地労働者のストライキ（遺体は冷凍トレーラーで州外へ搬送されていた）をめぐる交渉の行き詰まりについて検証することを選んだ。また、〈ようこそ、お隣さん〉の欄では、ぼくらの町の緑と静けさ、すばらしいベランダに魅せられてやってきた新しい住民の紹介を続けた——ウィンドミルポイント大通りに自宅をかまえたウインストン・チャーチルのいとこ。この人は首相と縁続きとは思えないほど痩せていた。パプアニューギニアのジャングルを白人女性としてはじめて踏破したミセズ・シェド・ターナー。しなびた首のように見えるものを膝にのせていたが、キャプションはそのぼけた物体を〝飼い犬のヨークシャーテリア、ウィリアム征服王〟としていた。

夏のころに話を戻すと、市内の各紙はセシリアの自殺を取るに足りないものと見て無視した。自動車工場の大量レイオフのせいで、絶望した魂が景気後退の大波に沈むことのない日はほとんどなく、作業衣のまま、ガレージの中でエンジンをかけっぱなしにしたり、シャワー室で体をよじらせているのを発見される人が後を絶たなかったのだ。紙面に載るのは心中事件だけで、それも三面か四面で扱われた。家族をショットガンで撃った後、銃口を自分に向けた父親の話、厳重に戸締りした後、自分の家に火を放った男の話。市内最大の新聞の社主、ミスタ・ラーキンはリズボン家からほんの半マイルほどのところに住んでいた。当然、何があったか知らないはずはなかった。ラーキン家の令嬢としょっちゅういちゃついていたジョー・ヒル・コンリイは（いつもひげ剃りあとに切り傷をこしらえていたが、彼女のほうが一年も前から一方的に熱を上げていた）、こう証言した。ラーキン嬢と母親はセシリアの自殺について話し合ったことがあり、それは長椅子に横たわり、濡れタオルで目を覆って日光浴していたミスタ・ラーキンにも聞こえていたはずだが、何の反応もなかった、と。ではあったが、三カ月以上たった十月十五日、セシリアの自殺の特異性をできる限り簡略に説明し、〝今日のティーンエイジャーたちが抱く抗し難い不安〟と取り組むよう学校に求めた編集長あての手紙が公表された。その手紙には、明らかに偽名の〝ミセズ・I・デュー・ホープウェル〟という署名があったが、一部の記述から、ぼくらの通りの住人の誰かに間違いないと思われた。その時点では、町のほかの人たちはセシリアの自殺のことは忘れていたが、一方で、リズボン家の荒廃ぶりを見るたびに、これは内部に何か問題があると思っていた。後年、手を差し延べようにも、肝心の娘たちが一人もいなくなってから、ミセズ・デントンがヘアドライヤーの下で義憤に身を震わせつつ、その手紙を書いたと打ち明けた。ミセズ・デントンは手紙を書いたことを後悔していなかった。「隣人がトイレに流されようとしているのを傍観しているわけにはいかないでしょう」と、ミセズ・デントンはいった。「ここらの人はみんないい人ばかりだから」

手紙が公表された翌日、青いポンティアックがリズボン家に乗りつけ、見慣れない女が降り立った。紙きれを見て住所を確認すると、その女はここ何週間、誰一人上がっていくことのなかった正面のポーチへ歩いていった。新聞配達のシャフト・ティッグスも、今は十フィート先からドアに向かって新聞を投げるようになっていた。シャフトは木曜ごとの集金さえやめていた（シャフトのおふくろさんは自分の財布から差額を出して埋め合わせ、親父さんには黙っているように注意した）。ぼくらが塀に落ちたセシリアを最初に目撃したのはそのポーチからだったが、今、それは歩道の継ぎ目のように縁起の悪いものになっていた。つまり、それを踏むと悪いことが起きるというわけだ。人工芝のドアマットは端のほうがめくれ上がっていた。読まれていない新聞がびしょ濡れの山になって積み重なり、スポーツのカラー写真からは赤いインクがにじみ出していた。金属製の郵便受けからは錆の臭いが漂っていた。車から降りた若い女は、青いパンプスで新聞を脇に押しやり、ドアをノックした。ドアがわずかに開くと、女は目を細くして暗闇の中をのぞき込み、一方的にべらべらとしゃべりはじめた。女はその途中で、聞いている相手の顔が自分の視線より一フィート低いことに気がついた。女はジャケットから手帳を取り出し、戦争映画でスパイが偽造した書類を振るように振ってみせた。それが功を奏したようだった。ドアがもう何インチか開いて、女は中に入った。

ミスタ・ラーキンは掲載する理由を説明しようとはしなかったが、リンダ・パールの記事は翌日の紙面に載った。それはセシリアの自殺の詳細を伝えるものだった。その記事（読みたいかたは自分で読んでいただきたい。資料9として採録してある）の内容からすると、マッキノーの地方紙から移ってきたばかりの記者、ミズ・パールが、ボニーとメアリイにインタビューしただけでミセズ・リズボンに追い出されてしまったのは明らかだった。その記事は、当時、にわかに高まりはじめた〝人間的興味〟に応える多くの材料を提供するという論理で書き進められている。まず、ひどく大ざっぱな筆致でリズボン家の見取り図を描いている。「社交界にデビューする年頃の少女の葬儀よりも、そういう少女のためのパーティーで知られている上流の郊外」とか「明るいぴちぴちした少女たちには、つい最近の悲劇の痕はほとんど見受けられない」というようないいまわしから、ミズ・パールの文体がどういうものか見当がつくだろう。セシリアについてのいかにもなおざりな記述の後（「彼女は絵を描くのと日記をつけるのが好きだった」）、記事は次のような結論になだれこんで死の謎を解いてみせている。「思春期というのは、それ以前の歳月よりも、はるかに多くの圧力と混迷に悩まされる時期である、と心理学者は認めている。今日、アメリカの生活が若者にいつまでも子どもでいることを許しているケースが少なくないが、それは結局のところ不毛な時期に終わる。そこでは、若者は子どもとも大人とも切り離されていると感じている。そこで自己表現しようとすれば、しばしばフラストレーションを生じる。そのようなフラストレーションがますます暴力的な行為を導く可能性がある、と医師たちはいっている。そういう行為の現実性を、若者は仕組まれたドラマと区別できないのである」

この記事は、表向き、社会に存する一般的な危険を読者に知らせるということで、センセーショナリズムを避けている。翌日には、やはりミズ・パールによる十代の自殺に関する図やグラフつきの記事が掲載された。セシリアについては最初の一文で触れているだけだった。「この夏、イーストサイドで起きたティーンエイジャーの自殺は、全国的な危機に対する人々の覚醒を促した」それをきっかけに、野放しの競争が始まった。過去一年に州内で起きた十代の自殺を列挙した記事が登場した。写真もあれこれ掲載され、精一杯めかしこんだ問題児たちが写った学校のポートレートが何度も登場した。男の子はまばらな口ひげを生やし、甲状腺腫のような結び目をつくってネクタイを締め、女の子はメレンゲのように髪をスプレーし、〝シェリー〟とか〝グローリア〟という名札を金の鎖でかぼそい首から吊るしていた。家庭で撮った写真には、幸せなひとときに微笑んでいるティーンエイジャーたちが写っていた。結局、その数だけで終わった蠟燭を灯したバースデーケーキの上に屈み込んでいる写真も少なくなかった。リズボン夫妻がインタビューを拒んだので、新聞各紙はセシリアの写真をぼくらの学校の年報『スピリット』から採らなくてはならなかった。破り取られたページ（資料4）には、トリミングされた二人の級友のセーターの肩の間からセシリアの厳しい顔がのぞいている。テレビのクルーもますます荒涼とした外観を呈するようになったリズボン家を撮ろうとやってきた。最初にチャンネル2、次にチャンネル4、最後にチャンネル7の順だった。ぼくらはリズボン家が映らないかとずっとテレビを見ていたが、何カ月かたって、残った姉妹が自殺するまで、そのフィルムは使われなかったし、使われたときには季節がすっかり変わっていた。また、地元局のテレビ番組は、十代の自殺の問題に焦点をあて、女の子二人と男の子一人を招いて、自殺を企てた理由を説明させた。ぼくらはその話を聞いたが、彼らがあまりに多くの精神療法を受けさせられた結果、真相を知るのはもう不可能になっていた。彼らの応答はリハーサルどおりという感じだった。もっぱら自尊心という概念に頼り、それ以外の話を自分の言葉で語ろうとするとひどくぎこちなくなった。女の子の一人、ラニー・ジルソンは、猫いらずをたっぷり入れたパイを焼いて、自分の命を縮めようとした。それなら、疑いを招くことなく食べることができると思ってのことだった。ところが、それは甘いものに目がない八十六歳の祖母を死なせるだけの結果に終わってしまった。そう話すと、ラニーはわっと泣き崩れた。番組のホストはラニーを慰め、ぼくらはコマーシャルを見せられた。

事件後ずいぶんたってから問題視しはじめた新聞記事やテレビ番組に、多くの人が反発を感じた。ミセズ・ユージーンはいった。「どうして安らかに眠らせてあげられないの？」一方、ミスタ・ラーソンは、「ようやくものごとが正常な状態に戻りつつあるときに」メディアが関心を向けたことを嘆いた。ではあったが、一連の報道は、ぼくらに気をつけなくてはならない危険信号を教えてくれた。リズボン家の姉妹の瞳孔がひろがっていないか？　鼻孔スプレーを使いすぎていないか？　点眼薬はどうか？　学校での活動に、スポーツに、趣味に、興味を失っていないか？　仲間から離れていないか？　わけもなく泣きわめいたりしないか？　不眠や胸の痛み、絶えざる疲労感を訴えていないか？　地元の商工会議所からは暗緑色の地に白い文字の入ったパンフレットが送られてきた。「わたしたちは青春を明るい時代と思った。だが、明るすぎるということはなかった」と、会頭のミスタ・バブソンは書いていた。「青春は真剣な時代でもあった。だから、わたしたちは青春を尊重してきたのだ」パンフレットはセシリアの死に触れてはいなかったが、かわりに自殺をめぐる問題を広く調査していた。ぼくらはそこから次のようなことを知った。アメリカでは一日八十件、一年三万件もの自殺があり、未遂を含めてなら毎分、既遂だけなら十八分ごとに起きている。自殺を遂げるのは男性が女性の三、四倍、企てるのは女性が男性の三倍にのぼる。白人のほうが非白人よりも多く自殺する。若年層（十五―二十四歳）の自殺率はここ四十年間で三倍に達している。ハイスクールの生徒の間では、自殺は死亡原因の二位になっている。自殺全体の二十五パーセントは十五―二十四歳の年齢層で起きているが、予想に反して、自殺率がもっとも高いのは五十歳以上の白人男性である。地元商工会議所の役員たち、ミスタ・バブソン、ミスタ・ローリー、ミスタ・ピーターソン、それにミスタ・ホックステダーは大いなる先見を示した、と後になって多くの人がいった。つまり、自殺が巻き起こす恐慌とそれに続く商業的活動の低落がぼくらの町を襲うだろうという暗い見通しをあらかじめ流したというわけだ。自殺が続いた間とその後しばらく、商工会議所は黒人の買い物客の流入については前ほど心配しなくなり、白人の流出については前よりも心配するようになった。何年か前から、たいていは女性だったが、度胸のある黒人がぼくらの家のメイドに混じって入り込むようになっていた。市のダウンタウンは環境が悪化して、多くの黒人はほかに行き場がなくなってしまったのだ。グリーンのスカート、ピンクのエスパドリーユ（麻縄の底の軽いキャンバス製の靴）、金の蛙がキスすると口金が締まる仕掛けになっているブルーのハンドバッグを身につけたこぎれいなマネキンが置いてあるショーウィンドーの前を、黒人がぶらぶらと行き来するようになった。ぼくらはインディアンとカウボーイ遊びではいつもインディアンのほうを選び、またトラヴィス・ウィリアムズをこれまでで最高のキックオフリターナー、ウィリー・ホートンをこれまでで最高の強打者と思ってはいたが、黒人がカーチェヴァル通りで買い物をする光景を目にするのはやはり大変なショックだった。ヴィレッジでは黒人を怖がらせて追い払う、ある種の〝改善〟措置がとられなかったか、疑わざるを得なかった。たとえば、衣裳店のウィンドーに置かれた幽霊は、ひどく頭が尖って頭巾をかぶっていたし、レストランのメニューからは何の説明もなくフライドチキンが外されたりした。しかし、そういったやりすぎが計画的なものだったとは思えなかった。というのは、自殺が始まったとたん、商工会議所は〝健康増進キャンペーン〟に関心を転じるようになったからだ。健康教育の名のもとに、商工会議所は学校の体育館にテーブルを置いて、直腸癌から糖尿病に至るさまざまな危険に関する情報を提供した。クリシュナ教団の連中は頭を丸めた姿で詠唱し、甘い野菜だけの食事をただで供することを認められた。この新しい働きかけに混じって、緑色のパンフレットが配布され、家族療法が実践されたのだった。家族療法を受ける子どもは立ち上がって、自分が見た悪夢について話さなければならなかった。母親に連れてこられたウィリー・クンツはこういった。「ぼくが泣いて、ママに愛してるっていうまで、出してくれそうもなかったんだ。だから、そうしたよ。でも、泣くのは真似だけさ。目がひりひりするまでこすってごらん。それでうまくいくはずだ」

ますます詮索の目がうるさくなる中で、姉妹は学校ではなるべく目立つまいとしていた。そのころ、姉妹のさまざまな姿を見かけたが、それはすべて、中央の廊下を肩を寄せ合うようにして歩いていく一団という一つのイメージに収斂された。姉妹は、黒い分針が自分たちの柔らかい頭を指さしている学校の大時計の下を通り過ぎていった。ぼくらはいつも時計が落ちてこないかと思ったが、そんなことは起きるはずもなかった。姉妹が足早に危険地帯を通り過ぎると、廊下の突き当たりから差し込む光でスカートが透けて見え、脚の骨格がくっきりと浮かんだ。しかし、ぼくらが後を追うと、姉妹は姿を消し、入っていったと思われる教室をのぞいても、姉妹以外のほかの顔が見えるだけだった。あるいは跡を見失って、フィンガーペイントのわけのわからない渦巻きが氾濫する下級学校に行き着くだけだった。今でも、テンペラ絵の具の匂いを嗅ぐと、あの空振りに終わった追跡を思い出す。夜の間に孤独な校務員が掃除する廊下は静まりかえっていた。ぼくらは誰かが壁に鉛筆で書きつけた五十フィートもの矢印に沿って歩きながら、今こそリズボン家の姉妹に話しかけ、何を悩んでいるのか訊いてみるときだと自分に言い聞かせた。ぼくらはしばしば、ぼろぼろのハイソックスが角を曲がってくるのを見たり、姉妹が屈み込んで、目にかかる髪を払いのけながら、引き出しに本を押し込んでいるのを目にした。しかし、結局はいつも同じことだった。姉妹の白い顔がスローモーションでぼくらの前を漂うように通り過ぎても、ぼくらはまったく見ていなかった、あるいは、いるのに気づかなかったというようなふりをするばかりだった。

当時の書き物がいくつか残っている（資料13―15）――テレーズが書いた化学の記事、ボニーが提出したシモーヌ・ヴェーユについての歴史のレポート、ラックスがたびたびでっちあげた体育の授業の免除願い。ラックスはいつも同じ手を使った。きちんとしたtとbを真似て母親のサインを偽造すると、その下に自分自身の筆跡の特徴をことさら強調してLux Lisbonとサインした。求め合う二つのLが、uの溝と有刺鉄線のようなxの上でお互いにくっつこうとしているようなサインだった。ジュリー・ウィンスロップもよく体育をすっぽかし、多くの授業時間をラックスとともに女子のロッカールームで過ごした。「あたしたち、よくロッカーの上に上ってタバコ吸ったわ」と、ジュリーはいった。「下からは見えないし、もし先生がきたって、どこから煙が流れてくるのかわかんないから。それに、タバコ吸ってた子がいたにしても、もういっちゃったと思ったみたいだし」ジュリー・ウィンスロップによれば、ラックスとはただの〝タバコ仲間〟という関係で、ロッカーの上では、タバコを吸ったり、足音に耳を澄ますのに忙しいこともあって、あまり話もしなかった。ラックスは苦痛に対する反動からか、無理に突っ張っているところがあった、とジュリーはいった。「あの子、いつもいってたわ。『こんな学校、何よ』とか『ここを出るまで待てないわ』とか。でも、そういってた子は大勢いたから」しかし、タバコを吸いおわった後、ジュリーがロッカーから飛び降りて歩きだしても、ラックスがついてこなかったことが一度あった。ジュリーはラックスの名前を呼んでみた。「それでも返事をしないんで、あたし、引き返して、ロッカーの上を見てみたのよ。そしたら、あの子、じっと横になって縮こまってるの。全然、物音も立てずにね。おまけに、ほんとに寒くてたまらないってみたいに、ブルブル震えてるの」

先生たちもこの時期の姉妹のことをおぼえていたが、その記憶は教えていた科目によりさまざまだった。ミスタ・ニリスはボニーのことをこういった。「あれは微積分の準備コースだったね。でも、お互いに触れ合いを感じるところまではいかなかったな」一方、セニョール・ロルカはテレーズのことをこういった。「ああ、あの大きな子！　もっと小さければ、もっと幸せだったかもしれないですね。そのほうが世間でも通りがいいし、男の心もひきつけるでしょう」言葉の天才というのではなかったけれども、テレーズがしっかりしたスペインの標準語を話し、語彙の記憶にも優れた能力を持っていたのは明らかだった。「彼女はスペイン語が話せました」セニョール・ロルカはいった。「でも、感じとってはいませんでしたね」

美術の先生、ミス・アルントはぼくらの質問に書面で回答を寄せ（〝熟慮〟の時間がほしいので、ということだった)、こう述べた。「メアリイの水彩画は、適当な言葉が見当たらないのですが、〝哀調〟と呼びたいようなものを帯びていました。ですが、わたしの経験からすると、実のところ、子どもには二種類しかないのです。頭のからっぽな子ども(野獣派の描く花、犬、ヨット)と、利口な子ども(衰退する都市のグワッシュ画、陰鬱な抽象画)と――カレッジ時代と、〝ヴィレッジ〟での無我夢中の三年間のわたし自身の絵と似ています。彼女が自殺するということを、わたしは予見できたでしょうか? 残念ながら、ノーです。わたしの生徒の少なくとも十パーセントは、生まれついてのモダニストという傾向を持っていました。わたしは訊きたいのです。鈍感は天賦の才なのでしょうか? 知性は呪いなのでしょうか? わたしは四十七歳で独り生きています」

日一日と、リズボン家の姉妹は自らを仲間外れにする傾向を強めていった。というのは、自分たちだけのグループを離れず、ほかの女の子が一緒に話したり歩いたりするのは難しかったし、放っておいてもらいたいと望んでいるように思われたからだ。そして、放っておかれればおかれるほど、姉妹はますます引きこもっていった。シーラ・デイヴィスは、ボニー・リズボンと同じ文芸研究会にいたときのことを、こう語った。「わたしたち、『ある貴婦人の肖像』っていう本について議論したのよ。で、ラルフっていうキャラクターの描写をしなきゃならなかったの。ボニーははじめ、あまりしゃべらなかったわ。でも、ラルフがいつも両手をポケットに突っ込んでることを指摘したの。そこで、わたし、馬鹿みたいにいっちゃったのよ。『彼が死ぬところ、ほんとに悲しいわね』って。考えもしないでね。そしたら、グレース・ヒルトンが肘で突くんで、わたし、あ、いけないって思ったの。それきり、まわりはしんとしちゃったわ」

〝哀悼の日〟というアイディアを思いついたのは、校長夫人のミセズ・ウッドハウスだった。カレッジで心理学を専攻した校長夫人は、週に二回、市の中心部で就学前児童のための教育プログラムにボランティアで参加していた。「新聞じゃ、自殺のことを書きつづけていましたけれど、あの年、わたくしたち、学校ではたったの一度も触れたことがなかったんです。それ、ご存じ？」それから二十年近くを経てから、校長夫人はそういった。「わたくし、ディックが始業式でその問題について話せばいいと思っていたんですけど、ディックはそうは思っていなかったようなので、任せるしかありませんでした。でも、そういう声が上がってくるにつれ、ディックもだんだんとわたくしの見解に同調するようになったんです」（事実、ミスタ・ウッドハウスは遠まわしではあったにせよ、始業式の新入生歓迎挨拶でその問題に触れた。新しい先生を紹介した後、こういったのだ。「きょう、ここに集まったわたしたちの中のある人々にとって、この夏はつらく長いものでした。しかし、きょうから希望と目標に満ちた新しい年度が始まるのです」）夫の地位に付随するこぢんまりした牧場風の家に数人の学校幹部を招いて開いた夕食会で、ミセズ・ウッドハウスは自分のアイディアを披露した。そして、その翌週、全校職員会議で提案した。その後まもなく、広告の職を求めて学校を去ったミスタ・パルフは、その日のミセズ・ウッドハウスの話の一部をおぼえていた。「『悲しむのは自然なことです』と、彼女はいった。『悲しみを乗り越えるのは決意の問題です』ともね。ぼくがおぼえているのは、後でそれをダイエット商品の広告に使ったからだ。『食べるのは自然なことです。体重を増やすかどうかは決意の問題です』とね。あれはきみたちも見ただろう」ミスタ・パルフは〝哀悼の日〟の提案に反対票を投じたが、反対は少数だった。そして、日付が決められた。たいていの人が〝哀悼の日〟をわけのわからない記念日としておぼえている。授業は最初の三時間がなくなり、ぼくらはずっとホームルームで過ごした。先生はその日のテーマに関連した謄写版の印刷物を配った。ミセズ・ウッドハウスが一人の女の子の悲劇だけを取り上げるのは不適当と思ったこともあって、何のための日なのか、公式に発表されることはなかった。その結果、悲劇は拡散し、一般化されてしまった。ケヴィン・ティッグスはこういった。「これまでに起きたあらゆることを残念に思うようにといわれてるみたいな感じだった」先生は自分で選んだ素材を提供する自由を与えられていた。ズボンの折り返しを金属のクリップでしっかり留め、自転車に乗って登校していた英語教師、ミスタ・ヘドリーは、ヴィクトリア朝の詩人、クリスティナ・ロセッティの詩を集めたものを配った。デボラ・フェレンテルはその中の『安らぎ』という題の詩の何行かをおぼえていた。

おお土よ、彼女の目を重く覆い
見るのに疲れた美しい目を封じる土よ
彼女のまわりに寄り固まり、さざめきの余地を与えず
しゃがれた笑いで、溜め息の音も消す
彼女は問いもせず、答えもしない

パイク師はカレッジ時代にフットボールチームが地区優勝を逃して胸を引き裂かれるような思いをした経験を交えながら、死と再生をめぐるキリストのお告げについて語った。化学を教えながら、いまだに母親と暮らしているミスタ・トノヴァーは、そういう状況で何を話していいかわからず、生徒がブンゼンバーナーでピーナッツ入りの豆板を焼くのを黙って見ていた。ほかのクラスでは、生徒はいくつかのグループに分かれ、自らを建造物に見立てるゲームをやった。「もし、きみがビルディングだとしたら」と、リーダーが訊く。「どういうビルディングだろう？」みんな、その構造について細々と述べたうえで、改良を加えていかなければならない。別々のホームルームに分離されたかたちのリズボン家の姉妹は、ゲームに加わるのを断わったり、トイレにいかせてほしいと言いつづけたりした。しかし、どの先生も参加を強要したりはしなかった。その結果、ぼくらは無事に癒しの行事を済ませたのだった。昼に、リズボン家の姉妹が科学棟の女子トイレに集まって

いるのをベッキイ・トールブリッジが見かけた。「みんな、廊下から椅子を持ち込んで、そこに座って、じっとしてたわ。メアリイはナイロンのストッキングに伝線こしらえて——メアリイがナイロンはいてたなんて信じられる？——それをマニキュア液でつくろってたけど。ほかの三人はそれを見てるふうだった。でも、かなり退屈してたみたい。わたしはトイレの仕切りの中に入っていったんだけど、あの子たちがずっと外にいるのが感じでわかって、何か、出ていけなくなっちゃった」

ミセズ・リズボンは〝哀悼の日〟のことを知らなかった。その日、家に帰ってきた夫も娘たちも、そのことには何も触れなかったからだ。当然のことながら、ミセズ・ウッドハウスが提案を行なった職員会議には、ミスタ・リズボンも出席していた。だが、そのとき彼がどんな反応を示したかは、人によって答えが違う。ミスタ・ロドリゲスは「うんうんとうなずいていたが、何もいわなかった」と記憶していたが、ミス・シャトルワースは会議が始まってすぐに中座したきり戻ってこなかったと記憶していた。「ミスタ・リズボンは〝哀悼の日〟のことは何も聞いていませんよ。体は温かい上着の内、心はうそ寒い上の空、という状態でしたからね」あいかわらず人を戸惑わせるレトリックを用いるので（今回は対句だった）、ミス・シャトルワースが何をいっているのか、御前から下がる前に察しをつけなければならなかった。ミス・シャトルワースが会見のために部屋に入ってきたとき、ぼくらはいつもそうしていたように敬意を表して立ち上がった。ぼくらも中年にさしかかって、頭が禿げている者も何人かいるというのに、ミス・シャトルワースは遠い昔の教室でと同じように、ぼくらのことをあいかわらず〝子どもたち〟と呼んだ。いまだに、石膏のキケロの胸像と、ぼくらが卒業に際して贈った古代ギリシャの壺の模造品をデスクに置き、いまだに、独身主義の博識家という雰囲気を濃厚ににじませていた。「ミスタ・リズボンがディエス・ラクリマラム（〝哀悼の日〟のラテン語）のことを知ったのは、すっかり準備がととのってからだと思いますね。二時間目にあのかたの教室を通りかかったのですが、椅子に座ったまま、黒板に向かって教えておられました。当日の校内活動について、あのかたに教えるだけの勇気は誰も持っていなかったようですね」事実、後年、ミスタ・リズボンと話したときに訊いてみたが、〝哀悼の日〟については漠然とした記憶しかないようだった。「ああいうことは十年はやらないと」と、ミスタ・リズボンはいった。

セシリアの自殺に対処しようとするさまざまな試みが成功したと認める人は長い間いなかった。だが、ミセズ・ウッドハウスは〝哀悼の日〟が重大な目的を達したと考え、多くの教師は問題をめぐる沈黙が破られたことに満足した。心理学のカウンセラーが週に一度、スタッフに加わり、小さな保健室に詰めることになった。相談の必要があると感じている生徒はいってみるように勧められた。ぼくらは相談にいきはしなかったが、毎週金曜日になると、リズボン家の姉妹の誰かがカウンセラーと会っているかもしれないと様子をうかがった。カウンセラーはミス・リン・キルゼムという名前だった。だが、一年後、引き続く自殺の後で、一言の挨拶もなく姿をくらましてしまった。ソーシャルワーカーの資格も偽りのものということがわかった。そもそもリン・キルゼムというのは本名なのか、いったいどういう人間なのか、どこへいってしまったのか、誰も確かなことは知らなかった。いずれにしても、彼女はぼくらが追跡できなかった数少ない人間の一人だった。そして、こういうことに運命の皮肉はつきものなのだが、ぼくらに何かを教えることができたかもしれない数少ない人間の一人だった。というのは、保健室であることの申し訳に置いてあるお粗末な医薬機器の中に姉妹がいるのを目撃したわけではなかったが、姉妹が金曜日ごとに欠かさずミス・キルゼムに会いにいっていたのは間違いないからだ。ミス・キルゼムの患者の記録は、五年後の保健室の火事（コーヒー沸かし器の古い継ぎ足しコードが原因）で焼失し、診療に関する正確な情報はもう得られない。しかし、ミス・キルゼムにスポーツ心理学の相談相手になってもらっていたマフィー・ペリイは、保健室でラックスやメアリイを、ときにはテレーズやボニーも見かけたことをよくおぼえていた。ぼくらはマフィー・ペリイ自身の居所をつきとめるのにたいへんな苦労をした。結婚後の姓を含めて、マフィーにはさまざまな噂が流れていたからだ。今はマフィー・フリーウォルドだという者もいれば、マフィー・ヴァン・レクウィッツだという者もいた。しかし、おばあさんがベル島植物園に遺贈した珍しいランの世話をしているマフィーをようやく捜し出してみると、自分の名前はマフィー・ペリイのまま、以上、といった。ホッケーで勝ちつづけていた日々そのままの口調だった。だが、最初は、たっぷり水分を吸収した蔓植物や、よく茂った匍匐《ほふく》植物、もやのような温室の空気の中で、それがマフィーとはわからなかった。生長促進ランプの下に立っているマフィーに何とかいいつくろったときでさえ、ふくれあがって襞ができた体や、かつてはゴールを決めた力強さを失って丸く盛り上がった背中に思わず見とれてしまった。しかし、色鮮やかな歯肉の中の小さな歯は変わっていなかった。ぼくらをその気の重い再検討作業に導いてくれたきっかけは、ベル島の荒廃だった。ぼくらはアメリカ帝国と平和なカナダの間に浮かんだ優美なイチジク形の島を、昔のままの姿でおぼえていた。来訪者を歓迎する赤、白、青の旗の形をした花壇、勢いよく水を撥ね飛ばす噴水、ヨーロッパ風のカジノ、森の中をめぐる乗馬用の小道。その森の木を折り曲げてインディアンが大弓をつくっていたのだ。ところが、今は、ごみの散らかった浜辺へ下る地面には雑草が生い茂っていた。その浜辺では、子どもが缶のリングのつまみを糸に結びつけて釣りをしていた。かつてはピカピカだったあずまやのペンキは鱗《うろこ》のように剝げ落ちていた。噴水式の水飲み場のまわりは泥んこで、割れた煉瓦が踏み石代わりに置かれていた。道路沿いの御影石に彫られた南北戦争の英雄の顔には、黒いペンキのスプレーが吹きかけられていた。ミセズ・ハンティントン・ペリイは貴重なランを大混乱の前の時代に植物園に寄贈した。当時は民間資金がまだあふれていたが、その死後、税基盤が弱体化したのに伴い、植物園も経費削減を迫られて、一年間、熟練した庭師を一時解雇する羽目になった。その結果、熱帯地方からの移植に耐えて、偽りの楽園でふたたび花開いた植物もすっかりしぼみ、几帳面につけられたそれらの植物の名札の間で、雑草が思うままにのさばり、人工の日照も日にほんの数時間という状況になっていた。唯一変わらなかったのは蒸気の放出で、それが傾斜した温室の窓に玉となって張りつき、ぼくらの鼻孔を湿気と爛《らん》熟《じゅく》した世界の芳香で満たした。

そういった衰退がマフィー・ペリイを呼び戻したのだった。マフィーのおばあさんのサイクノーチは葉枯れ病で死にかけていた。三株のきわめて珍しいデンドロビウムは寄生植物に侵されていた。ミセズ・ハンティントン・ペリイが自ら複雑な交配を手がけて育てた小型のマスデヴァリアは、紫のベルベットのような花弁の先が血の色に染まるというものだったが、その花の畝も、どう見ても安っぽいパンジーを栽培している棚としか思えなかった。おばあさんの花々にかつての栄光を回復するという望みを抱いて、自分の時間を割いて世話にあたったが、マフィーはもう望みはないと繰り返した。植物は土牢の光の中で生長することを期待されているようなものだった。裏塀を乗り越えて侵入した不良どもが、温室の中を駆けまわり、面白半分に植物を引き抜いた。マフィー・ペリイは移植ごてを振るって乱暴者にけがをさせたこともあった。ひび割れた窓、積もった埃、払われない入場料、イグサに巣くったネズミなどから、マフィーの関心を引き戻すのに、ぼくらは四苦八苦した。それでも、マフィーはランの小さな顔に点眼器でミルクのようなものを垂らしながら、ミス・キルゼムの診療の間、姉妹がどんな様子だったかということを、おいおい話してくれた。「やっぱり、はじめはあの子たちもかなり落ち込んでたみたい。メアリイは目の下に大きな隈を三つもつくっちゃってさ。お面かぶってたみたいだったもんね」マフィー・ペリイはどこか迷信的な保健室の消毒薬の臭いをいまだにおぼえていた。マフィーはそれを女の子の悲しみの香りとずっと思っていた。マフィーが入っていくと、姉妹が入れ替わりに出ていくということが多かった。視線を落とし、靴の紐も結ばずに、ただし、看護婦がドアのそばのテーブルに置いておいた皿からチョコレートミントを取るのは決して忘れずに。姉妹が何を話したにしろ、ミス・キルゼムはそれが尾を引いて落ち着かない様子だった。しばしば自分のデスクに向かって座り、目を閉じ、親指でつぼを押さえ、まるまる一分は口を開かなかった。「わたしの勘じゃ、あの子たちはミス・キルゼムを信用して秘密を打ち明けてたんだと思うな」マフィー・ペリイはいった。「何で信用したのかはわかんないけどね。ミス・キルゼムが消えた理由ってのも、たぶん、それと関係あるんじゃないかな」

姉妹がミス・キルゼムを信用していたかどうかはともかく、その療法は役に立ったようだった。ほとんどすぐに、姉妹を包む雰囲気が明るくなった。マフィー・ペリイが約束の時間に入っていくと、姉妹が笑ったり、夢中になってしゃべっているのが聞こえた。ときどき、窓が開け放され、ラックスとミス・キルゼムが規則を破ってタバコを吸っていた。

あるいは、姉妹が皿のキャンディーを食べ荒らして、丸めた包み紙をミス・キルゼムのデスクにまき散らしていた。

ぼくらもそういう変化に気づいた。姉妹は前ほどうんざりした様子を見せなくなった。授業中、窓の外をながめる回数が減り、手を挙げる回数が増え、はっきり意見をいうようになった。姉妹はしばしの間、自分たちにまとわりつく影を忘れ、ふたたび学校の活動に参加するようになった。テレーズは、燃えにくいテーブルと黒くて深い流しのあるミスタ・トノヴァーの寒々とした教室で行なわれる化学クラブの集会に顔を出した。メアリイは、学校の演劇の衣裳を離婚した婦人が縫うのを、週に二度、放課後に手伝った。ボニーは、マイク・ファーキンの家で開かれたキリスト教信者仲間の集会にまで姿を見せた。マイクは後に宣教師になり、タイでマラリアにかかって死んだ。ラックスは、学校のミュージカルの出演者を決める試験を受けた。そして、ユージー・ケントがラックスに熱を上げ、演出にあたるミスタ・オリファントがユージー・ケントに熱を上げていたせいもあって、コーラスの小さな役を得て、いかにも幸せそうに歌ったり踊ったりした。ユージーが後になって語ったところによると、ミスタ・オリファントは、ユージーが舞台に出ていないときには必ずラックスが出ているように演出した。そうすれば、ユージーが舞台裏の暗がりで、ラックスと二人でカーテンにくるまろうとしても、相手はいないというわけだ。それから四週間後、姉妹は最後の幽閉にあって、当然のことながら、ラックスもその劇から脱落した。しかし、舞台を見た連中によると、ユージー・ケントはいなくなったところで誰も気づかないコーラスガールよりは自分自身にうっとりして、いつもの耳障りな悪声で自分の曲を歌ったということだった。

そのころになると、秋も厳しさを増し、空は鋼色に塗り込められた。ミスタ・リズボンの教室では、惑星の模型が日に数インチずつ移動していた。見上げてみると、青い顔を太陽から背けた地球が、宇宙の暗い小道を一気に進んで、校務員のほうきの届かない天井の隅にかかった蜘蛛の巣を越えてしまうのは明らかだった。夏の湿気が思い出になってしまったように、夏それ自体が非現実なものになりはじめ、ついには視界から消えてしまった。気の毒なセシリアが、奇妙な瞬間にぼくらの意識の中に浮かんでくるようになった。たいていは、目ざめたばかりのとき、あるいは雨で筋がついた相乗りの車の窓から外をじっとながめているときだった――セシリアは例のウェディングドレスを着て、死後の生活にまごついたような様子で立ち上がった。だが、クラクションが鳴ったり、ラジオから大音響でポピュラーソングが流れたりすると、ぼくらははっと我に返るのだった。だが、ほかの人たちはセシリアの記憶をもっと簡単に整理してしまいこんでいた。そういう人たちはセシリアの話をするとき、非業の死を遂げるのをずっと予測していたし、リズボン家の姉妹を単一の種と見るどころか、セシリアは別、生まれついての変種と見なしてきた、というようなことをいった。ミスタ・ヒルヤーは当時の多数派の感情をこんなふうに要約した。

「あの娘たちの行く手には輝く未来が待っていた。一人だけが変人になり果てようとしていたのだ」人々は徐々にセシリアの自殺の謎を論じるのをやめ、謎は解きようがない、あるいはそのままにしておくのがいいという考えに傾いた。ミセズ・リズボンはあいかわらず影が薄く、ほとんど家に籠《こ》もりきりで、食料品も配達させていたが、それを非難する人はなく、むしろ同情する人さえいた。「お母さんがいちばんお気の毒よ」ミセズ・ユージーンはいった。「何かできることがあったんじゃないかといつも思うでしょうからね」苦しみということでいえば、残った姉妹はケネディ家の人々のように耐える力を身につけた。みんなも姉妹とバスに乗り合わせると、気兼ねせず隣に座るようになった。レスリー・トンプキンズは長い赤毛をとかしつけるためにメアリイのブラシを借りた。ジュリー・ウィンスロップはロッカーの上でラックスと一緒にタバコを吸ったが、ラックスが身震いするようなことはなくなったといった。姉妹は日一日と、打撃を乗り越えていくように見えた。

トリップ・フォンテインが行動に出たのは、この回復期の間のことだった。誰にも相談せず、ラックスに対する気持ちを打ち明けもせず、トリップ・フォンテインはミスタ・リズボンの教室に入っていって、デスクの前で直立不動の姿勢をとった。ミスタ・リズボンは独りぽつねんと回転椅子に座り、頭上に吊るされた惑星をぼんやりながめていた。額の上の白髪が若者の立ち毛のようにはねていた。「まだ四時間目だよ、トリップ」ミスタ・リズボンはいった。「きみに教えるのは五時間目だ」

「きょうは数学を教わりにきたんじゃないんです、先生」

「数学じゃない？」

「ぼくは先生のお嬢さんへの気持ちが嘘いつわりのないものだということをいいにきたんです」

ミスタ・リズボンはわずかに眉を吊り上げたが、その朝、六、七人の男の子から同じ宣言を聞かされたばかりとでもいうように、うんざりした顔をした。

「で、その気持ちというのはどういうものなのかね？」

トリップはブーツのかかとを合わせた。「ラックスに学園祭に一緒にいってほしいんです」

ミスタ・リズボンはそこでようやく、座るようにいった。それに続く何分か、トリップに諄々《じゅんじゅん》と説いて聞かせた。自分と妻にはルールがあって、それは姉たちに適用したのと同じものであり、今、妹に対して変更するわけにはいかない。たとえ、自分がそうしたいと思っても、妻が許さないだろう、ハッハ。だから、トリップがまたテレビを見にきたいというのならかまわないが、ラックスを連れ出すことは、とくに車で連れ出すことはどうしても駄目なのだ、と。ミスタ・リズボンは自分も青春の下半身のうずきを思い出したというように、驚くほど同情的に話してくれた、とトリップはいった。また、ミスタ・リズボンがいかに息子をほしがっているかがわかったといった。というのは、話をしながら、立ち上がって、トリップの肩を三度、励ますように揺すったからだ。「申し訳ないが、我が家の方針ということなのでね」ミスタ・リズボンは最後にそういった。

トリップ・フォンテインは道が閉ざされたと感じた。そのとき、ミスタ・リズボンのデスクの上に家族の写真が飾ってあるのが見えた。大観覧車の前で、ラックスは真っ赤な拳にキャンディーアップルを握りしめていた。飴のピカピカの表面に、顎の下の幼児らしい丸みが映っていた。砂糖をまぶしたようになった唇の端がゆるんで歯がのぞいていた。

「ぼくたち何人かで、ということだったらどうですか？」トリップ・フォンテインはいった。「グループでデートするみたいに、ぼくたちがほかのお嬢さんたちも連れ出すということだったら？　それで、そちらのおっしゃる時間までに送っていくということにすればどうですか？」

トリップ・フォンテインは抑えた口調でこの新しい申し出をしたが、手は震え、目は潤んでいた。ミスタ・リズボンは長いこと、トリップを見つめていた。

「きみはフットボールチームに入ってたね？」

「はい、先生」

「ポジションは？」

「オフェンスのタックルです」

「わたしは若いころ、セーフティをやってた」

「厳しいポジションですね。ゴールラインとの間にはもう何もないんですから」

「そのとおり」

「こういうことなんです、先生。ぼくたち、学園祭でカントリイ・デイと大きなゲームをやるんです。その後、ダンスとかいろんなことも。チームの連中全員がデートすることになってるんです」

「きみはハンサムだ。きみとつきあいたいって女の子は大勢いると思うがね」

「ぼくはその他大勢の女の子には興味がないんです」と、トリップ・フォンテインはいった。ミスタ・リズボンはまた椅子にかけた。そして、深々と溜め息をついた。それから、家族の写真をじっと見つめた。夢見るように微笑んでいるその中の一つの顔、今はもうない顔を。「娘たちの母親と相談してみよう」ミスタ・リズボンはようやくそういった。

「わたしもできるだけのことはするよ」

●

そういういきさつがあって、ぼくらのうちの何人かが、姉妹をいまだ経験したことのない付き添いのないデートに連れ出すことになった。トリップ・フォンテインはミスタ・リズボンの教室を出るとすぐに、チームの連中を集めはじめた。その日の午後のフットボールの練習の短距離スピードトレーニングの最中に、トリップはこういった。「おれ、ラックス・リズボンを学園祭に連れてくことになった。ほかの女の子の相手が三人いるんだけど。誰がいく？」窮屈な防御パッドをつけ、汚れた運動用ソックスをはいたぼくらは、二十ヤードのインターバルを走らされて、激しく息をあえがせながら、トリップ・フォンテインに自分を選んでもらおうと懸命の売り込みを始めた。パーキー・デントンは親父のキャデラックを使えるといった。ジェリイ・バーデンはマリファナタバコを三本ただでやるといった。みんなが何かを申し出た。驚くほど発達した一物をシャワーで披露してから〝ロープ〟というニックネームがついたバズ・ロマーノは、防護カップを両手で押さえ、エンドゾーンの中に転がってうめいた。「おれ、死にそう！　もう、死にそう！　おれを選ばなきゃ承知しねえからな、トリップスター！」

結局、パーキー・デントンがキャデラックのおかげで選ばれた。ケヴィン・ヘッドはトリップ・フォンテインの車のチューンアップを手伝ったおかげで、ジョー・ヒル・コンリイは学校の賞を総なめにしたおかげで選ばれた。コンリイを加えることでリズボン夫妻に好印象を与えられるだろう、とトリップが考えたのだ。翌日、トリップはミスタ・リズボンに候補者名簿を提出した。ミスタ・リズボンは週末までに自分と妻の決定を伝えた。娘たちを以下の条件のもとに送り出すというものだった。(1)一つのグループで行動する。(2)ダンスにいくだけで、ほかのどこにもいかない。(3)十一時までに帰宅する。ミスタ・リズボンはこうした条件を動かすことはできないとトリップに伝えた。「わたしもダンスパーティーの監督に加わるつもりだ」ともいった。

そのデートが姉妹にとってどんな意味があったのか、測り知るのは難しい。ミスタ・リズボンが許可を与えると、ラックスは走り寄って抱きつき、小さな女の子のようにうれしさいっぱいのキスをした。「あの子があんなふうにキスしてくれたことはもう何年もなかった」と、ミスタ・リズボンはいった。ほかの娘たちはそれほど熱っぽい反応は示さなかった。そのとき、テレーズとメアリイはダイヤモンドゲームをしている最中で、ボニーはそれを横からながめていた。三人が穴のあいた金属盤から注意を逸らしたのはほんの一瞬で、グループのほかの男の子は誰々なのかと父親に訊いたときだけだった。父親はそれを教えた。「誰が誰の相手をするの？」メアリイが尋ねた。

「わたしたち、くじの景品みたいなものね」テレーズはそういうと、駒をぽんぽんと六つジャンプさせ、安全圏に送り込んだ。

三人の気のない反応は、一家の歴史からすると、なるほどと思えるものだった。以前、ミセズ・リズボンがほかの教会仲間の母親と一緒になって、グループでのデートをお膳立てしたことがあった。それは、パーキンズ家の息子たちがリズボン家の娘たちを五艘のアルミ製のカヌーに乗せてベル島の汚い運河を漕ぎ下り、それをボートに乗ったリズボン夫妻とパーキンズ夫妻がつかず離れずの距離で追いかけるというものだった。デートしたいという暗い衝動は、野外で陽気に騒ぐうちに発散させられる、とミセズ・リズボンは考えた——色恋は芝生の上でのダーツで昇華させられるというわけだ。ついこの前、車で旅に出たとき（退屈と灰色の空のほかにはこれという理由もなく出た旅だった）、ぼくらはペンシルヴェニアで停まった。粗末なつくりの店で蠟燭を買う間、アーミッシュ（禁欲的な生活を送るプロテスタント系の小会派）の恋愛作法について学んだ。そこでは、若者は純朴な娘を黒塗りの二輪馬車で遠乗りに連れ出すが、別の馬車に乗った娘の両親がその後をついていくというのだ。ミセズ・リズボンもロマンスは監視下におくべきだと信じていた。ただし、アーミッシュの若者は真夜中になると戻ってきて娘の部屋の窓に小石を投げつける（その小石の音は誰にも聞こえないということになっている）というのに対し、ミセズ・リズボンの教義には夜の目こぼしが含まれていなかった。カヌーは決してキャンプファイアまでは行き着かなかった。

姉妹にはまた同じこととしか思えなかった。おまけに、ミスタ・リズボンが監督するとあっては、短い鎖でつながれている状態に変わりはなさそうだった。見たところ三着しかないスーツを毎日着まわして暮らしを立てている教師を親に持つというのは、相当につらいことだった。リズボン家の姉妹は父親の地位のおかげで授業料を免除されていたが、「慈善を施されてるみたい」に感じる、とメアリイがジュリー・フォードに漏らしたことがあった。そのミスタ・リズボンが、監督役を買って出た、あるいは押しつけられたほかの先生とともに、ダンス会場を巡視しようというのだ。ふつう、そういう監督役をするのは、スポーツのコーチもしていないようなひどくとっつきにくい先生か、ダンスで寂しい夜をまぎらしているようなひどく社交下手な先生だった。だが、トリップ・フォンテインのことしか頭にないラックスは、何も気にしていない様子だった。ラックスはまた下着に名前を書き込むようになっていた。書くにあたっては、母親に見つかる前に〝トリップ〟という文字を洗い落とせるよう、水溶性のインクを使っていた（いずれ洗うにしても、まる一日は彼の名前が絶えず肌に訴えかけてきた）。たぶん、ラックスはトリップに対する思いを姉たちには打ち明けていたのだろう。だが、学校でラックスがトリップの名を口にするのを聞いた女の子はいなかった。トリップとラックスはランチのときは一緒に座った。中で横になれるようなクロゼットや貯蔵庫、暖房用のダクトを探して、並んで廊下を歩いているのを見かけることもときどきあった。だが、学校でもミスタ・リズボンが身近にいた。二人は校内をこそこそと二、三回まわった後、カフェテリアを通り過ぎ、ミスタ・リズボンの教室に通じるゴムマット敷きの通路に出て、軽く手を触れ合わせた後、左右に別れるのだった。

姉たちは自分のデートの相手のことをほとんど知らなかった。「あの子たち、気持ちを訊かれもしなかったのよ」メアリイ・ピーターズはいった。「まるでお見合いか何かみたい。何か変だったな」にもかかわらず、姉たちはラックスを喜ばせるためか、自分たちが喜ぶためか、あるいは単に金曜の夜の退屈をまぎらすためか、デートの話が進むのを止めなかった。後年、ぼくらが話を聞いたとき、ミセズ・リズボンはデートについては何の心配もしていなかったといった。その主張を裏づけようとして、その夜のためにわざわざドレスを縫ったという話を持ち出した。事実、学園祭の前の週、ミセズ・リズボンは娘たちを生地店に連れていっている。娘たちは生地の棚の間をさまよった。それぞれに夢のようなドレスのアウトラインを示す薄紙がついていたが、結局のところ、どの生地を選んでも違いはなかった。ミセズ・リズボンがバストラインには一インチ、ウェストと縁には二インチをつけ足して縫ったので、できあがったドレスは四着とも同じように不恰好な袋になってしまった。

その夜の写真が一枚、今も残っている（資料10）。パーティードレスを着た姉妹が怒らせた肩と肩をぶつけるように並んでいるのが、まるで開拓時代の女たちのように見える。いかにも定番の髪型（髪型でなく〝髪下手〟と、美容師のテッシー・ネピは評した）は、荒野で生き抜いたヨーロッパファッションといった趣で、禁欲的で押しの強い感じがする。レースで縁取りした胸あて、高いネックラインのドレスにも開拓時代の面影が漂っている。だが、ぼくらが知っていた姉妹、今なお知ろうとしている姉妹の姿がここにある。フラッシュにたじろいでいる内気なボニー。頭脳派らしく、油断のない切れ長な目を凝らしているテレーズ。すましてポーズをとっているメアリイ。カメラを見ずに宙を見上げているラックス。その晩は雨が降っていた。ちょうど頭上から雨漏りがしていて、ミスタ・リズボンが「チーズ」という寸前に、水滴がラックスの頬を打ったのだ。とても十分にとはいい難いが（左手の邪魔な光源から光がさしこんでいる）、その写真は魅力ある子どもたちが大人への入口の儀式を迎えようとしている誇りをいまだに伝えている。何かを期待する雰囲気が娘たちの顔を輝かせている。押し合いへし合いしてフレームにおさまっている姉妹は、人生の発見、あるいは変化を求めて心の準備をしているようだ。そう、人生の。とにかく、それがぼくらの見かただ。あ、触らないでいただきたい。その写真は今、封筒に戻すところなのだから。

そのポートレートを撮った後、姉妹はそれぞれの流儀で男の子たちを待った。ボニーとテレーズは座り込んでトランプを始めたが、メアリイはドレスに皺をつくらないよう、リヴィングルームの真ん中にじっと立っていた。ラックスは玄関のドアを開け、よろよろとポーチに出ていった。ぼくらははじめ、足首を挫いたのかと思った。だが、その後、ラックスがハイヒールをはいているのに気がついた。ラックスは階段を上ったり下りたりして足を慣らしていたが、そのうちにパーキー・デントンの車がブロックの外れに現われた。するとラックスはまわれ右して、自分の家の呼び鈴を鳴らし、姉たちに警告を発した。そして、ふたたび家の中に姿を消した。

取り残されたぼくらは、連中が車でやってくるのを見まもっていた。パーキー・デントンの黄色いキャデラックは通りを飛ぶように進んできた。連中は車の内装がかもしだす雰囲気に戸惑いを感じているようだった。雨が降って、フロントガラスのワイパーがせわしなく動いていたが、車の内部は温かく照り輝いていた。ジョー・ラーソンの家の前を通り過ぎるとき、連中はぼくらに親指を立てて合図した。

トリップ・フォンテインがまっさきに降りた。トリップは父親のファッション雑誌の男性モデルの真似をして、ジャケットの袖をたくし上げていた。ネクタイは細めのものを締めていた。パーキー・デントンとケヴィン・ヘッドは、ブルーのブレザーを着ていた。学校教師で共産主義者の父親から借りたぶかぶかのツイードのブレザーを着たジョー・ヒル・コンリイは、後ろのシートから飛び降りた。そのときはまだ、連中もためらいがちで、霧雨にも気づかぬように、車のまわりに突っ立っていたが、ようやくトリップ・フォンテインが先に立って家の正面の小道を歩きはじめた。連中が中に入って、ぼくらからは見えなくなったが、デートの始まりはいつもと似たり寄ったりだった、と当人たちから聞いた。姉妹はまだ用意ができていないというようなふりをして二階へ上がっていった。ミスタ・リズボンは連中をリヴィングルームへ通した。

「娘たちはじきに下りてくるから」ミスタ・リズボンはそういって、腕時計を見た。「これはいかん。わたしはもう出かけないと」そのとき、ミセズ・リズボンがアーチの下に姿を現わした。頭痛がしているのか、こめかみを押さえていたが、愛想のいい笑みを浮かべていた。

「こんばんは、みなさん」

「こんばんは、ミセズ・リズボン」（声を合わせていった）

　ジョー・ヒル・コンリイが後で語ったところによると、ミセズ・リズボンには今まで隣の部屋で泣いていた跡がはっきりうかがえたという。コンリイはこう感じた（もちろん、それは彼がチャクラ〔ヨガでいう人体のつぼ〕のエネルギーを思うままに引き出せるようになったという、ずっと後になってからいったことだったが）。ミセズ・リズボンからは、積年の苦しみが、家族の深い悲しみの総量が立ちのぼっていた、と。「あの人は悲運の一族の出なんだ」と、コンリイはいった。「セシリアだけじゃなかったんだ。悲運はずっと昔に始まった。アメリカ以前の時代に。あの姉妹も悲運を背負ってたんだ」ミセズ・リズボンの遠近両用眼鏡に気づいたのもそのときがはじめてだった。「あの眼鏡で目が半分に切れてるようだった」

「どなたが運転するの？」ミセズ・リズボンが訊いた。

「ぼくです」パーキー・デントンが答えた。

「あなた、免許を取ってどれくらい？」

「二カ月です。でも、その一年ぐらい前からやらせてもらってました」

「うちではね、ふだん、娘たちを車で外出させるのは避けてるの。最近は事故が多いでしょ。今夜も雨が降ってて、道路が滑りやすいんじゃないかしら。だから、くれぐれも慎重に運転していただきたいわ」

「そうします」

「よし」ミスタ・リズボンがいった。「尋問は終わりだ。おーい、おまえたち！」——天井に向かって呼びかけた——「わたしはもういかないと。じゃ、ダンス会場で会おう、きみたち」

「はい、また後で、ミスタ・リズボン」

ミスタ・リズボンは男の子たちと妻を残して出ていった。ミセズ・リズボンは視線を合わさないようにしながら、看護婦長がカルテを読むように連中をざっと見渡した。それから、階段の下にいって、上を見上げた。さすがのジョー・ヒル・コンリイも、ミセズ・リズボンが何を考えているのか見当がつかなかった。それは、四カ月前に同じ階段を上っていったセシリアのことだったのかもしれない。ミセズ・リズボン自身がはじめてのデートのときに下りていった階段のことだったのかもしれない。あるいは、母親だけに聞こえる何かの物音についてだったのかもしれない。ミセズ・リズボンがそんな放心した様子を見せるのを目にしたおぼえのある者はいなかった。まるで、連中がそこにいるのを突然忘れてしまったようだった。ミセズ・リズボンはまた、こめかみを押さえた（今度は頭痛のせいだった）。

ようやく、姉妹が階段の上に現われた。そのあたりは仄暗《ほのぐら》くなっていて（シャンデリアの十二個の電球のうち三個が切れていた）、彼女たちは軽く手すりに触れながら下りてきた。ケヴィン・ヘッドはだぶだぶのドレスを見て、聖歌隊のローブを連想した。「だけど、あの子たちはそんなことに気づいてないようだった。おれの解釈じゃ、あの子たち、ドレスが気に入ってたんじゃないかな。でなけりゃ、とにかく出かけられるのがうれしくて、着るものなんかどうでもよかったんじゃないか。おれもどうでもよかったけどね。いや、あの子たち、すてきだったもんな」

　姉妹が階段の下まで下りてきてからはじめて、男の子たちは誰が誰の相手をするか決めていなかったことに気づいた。もちろん、ラックスについてはトリップ・フォンテインに優先権があったが、ほかの三人はより取り見取りだった。幸いというべきか、彼女たちはドレスと髪型のせいでほとんど変わりなく見えた。連中はまたしても誰が誰なのかはっきり見分けがつかなくなった。連中は尋ねてみるかわりに、とりあえず思いついた唯一の行動に出た。コサージュを贈ったのだ。

「白にしたんだ」トリップ・フォンテインがいった。「きみたちがどんな色を着るかわからなかったから。花屋が白ならどんな色にも合うっていったんだ」

「白にしてもらってよかったわ」ラックスがいった。そして、手を差し延べ、小さなプラスチックのケースにおさめられたコサージュを受け取った。

「腕輪みたいなやつにはしなかったよ」パーキー・デントンがいった。「あれはばらばらになっちゃうから」

「そうね、あれはよくないわ」メアリイが応じた。だが、それ以上、誰も何もいわなかった。誰も動かなかった。ラックスはタイムカプセルに入れられた花を食い入るように見ていた。後ろのほうからミセズ・リズボンが声をかけた。「それをピンでとめていただいたら？」

そういわれて、姉妹は前に進み出ると、恥ずかしそうにドレスの前のほうを突き出した。男の子たちはケースをいじくりまわし、飾りピンが刺さらないようにしながら、何とかコサージュを取り出した。連中はミセズ・リズボンに見まもられているのを感じた。たとえ、姉妹の息づかいに触れ、彼女たちがはじめてつけるのを許された香水の香りを嗅ぐくらい近づいていたにしても、うっかりピンで刺さないようにするのはもちろん、ちょっとでも体に触れないように気をつけた。連中は彼女たちの胸のあたりの布地をそっと持ち上げ、ちょうど心臓の上に白い花をつけた。花をピンで留めてやった相手がそのままデートの相手になった。連中はそれが済むと、ミセズ・リズボンに失礼しますといって、彼女たちをキャデラックに案内した。その間、空になったコサージュのケースを彼女たちの頭の上にかざして、髪が霧雨に濡れないようにした。

それから後は、予想以上にうまく事が運んだ。それまでは、連中もなけなしの想像力を働かせて、ありふれた光景の中にリズボン家の姉妹を描いてみるだけだった——打ち寄せる波と戯れたり、アイススケートのリンクを陽気に滑ったり、熟れたフルーツのようなスキー帽の玉房をこちらの目の前に垂らしたりする姿を。ところが、車の中で生身の姉妹と隣合わせてみて、そういうイメージの馬鹿らしさに気づくことになった。また、彼女たちにつきまとう実際とは逆の見かたも一掃された。つまり、傷ついた、あるいは頭がおかしくなった姉妹という見かただ（毎日エレベーターで会う変なおばあさんが、実際に話してみたら、実に確かな頭をしていたというようなものだ）。連中はそういう思いがけない新事実のようなものに行き当たった。「あの子たち、おれたちの姉さんや妹とまるで違うなんてことはなかった」ケヴィン・ヘッドがいった。ラックスは今までそうしたことがないからといって、前のシートに座りたがった。そして、トリップ・フォンテインとパーキー・デントンの間に割り込んだ。メアリイ、ボニーとテレーズは後ろのシートに詰めて掛けた。ボニーは機嫌が悪かった。ジョー・ヒル・コンリイとケヴィン・ヘッドは左右のドアにもたれて座った。

間近で見ても、姉妹にはまるで落ち込んだ様子はなかった。いったんシートに腰を落ち着けると、鮨《すし》詰めにされたのも気にならないようだった。メアリイはケヴィン・ヘッドの膝に半分腰掛けるような恰好になっていた。彼女たちはすぐにぺちゃくちゃとしゃべりはじめた。通り過ぎる家々の一軒一軒について、その家族のことを何か知っていた。ということは、ぼくらがじっと中をのぞきこんでいたように、彼女たちもじっと外をながめていたということだった。二年前の夏、奥さんと軽い衝突事故を起こして家までついてきた女性を、全米自動車労組の中間管理職、ミスタ・タッブズが殴ったのを、彼女たちは見ていた。ヘッセン一家はナチかナチのシンパではないかと疑っていた。クリーガー家のアルミの羽目板をひどく嫌っていた。「ミスタ・ベルヴェディアはまた出てるわ」深夜のコマーシャルに登場する、家のリフォーム会社の社長のことをテレーズがいった。ぼくらと同じように、あちこちの茂みや木々やガレージの屋根と結びついた明瞭な記憶を、彼女たちも持っていた。人種暴動のこともおぼえていた。あのときは、ぼくらの住むブロックの外れに戦車が現われ、ぼくらの家の裏庭に州兵がパラシュートで降りてきた。要するに、彼女たちもぼくらの隣人だったということだ。

はじめのうちは、リズボン家の姉妹の滑らかな舌に圧倒されて、男の子たちは何もいわなかった。彼女たちがそんなにおしゃべりで、いろいろ意見があって、しきりに世相を糾弾するなどと誰が知っていただろう？　ぼくらはときおり垣間見るだけだったが、彼女たちはその間も生活を続け、想像もつかないような成長を遂げ、削除修正された一家の本棚の本を残らず読んでいたのだ。そして、テレビや学校での観察を通じて、デートのエチケットも何とか身につけていた。だから、どうしたら会話の流れを途切らせず、気詰まりな沈黙を埋めることができるかも心得ていた。デートに不慣れだということは、てんこ盛りとも剝き出しの配線とも見える、ヘアピンで留めてアップにした髪型にうかがえるだけだった。ミセズ・リズボンは娘たちに美容に関する助言をすることがなかったし、家の中では女性誌を読むことも禁じていた（《コスモポリタン》の「あなたは多様なオルガスムを経験していますか？」という調査がとどめを刺した）。彼女たちはそれなりにできる限りのことをしていたのだ。

ラックスは車に乗っている間、自分の気に入りの曲をやっていないかとラジオのダイヤルをあちこちに合わせた。「わたし、あの曲にいかれてるの」と、ラックスはいった。「いつも、どこかでやってるじゃない。だけど、捜すのが大変なのよね」パーキー・デントンはジェファーソン通りに沿って車を走らせ、緑色に塗られた史跡の標識があるウェインライト家を通り過ぎ、お屋敷が立ち並ぶ湖畔の方角に向かった。一軒一軒の正面の芝生では模造のガス灯が燃えていた。あちこちの角では黒人のメイドがバスを待っていた。車は走りつづけ、波がきらめく湖を過ぎて、ようやく学校近くのひさし代わりのニレの木の下にたどり着いた。

「ちょっと待って」ラックスがいった。「入る前に一服したいから」

「お父さんに嗅ぎつけられるわよ」ボニーが後ろのシートから注意した。

「大丈夫、ミント持ってるもん」ラックスはそれを振って見せた。

「わたしたちの服に臭いがつくわ」

「どこかの子がトイレで吸ってたっていえばいいじゃない」

ラックスが一服する間、パーキー・デントンは前の窓を開けていた。ラックスはゆっくり時間をかけて吸い、鼻から煙を吐いた。その途中、トリップ・フォンテインのほうに顎を突き出し、唇をすぼめ、チンパンジーのような面相をして、完璧な煙の輪を三つ、次々に吹き出した。

「タバコに免疫のないやつが死なないようにしないと」ジョー・ヒル・コンリイがいって、前のシートのほうに身を乗り出し、煙の輪をつついた。

「ばかみたい」テレーズがいった。

「そうだ、コンリイ」トリップ・フォンテインが応じた。「大人になれよ」

ダンス会場への途中で、八人は四組のカップルに分かれた。ボニーのハイヒールの片方が砂利の中に突き刺さって、それを引き抜く間、ジョー・ヒル・コンリイが体を支えてやった。前々からのカップル、トリップ・フォンテインとラックスは並んで歩いていった。ケヴィン・ヘッドはテレーズに連れ添い、パーキー・デントンはメアリイに腕を差し出した。

小雨はしばらく前に上がって、空のところどころで星が顔をのぞかせていた。ボニーは靴が自由になると、空を見上げて、みんなの注意をそちらに向けた。「いつも北斗七星ね」ボニーはいった。「星座表を見てみると、そこらじゅうに星があるわ。でも、実際に見上げてみると、目につくのは北斗七星だけ」

せいだ」

「光のせいだよ」ジョー・ヒル・コンリイがいった。「町の光で夜空が見にくくなってる

「へえ」ボニーがいった。

姉妹は笑みを浮かべながら、光輝くカボチャやスクールカラーの服を着たかかしに囲まれた体育館に入っていった。ダンス委員会は収穫をテーマとすることに決めていた。バスケットボールのコートには藁がまき散らされ、リンゴジュースを並べたテーブルの上には、豊饒の角《つの》をかたどった円錐形の飾りが置かれ、そこからできもののような瓢箪《ひょうたん》の実があふれていた。ミスタ・リズボンは先に着いていて、お祭り用に用意されたオレンジ色のネクタイを締めていた。そして、化学の先生のミスタ・トノヴァーと話していた。娘たちの到着に気づいた素振りは見せなかったが、ほんとうに見ていなかったのかもしれなかった。試合用のライトは舞台照明で用いるオレンジ色のゼラチンの薄板をかぶせられ、観覧席は暗くなっていた。借りもののディスコ用のミラーボールがスコアボードから吊るされ、その光で館内はまだらに染まっていた。

そのときまでには、ぼくらもそれぞれのデートの相手とともに到着して、マネキンを抱えるように、その相手を抱いて踊りながら、シフォンのドレスの肩越しにリズボン家の姉妹を捜し求めていた。やがて、姉妹がハイヒールに足をとられながら入ってくるのが見えた。姉妹は目を見開いて体育館の中を見まわした。それから、自分たちだけで何やら相談

すると、相手の男の子たちを残してトイレにいった。彼女たちはその晩七回トイレにいったが、それが一回目だった。彼女たちが入ってきたとき、ホーピー・リッグズは洗面台に向かっていた。「あの子たちが自分のドレスを恥ずかしがってるのがわかったわ」ホーピーはいった。「あの子たち、何もいわなかったけど、見ればわかるわよ。わたしはあの晩、ベルベットのボディスとタフタのスカートのドレスを着てったけどね。わたし、まだそのドレスが着られるのよ」メアリイとボニーはトイレを使ったが、ラックスとテレーズはついてきただけだった。ラックスは鏡をのぞきこんだが、自分の美しさを確かめるには、ほんの一瞬あればよかった。テレーズはそんなことをする気はまるでなかった。

「紙がない」メアリイが仕切りの中からわめいた。「放り込んでくれない」

ラックスがディスペンサーから紙タオルを束で引き抜いて、仕切りの中へ投げ入れた。

「雪が降ってくるみたい」メアリイがいった。

「あの子たち、ほんとに声が大きいんだから」ホーピー・リッグズはそう語った。「我が物顔で振る舞ってたわ。でも、わたしのドレスの背中に何かついてるのを見て、テレーズが取ってくれたけどね」トイレという気のおけない場で、リズボン家の姉妹がデートの相手のことを何かいわなかったかと訊くと、ホーピーはこう答えた。「メアリイは自分の相手がちがちの真面目人間じゃなくてよかったっていってたわ。だけど、それだけのこと。あの子たち、まずダンスにいくことが大事で、相手のことはそれほど気にしてなかったんじゃないかな。それはわたしも同じだったけど。わたしはティム・カーターといったの。あのチビの」

姉妹がトイレから出てきたときには、ダンスフロアはますます混み合っていた。いくつものカップルが体育館をゆっくりとまわっていた。ケヴィン・ヘッドはテレーズをダンスに誘い、すぐに雑踏の中に紛れ込んだ。「ああ、あのころは若かったな」後年になって、ヘッドはいった。「こっちはすっかり怯えちゃって。むこうもそうだったけど。彼女の手を取ったのはいいけど、それをどうしたらいいのか二人ともわからなかったんだ。指をからませたらいいのかどうか。結局、そうしたけど。いちばん記憶に残ってるのはそのことだ。指のことだ」

パーキー・デントンはメアリイの計算された動き、自信のある態度をおぼえていた。「彼女がリードしてくれたんだ」と、デントンはいった。「彼女、片手に丸めたクリネックスを持ってね」踊っている間、メアリイはお上品な会話を続けた。昔の映画で、妙齢の美女が貴顕紳士とワルツを踊っている間に交わすような会話を。女は誰もが偶像視するが、男はちっともそうは思わないオードリー・ヘプバーンのように、メアリイも背筋をまっすぐに伸ばしていた。メアリイの頭の中には、足がフロアをどう動いていくか、二人の姿がどう映るか、パターンが描かれているようだった。そして、そのとおり実行しようと、必死になっているようだった。「顔は平静だったけど、内心では緊張してたんだよ」と、パーキー・デントンはいった。「背中の筋肉がピアノ線みたいに硬直してたもの」テンポの速い曲がかかると、メアリイはそれほどうまく踊れなかった。「結婚式に出た年寄りが無理してやってるって感じになってね」

ラックスとトリップはずっと後になるまで踊らなかった。かわりに、二人きりになれる場所を求めて、体育館を動きまわった。ボニーがその後を追いかけた。「おれはそのまた後を追いかけたよ」と、ジョー・ヒル・コンリイはいった。「彼女はただ歩きまわってるようなふりをしてたけど、ずっと目の隅でラックスを追いかけてた」ラックスとトリップは踊っている群れの一方の側から入り込み、反対側から抜け出した。そして、飾りつけられたバスケットボールのネットの下を通り過ぎ、体育館の奥の壁に向かい、最後は観覧席の近くに出た。曲と曲の合間に、生徒部長のミスタ・デュリドが学園祭のキングとクィーンの投票を始めた。みんながリンゴジュースのテーブルに置かれた投票用紙入れのガラス瓶に注目する間、トリップ・フォンテインとラックス・リズボンは観覧席の下にもぐりこんだ。

ボニーは二人を追った。「一人で取り残されるのを怖がってたみたいだったな」ジョー・ヒル・コンリイはいった。ボニーに頼まれたわけではなかったが、コンリイもついていった。横木の間から光が縞模様になってさしこむ観覧席の下で、トリップ・フォンテインはラックスの顔の間近にボトルを掲げてラベルを見せていた。「入ってくるところを誰かに見られなかった？」ラックスが姉に訊いた。

「ううん」

「あなたは？」

「いや」ジョー・ヒル・コンリイはいった。

その後、誰も何もいわなかった。みんなの注意はトリップ・フォンテインが手にしたボトルに向けられた。ミラーボールの反射光がボトルの表面で踊り、ラベルに描かれた果実を燃え立たせていた。

「ピーチシュナップスさ」後年、シュナップスも何も酒はいっさい禁じられた砂漠の中で、トリップ・フォンテインが教えてくれた。「ねんねはあれが好きなんだ」

トリップはその日の午後、偽の身分証明で酒を買って、夕方からずっとジャケットの裏地の中に入れて持ち歩いていた。それを今、ほかの三人が見まもる中で、ボトルのキャップをねじって開け、ネクターや蜂蜜に似た、シロップのような中身をすすってみせた。

「これをキスして味わうんだ」トリップはいった。「飲み込まずにね」そういって、もう一口ふくむと、唇をラックスの唇に寄せ、桃の香りのするキスをした。ラックスは歓喜にうっとりしながら、ごくごくと喉を鳴らした。それからくっくと笑った。そのとたん、シュナップスの滴が顎を伝って流れ落ちた。ラックスは顎に手をあてて、それを拭い取った。その後、二人は急に神妙になって、顔をくっつけあい、酒をふくんでキスした。一段落したところで、ラックスがいった。「これ、ほんとにおいしい」

トリップはジョー・ヒル・コンリイにボトルを手渡した。コンリイはそれをボニーの口もとに持っていったが、ボニーは顔を背けた。「わたしはいいわ」ボニーはいった。

「まあまあ」トリップがいった。「ほんのちょっとやってみたら」

「いい子ぶるんじゃないの」ラックスがいった。

ボニーの目は銀色の光があたっているところだけが細長い筋のように見えていたが、涙があふれそうになっていた。その下のちょうど口があるあたりの暗がりに、ジョー・ヒル・コンリイはボトルを突き出した。ボニーは潤んだ目を大きく見開き、頬をふくらませた。「飲み込んじゃ駄目よ」ラックスが釘を刺した。その後、ジョー・ヒル・コンリイは自分の口にふくんだものをボニーの口に移そうとした。ボニーはキスしている間じゅう、歯を固く食いしばり、それを骸骨のようにむきだしていた、とコンリイはいった。ピーチシュナップスはコンリイの口とボニーの口の間をいったりきたりした。だが、そのうち、コンリイはボニーがそれを飲み込んで、ほっとしたように力を抜くのを感じた。後年、コンリイは女の口の味わいから性格が分析できるようになったと自慢した。観覧席の下でボニーと過ごしたあの晩に、自分がそういう洞察力を持っていることに気づいた、とも主張した。あのキスを通じて彼女の全存在を感じとることができた、とコンリイはいった。ルネッサンス期に信じられていたように、まるで彼女の魂が唇から抜け出してきたようだった、というのだ。コンリイはまず、ボニーのリップクリームの油を、次に前回の食事でとったくすんだ芽キャベツの味を味わった。それが消えると、失われた日々の午後の残り滓《かす》、涙の導管の塩分の味がした。そして、悲哀でかすかに酸っぱくなったボニーの内部器官の分泌液を試しに飲んでみるうちに、ピーチシュナップスの味は薄れていった。ときどき、ボニーの唇が妙に冷たくなった。コンリイがちらっとのぞいてみると、ボニーは怯えた目を大きく見開いたままキスしていた。その後はまた、シュナップスがいったりきたりした。姉妹と何か個人的な話をしたのか、あるいはセシリアのことを尋ねたのか、ぼくらは連中に訊いてみたが、答えはノーだった。「いい状態をぶち壊したくはなかったからな」と、トリップ・フォンテインはいった。ジョー・ヒル・コンリイもこういった。「話してるほうがいいときもあれば、黙ってるほうがいいときもあるから」たとえ、コンリイがボニーの口の中の神秘の深みに触れていたにしても、それをじっくり吟味することはなかった。コンリイはボニーが途中でキスをやめるのを望まなかったからだ。

ぼくらは姉妹がドレスを引きずり、口を拭いながら、観覧席の下から出てくるのを見た。ラックスは音楽に合わせて勢いよく体を動かしていた。ようやくそのときになって、トリップ・フォンテインはラックスとともにダンスに加わった。だぶだぶのドレスもこちらの欲望をかきたてるだけだった、とトリップは後年になってから述べている。「あの襞の下の体がどんなにほっそりしてるかが感じられるんだ。もうたまらなかったな」夜が更けるにつれ、姉妹はだぶだぶのドレスにも慣れて、それを着たなりの動きかたをおぼえていった。ラックスは背中を弓なりにそらせて、ドレスの前のほうをタイトにする方法を編み出した。ぼくらは機会を見つけては、彼らのそばを通り過ぎた。トイレに二十回は行き、リンゴジュースを二十杯は飲んだ。身代わりになってデートに加わるべく、あの手この手で連中を追い落とそうとした。ところが、連中は片時も姉妹のそばを離れなかった。キングとクィーンの投票が終わると、ミスタ・デュリドが移動式の演壇に上がって、最高得票者を発表した。キングとクィーンはトリップ・フォンテインとラックス・リズボン以外にないということを誰もが知っていた。何百ドルもするドレスを着た女の子たちまでが、前に進み出る二人に拍手を送った。その後、二人は踊りはじめた。ぼくらも踊りはじめた。ぼくらもリズボン家の姉妹と踊ろうと、ヘッドやコンリイやデントンが踊っているところへ割り込んだ。彼女たちもぼくらの相手をするころにはすっかり上気して、腋の下は湿り気を帯び、高いネックラインからは熱が立ちのぼっていた。ぼくらは彼女たちのじっとり汗ばんだ手を取り、ミラーボールの下でくるくる回転させた。彼女たちをドレスの広がりの中で見失っては、また見つけだした。彼女たちの柔らかい果肉のような胴体を抱き締め、彼女たちの激しい動きが発する匂いを吸い込んだ。ぼくらの中の何人かはすっかり大胆になって、彼女たちの脚の間に自分の脚を突っ込み、苦悶を直接押しつけた。ドレス姿のリズボン家の姉妹が笑みを浮かべ、ありがとう、ありがとうと繰り返しながら、ぼくらの手から手へ移っていくと、また誰が誰だか見分けがつかなくなった。メアリイのドレスのほつれた糸がデイヴィッド・スタークの腕時計にからみついた。メアリイがそれをほどいているとき、スタークは訊いてみた。「どう、楽しんでる?」

「今までの人生でこんなに楽しかったことはないわ」と、メアリイはいった。

メアリイは真実を語っていた。リズボン家の姉妹がそんなに楽しそうに見えたことも、そんなに打ち解けたことも、そんなにのびのびと話したことも、いまだかつてなかった。ひとしきり踊った後、テレーズとケヴィン・ヘッドが冷たい外気に触れようと戸口のほうにいったとき、テレーズが尋ねた。「あなたたち、何でわたしたちを誘ったの?」

「それ、どういう意味?」

「わたしたちのことをかわいそうだと思ったから?」

「そんなことないって」

「嘘つき」

「おれはきみがきれいだと思うからさ。それが理由だ」

「みんなが思ってるみたいに、わたしたち、狂ってるように見える?」

「誰がそんなこと思ってるんだ?」

テレーズは答えなかった。ただ、手を外に突き出して、雨が降っているかどうかを確かめただけだった。「セシリアは変わってたわ。でも、わたしたちはそうじゃない」そして、こういった。「わたしたち、生きていたいだけ。もし、誰かがそうさせてくれるなら」

その後、車へ向かう途中、ボニーはジョー・ヒル・コンリイを呼び止めて、また空を見上げた。空は一面に曇っていた。二人で重く垂れ込めた空を見上げていると、ボニーが尋ねた。「神さまっていると思う?」

「ああ」

「わたしもいると思う」

そのときにはもう十時半になっていて、姉妹が帰宅するまでに残された時間は三十分しかなかった。ダンスもう終わり、ミスタ・リズボンの車は職員駐車場を出て、家に向かっていた。ケヴィン・ヘッドとテレーズ、ジョー・ヒル・コンリイとボニー、パーキー・デントンとメアリイの三組はキャデラックに集まったが、ラックスとトリップ・フォンテインは現われなかった。ボニーが体育館に駆け戻って調べてみたが、二人の姿は見当たらなかった。

「おたくのお父さんと一緒に帰ったんじゃないかな」パーキー・デントンがいった。

「それはないんじゃない」メアリイが暗闇をのぞきこみ、くしゃくしゃになったコサージュをいじりながらいった。姉妹は楽に歩けるようハイヒールを脱いで、停めてある車の間や旗竿のそばを捜しまわった。旗竿にはセシリアが死んだ日に半旗が掲げられ、夏の間じゅうそのままにされていたが、芝生の管理人以外は誰も気づかなかった。ついさっきまで幸福なひとときを過ごしていた姉妹も今はすっかり無口になって、相手の男の子たちのことも眼中にないようだった。彼女たちは一団となって行動し、車を離れていくのも、車に戻ってくるのも一緒だった。その間、階段教室の近く、科学棟の裏、少女の小さな像が立っている中庭までも隈なく捜しまわった。ローラ・ホワイトをしのんで寄贈されたその像のブロンズのスカートには錆が浮きはじめていた。何かを象徴するように、少女の溶接された手首には傷痕が走っていたが、リズボン家の姉妹はそれに気づかなかった。気づいたにしても、午後十時五十分に車に戻ってきたときには何もいわなかった。彼女たちはそのまま車に乗り込んで家に向かった。

帰り道はほとんどが沈黙のうちに過ぎた。ジョー・ヒル・コンリイとボニーは、ケヴィン・ヘッドとテレーズとともに後ろのシートに掛けた。パーキー・デントンがハンドルを握ったが、おかげでメアリイにちょっかいをかける暇はなかった、と後で文句をいっていた。しかし、メアリイは途中ずっと、バックミラーを見ながら髪をなおすのに忙しかった。テレーズがそれを見て声をかけた。「いいかげんにしたら。どうせ、わたしたち、ドジ踏んじゃったんだから」

「それはラクシーよ。わたしたちじゃないわ」

「誰かミントかガム持ってない？」ボニーが尋ねた。誰も持っていなかった。ボニーはジョー・ヒル・コンリイのほうを振り向いた。しばらくつぶさに様子を観察していたが、やがて自分の指を櫛がわりに使って、コンリイの髪の分け目を左側に移した。「そのほうがいいわ」ボニーはいった。それから二十年近くたった今も、コンリイのわずかに残った髪は、ボニーの見えない手でそのときと同じように分けられている。

リズボン家の前で、ジョー・ヒル・コンリイはボニーに最後のキスをした。ボニーもそれを許した。テレーズはケヴィン・ヘッドに頬を突き出した。男の子たちは車の曇った窓越しに家を見やった。ミスタ・リズボンはもう戻っていて、夫妻のベッドルームには明かりがついていた。

「ドアまで送っていくよ」パーキー・デントンがいった。

「駄目、こないで」メアリイがいった。

「どうして？」

「とにかく駄目なの」メアリイは握手さえしないで突っぱねた。

「ほんとに楽しかったわ」テレーズが後ろのシートでいった。ボニーはジョー・ヒル・コンリイの耳もとにささやきかけた。「電話してくれる？」

「そりゃもう」

車のドアがきしんで開いた。姉妹は車を降りると、身づくろいしてから、家の中に入っていった。

二時間後、アンクル・タッカーはガレージの冷蔵庫へ六本詰めのビールを取りに出たとき、タクシーがやってくるのを見た。タクシーからはラックスが降り立って、財布から五ドル札を取り出した。その晩、娘たちが出かける前に、ミセズ・リズボンが一人一人に渡した札だった。「いつもタクシー代くらいは持っていないと」というのが、ミセズ・リズボンの見識だった。その晩はじめて、娘たちに外出を許し、したがって、なにがしかのものを持たせる必要が生じたばかりにしてもだ。ラックスは釣り銭をもらおうともしなかった。ドレスの裾を持ち上げ、地面に目を凝らしながら、家の車まわしを歩きはじめた。コートの背中は白く汚れていた。そのとき、玄関のドアが開いて、ミスタ・リズボンがポーチに出てきた。ジャケットは脱いでいたが、オレンジ色のネクタイはつけたままだった。ミスタ・リズボンは階段を下り、途中でラックスと会った。ラックスは手振りを交えて言い訳を始めた。ミスタ・リズボンがさえぎると、ラックスはうなだれ、しぶしぶといった様子でうなずいた。ミセズ・リズボンがいつからその場に加わったのか、アンクル・タッカーははっきりとはおぼえていない。しかし、ある時点で、バックグラウンドミュージックのように音楽が流れているのに気づいて、目を上げてみると、開け放った戸口にミセズ・リズボンが立っていたのだった。ミセズ・リズボンは格子縞のローブを羽織り、片手に飲み物を持っていた。鳴り響くオルガンと清らかなハープの調べはその後ろから漏れていた。昼から飲みはじめたアンクル・タッカーは、そのときには一日の酒量のビール一ケースをほとんどあけてしまっていた。その調べが空気のように通りを満たすうちに、ガレージからのぞいていたアンクル・タッカーはすすり泣きを始めていた。「だってよ、人が死んだときに流すような音楽だったもんな」と、アンクル・タッカーはいった。

それは教会音楽で、ミセズ・リズボンが日曜日になると何度も繰り返してかける三枚のアルバムの中の曲だった。ぼくらはセシリアの日記でその音楽のことを知っていた（「日曜の朝。お母さんはまたあのくだらない音楽をかけている」）。何カ月か後、夫妻が引っ越していくとき道端に出したごみの中にそのアルバムが入っていた。アルバムは――ぼくらはそれを〝物的証拠の記録〟におさめた――タイロン・リトルとビリーヴァーズの《信仰の歌》、トリード・バプティスト・クワイアの《永久《とわ》の歓び》、グランドラピッズ・ゴスペラーズの《汝が賛歌を歌え》だった。どのカバーにも、雲を貫いてさしこむ光線が描かれていた。ぼくらはそのレコードを通してかけたことは一度もない。ラジオでモータウンサウンドやロックンロールの合間に聞き流すのと同じような音楽で、暗闇の世界にさす一条の光だの何だの馬鹿馬鹿しい限りだからだ。どの聖歌隊もブロンドの声で歌い、美しい響きのクレッシェンドに向かって音階を上げていく。聞いているうちに、耳の中でマシュマロが泡立つような感じがする。ぼくらはこんな音楽を誰が聞くのかとずっと訝ってきた。思い浮かべるのは、療養所に入っている孤独な未亡人か、皿のハムを取り分けている牧師の家族ぐらいのものだった。こんな宗教的な歌声がふわふわ舞い上がり、床板を通り抜けて、祭壇風にしつらえた壁のくぼみに達すると、そこでは姉妹がひざまずいて、親指にできたたこを軽石でこすっているなどという図は、一度も想像したことがなかった。ムーディー神父は日曜の午後、コーヒーをよばれに立ち寄ったとき、二、三度、その音楽を聞いた。「あれはわたしの好みじゃありませんでした」神父は後になっていった。「わたしはもっと荘重なものが好みでして。ヘンデルの《メサイア》とか、モーツァルトのレクイエムとか。いわせていただけば、あれは基本的にはプロテスタントの家庭で聞くようなものじゃないでしょうか」

音楽がかかっている間、ミセズ・リズボンは戸口に立ったまま動こうとしなかった。ミスタ・リズボンはラックスを中に入れようとした。ラックスは階段を上り、ポーチを横切ったが、母親は入るのを許さなかった。そのとき、ミセズ・リズボンが何をいったのか、アンクル・タッカーには聞き取れなかった。ラックスは口を開いた。ミセズ・リズボンは前屈みになって、自分の顔をラックスの顔に突きつけるようにした。「ありゃ、酒気帯び検査だな」と、アンクル・タッカーは説明した。検査は五秒とかからず、ミセズ・リズボンは体をそらせ、ラックスの顔を叩こうとした。ラックスはたじろいだが、平手打ちは飛んでこなかった。ミセズ・リズボンは手を上げたまま、動きを止めた。それから、アンクル・タッカーの二つの目だけでなく、百もの目に見られているとでもいうように、暗い通りのほうに向きなおった。ミスタ・リズボンも振り返った。ラックスもそれにならった。三人は暗がりのひろがるあたり一帯に目を凝らした。木々はまだ水滴をしたたらせ、車はガレージやカーポートで眠りにつき、だんだん冷えていくエンジンが夜通し咳き込んでいた。三人とも身じろぎもしなかった。やがて、ミセズ・リズボンは振り上げた手を力なく脇に下ろした。ラックスはそれをチャンスと見てとった。ミセズ・リズボンの横をさっとすり抜けると、二階に駆け上がって、自分の部屋に飛び込んだ。

ラックスとトリップ・フォンテインの間に何があったか、ぼくらが知ったのは後年になってからだった。そのときも、トリップ・フォンテインはひどくためらった末に、ようやく重い口を開いた。〝十二段階〟の療法を受けいれて、自分は人間が変わったのだ、とトリップは主張した。学園祭に君臨するキングとクィーンとして踊った後、臣下の者たちが拍手喝采する中を、トリップはラックスを促して戸口へ向かった。先ほど、テレーズとケヴィン・ヘッドが外気に触れにいったのと同じところだった。「二人とも、ダンスで熱くなってたからな」と、トリップはいった。ラックスはミスタ・デュリドが頭にのせてくれたミス・アメリカのティアラをまだ戴いていた。二人とも胸には王位をあらわすリボン飾りをつけていた。「今度は何をするの？」ラックスが尋ねた。

「何でもしたいことをするさ」

「わたしがいってるのは、キングとクィーンとしてよ。何かしなくちゃならないの？」

「これがそうさ。おれたち、ダンスをした。リボンもつけた。これも今夜限りのことだけどな」

「でも、一年中ずっとそうだったみたい」

「そうだな。だけど、おれたち、何もしちゃいない」

ラックスはその意味を察した。「雨はやんだみたいだけど」といった。

「外にいかないいか」

「それはまずいんじゃない。わたしたち、もうすぐ帰らなくちゃならないんだから」

「車から目を離さなきゃいいのさ。あいつらもおれたちを置き去りにはしないだろう」

「うちのお父さんがいるわ」

「その冠をロッカーにしまいにいかなきゃならなかったっていえばいいさ」

本当に雨はやんでいたが、通りを横切り、ずぶ濡れのフットボールのフィールドを手に手を取って歩いていく二人を包む空気はもやっていた。「あそこの芝生、えぐれてるだろ」トリップ・フォンテインがいった。「きょう、あそこで敵に一発かましてやったんだ。クロスボディーチェックで」

二人は五十ヤード、四十ヤードのラインを過ぎて、エンドゾーンに入った。そこならもう誰にも見られなかった。後でアンクル・タッカーが見たラックスのコートの白い筋は、ゴールラインの上に横たわったためについたものだった。行為の間じゅう、ヘッドライトがフィールドを横切り、二人をかすめて過ぎ去り、ゴールポストを照らし出した。途中でラックスがいった。「わたしって、いつもヘマして何でも台なしにしちゃうの。いつだって、そうなんだから」そして、すすり泣きを始めた。トリップ・フォンテインはさらに話を続けた。

ぼくらはラックスをタクシーに乗せてやったのかと訊いてみたが、トリップは否定した。「おれはあの晩、歩いて家に帰った。彼女がどうやって帰るかまでは気にならなかったんだ。おれはとにかくその場を離れた」それから、こういった。「何だか変だったんだ。つまり、おれは彼女が好きだった。ほんとに好きだった。ただ、あのときだけは彼女にうんざりしたんだ」

ほかの三人についていえば、その晩じゅう、郊外の住宅地を車で走りまわった。リトル・クラブ、ヨット・クラブ、ハント・クラブを通り過ぎ、感謝祭の飾りつけがハロウィーンの飾りつけに取って代わったヴィレッジを通り抜けた。午前一時三十分、まだ車の中にその存在感が満ち満ちている姉妹のことが頭を離れず、連中は最後にもう一度だけリズボン家の前を通ってみようと思いたった。いったん停まって、ジョー・ヒル・コンリイが木陰で用足しをした後、カドゥー通りを進み、夏の間の臨時雇いの人たちの宿舎だった小さな家が連なる中を通過した。そして、かつては全体が一戸の大邸宅だった区画を通りかかった。その贅を凝らした庭の跡には、アンティークな扉と馬鹿でかいガレージのついた赤煉瓦の家が何軒か建っていた。連中はジェファーソン通りに曲がり込んで、戦没者追悼記念碑や、まだ残っている大金持ちの邸宅の黒い門の前を過ぎ、ようやく生身の存在になった姉妹のほうに向かって沈黙のうちに車を走らせた。リズボン家に近づいてみると、ベッドルームの一つの窓に明かりが灯っているのが見えた。パーキー・デントンは片手を上げ、ほかの二人とパチンと打ち合わせた。「やった」とデントンはいった。だが、歓喜も長続きはしなかった。車を停める前に、何があったのかわかったのだ。「みぞおちにガンと一発くらったみたいだったよ。あの子たちはもうデートに出てこられないとわかって」後年、ケヴィン・ヘッドはそういった。「ばばあがまた、あの子たちを閉じ込めちまったんだ。どうしてわかったかっていわれてもな。とにかくぴんときたんだ」まぶたを閉じたように、窓にはブラインドが下り、草ぼうぼうの花壇が家をいっそう荒涼と見せていた。しかし、明かりの灯った窓にはブラインドが小さく波打っていた。伸びてきた手がそれを内側にまくり上げ、燃えるような黄色の顔の断片がのぞき――ボニーか、メアリイか、テレーズか、あるいはラックスかもしれなかった――通りを見下ろした。パーキー・デントンはクラクションを鳴らした。希望をこめた短い一吹きだったが、その顔の主が窓ガラスに掌を押し当てると同時に、明かりは消えた。

4

ミセズ・リズボンが家を閉ざし、最大限の警戒を伴った孤立下においてから二、三週間たつと、ラックスが屋根の上でセックスしている光景が目撃されるようになった。学園祭のダンスの後、ミセズ・リズボンは階下の日除けを閉め切ってしまった。ぼくらに見えるものといえば、幽閉された姉妹の影だけで、それが想像の中で妄動を始めた。さらに、秋が冬に変わるにつれ、葉が落ちて見通しがよくなってもいいはずなのに、庭の木々はしなだれて、枝ぶりがかえって密になり、逆に家を覆い隠した。リズボン家の屋根の上にはいつもひとひらの雲が浮かんでいるように見えた。ミセズ・リズボンがそう念じたために家が影に隠れようとしているという心霊現象でしか説明がつきそうにもなかった。空はますます暗くなり、光に見限られたような昼間が続き、気がついてみると、ぼくらはいつも永遠の暗闇の中を動いていた。時間を識別する唯一の方法といえば、げっぷの味わいだけだった。朝は練り歯磨きの味、午後は学校のカフェテリアの食事のジェリードビーフのいい匂いがした。

姉妹は何の説明もなく学校をやめてしまった。ある朝、出てこなくなったと思ったら、翌朝もそうだった。ミスタ・ウッドハウスが事情を聞いたが、ミスタ・リズボンは娘たちがやめたことに何の思いもないようだった。「彼はこういうだけだったよ。『調べてみたんですか?』とね」

ジェリイ・バーデンはメアリイのロッカーのダイヤル錠をこじあけて、残された本の大半を見つけた。「彼女、中に葉書を束ねて入れてたよ。それが変わっててね。寝椅子とかそんなものの絵葉書だった」（実際、美術館の絵葉書には、ビーダーマイヤー様式の椅子や、ピンクのチンツ〔垂れ布、掛け布に用いる綿布〕のチッペンデール様式のソファーが描かれていた）ノートはいちばん上の棚に積み重ねてあった。一冊一冊に、結局は習得することのなかった新しい科目名が書き込まれていた。切れ切れにつけられたノートの中の一冊、『アメリカ史』の中に、ジェリイ・バーデンは次のような悪戯書きを見つけた。お下げの女の子が巨大な石の下敷きになっている。ほっぺたをふくらませ、すぼめた唇からは蒸気のような息を吹き出している。その息の一つが大きくふくらんで、黒々と重ね塗りされた〝プレッシャー〟という文字を包み込んでいる。

ラックスの失敗が夜間外出禁止を招いたことを考えれば、さらに厳しい締めつけがあると誰もが予想したが、それがそんなに徹底的なものになると思った者はほとんどいなかった。しかし、後年、ぼくらが話を聞いたとき、ミセズ・リズボンは自分の決定は決して懲罰を意図したものではなかったと主張した。「あの時点では、学校にいれば、事態はますます悪化するばかりでしたから」といった。「ほかの子は誰もうちの娘たちとは口をきいてくれませんでした。男の子は別ですが、それは何が狙いだったか、おわかりでしょう。娘たちには自分を取り戻す時間が必要だったのです。母親にはわかるものなのです。あの子たちはうちにいれば、もっとよくなるだろうと思ったのです」ミセズ・リズボンとのインタビューは短いものだった。ミセズ・リズボンは、今、暮らしている小さな町のバス発着所でぼくらと会った。外でコーヒーが飲めるのはそこだけだったからだ。ミセズ・リズボンの両手の節は赤く腫れ、歯ぐきは肉がそげていた。ミセズ・リズボンの場合、悲劇にあって人柄が和らぐということはなかったようだった。実際、言葉では表わせない苦しみを経験した人に特有の本音のわかりにくさも加わっていた。ではあったが、ぼくらはミセズ・リズボンと話してみたかった。何といっても、姉妹の母親である以上、彼女たちがなぜ自殺したかについて、誰よりもよくわかっているだろうと思ったからだ。だが、ミセズ・リズボンはこういった。「あれはほんとにぞっとするようなことでした。どういったらいいのか。いったん離れてしまえば、別人ですからね、子どもというのは」ホーニッカー医師が求めたカウンセリングに応じなかったわけについて訊くと、ミセズ・リズボンは怒りだした。「あの先生はわたしたちのせいにしようとしてたんです。ロニーとわたしに責任があると思ってたんです」そのとき、発着所にバスが入ってきた。ゲート2の開けっ放しの出入口から吹き込んできた一酸化炭素混じりの風が、揚げたドーナッツを積み重ねたカウンターをさっと渡っていった。もういかなくては、とミセズ・リズボンはいった。

ミセズ・リズボンは娘たちに学校をやめさせただけでは済まさなかった。次の日曜日、気分を高揚させる教会の説教から帰ってくると、ラックスにロックのレコードを破棄するように命じた。ミセズ・ピッツェンバーガーは（隣の家で部屋の改装作業をしていた）、激しいやりとりを耳にした。「さあ！」ミセズ・リズボンが繰り返し迫ると、ラックスは盛んに言い返し、何とか取引しようとしていたが、最後にはわっと泣きだした。ラックスが足音も荒くベッドルームに入っていき、桃の箱をいくつか抱えて出てくるのを、ミセズ・ピッツェンバーガーは二階の廊下の窓から見ていた。箱は重かったので、ラックスはそれを橇《そり》のようにして階段を滑らせた。「突っ放して暴走させるのかと思ったけど、箱が引っ繰り返る前に必ず押さえてたわ」リヴィングルームでは、ミセズ・リズボンが暖炉の火を燃やしていた。ラックスは今は声を立てずに泣きながら、炎の中にレコードを一枚一枚くべていった。どのアルバムが火刑を宣告されたのかはわからなかったが、ラックスがアルバムを一枚ずつ掲げて、ミセズ・リズボンの慈悲を求めたのは間違いなかった。またたく間に強烈な臭いがひろがり、薪を載せる台の上でプラスチックがどろどろに溶けた。それを見て、ミセズ・リズボンはラックスにやめるようにいった（残ったアルバムはその週のごみと一緒に捨てられた）。それでも、カーチェヴァル通りのパーティー用品店、ミスタZへいく途中、ずっとプラスチックの燃える臭いが鼻についた、とウィル・ティンバーがグレープのソーダ水を買いながら話してくれた。

続く二、三週間、ぼくらは姉妹をまったくといっていいほど見かけなかった。ラックスからトリップ・フォンテインには何の音沙汰もなかったし、ジョー・ヒル・コンリイも約束を守らずボニーに電話をしなかった。人生経験豊かな年寄りに忠告してもらおうということで、ミセズ・リズボンは姉妹をおばあさんの家に連れていった。ぼくらはおばあさん（ミセズ・リーマ・クローフォード）が四十三年間を同じ平屋の家で過ごした後で引っ越していったニューメキシコ州ロズウェルに電話してみた。頑固に口を閉ざしたのか、補聴器が電話の反響を拾って聞こえにくかったのかはわからなかったが、おばあさんは処罰への関わりについての質問には答えなかった。そのかわり、六十年ほど前の愛がもたらした自分自身の不幸のことを語りはじめた。「忘れようったって、忘れられるものじゃないわ」と、おばあさんはいった。「でもね、それにあんまり煩わされずにすむようにしようと思えばできないことはないわ」そして、電話を切る前にこういった。「こっちはね、とっても気候がいいの。これまでわたしがしてきたことの中でいちばんよかったのはね、古い鋤や鍬をおっぽりだして、あの町を出たことだわ」

おばあさんのくぐもった声音を聞いているうち、ぼくらの脳裏にある光景が浮かんできた。薄くなった髪を伸び縮みするターバンで包んだおばあさんがキッチンのテーブルに向かっている。ミセズ・リズボンは口を固く結び、厳しい顔をして、向かいの椅子に座っている。四人の改悛者は頭を垂れ、小さなアクセサリーや磁器の像をいじっている。彼女たちが何を感じているか、人生に何を望んでいるかといったことはいっさい話し合われない。一方的に命令が下されるだけだ――祖母、母、娘たちと――外には雨に濡れた裏庭と、枯れ果てた菜園が見えている。

以前と同じく、ミスタ・リズボンは朝になると仕事に出かけ、一家は日曜になると教会に通ったが、ただそれだけのことだった。家は窒息させられた青春の靄の向こうに後退し、ぼくらの両親でさえもが、あそこは何と暗くて不健康なのだろう、といいだした。夜になると漂う妖気にひかれて、アライグマが出没するようになった。リズボン家のごみ缶から逃走する途中で車にひかれた死骸が見つかることも珍しくなかった。ある週のこと、正面のポーチで、ミセズ・リズボンが硫黄の悪臭を発する小さな発煙筒を焚いた。それまで誰もそんな仕掛けを見たことがなかったが、アライグマを寄せつけないようにするためだと噂された。その後、最初の寒波が襲ってきたころ、ラックスが屋根の上でどこの誰とも知れない少年や大人たちと交わっているのが見かけられるようになったのだ。

はじめは何が起きているのか見定めることはできなかった。セロハンのように薄い人影が、雪の中で天使をつかまえようとしている子どものように、屋根のスレートに向かって腕を大きく前後に動かしていた。それから、もう少し濃い人影が見えた。それはファーストフードのレストランの制服を着ていることもあったし、金の鎖の装身具一式を身につけていることもあった。会計士風のくすんだ灰色のスーツを着ていることも一度あった。ピッツェンバーガー家の屋根裏から、葉の落ちたニレの気管支のような枝の間を通して、ラックスの顔がようやく確認できた。双眼鏡の丸い視野の中で驚くほど間近に見えるラックスは、幅広の縞模様の毛布にくるまってタバコを吸っていた。というのは、唇を少し開けていたが、しゃべってはいなかったからだ。

自分の家で、両親がすぐそばで眠っているというのに、どうしてそんなことができるのか、ぼくらは訝った。なるほど、リズボン夫妻に自分の家の屋根は見えないし、いったんそこへ上がってしまえば、ラックスもその相手も比較的安全とはいえた。しかし、その前に、少年であれ大人であれ、相手を中に入れるためにこっそり下りていく音、きしる階段を先に立って上る音までは消せなかったはずだ。不安な振動や夜の物音が耳にこびりつく暗闇の中、男たちは法律上レイプになる行為を犯す危険、経歴を棒に振る危険、離婚を招く危険に冷や汗をかきながら、導かれるままに階段を上り、窓を通って屋根に出ると、欲情のうねりの中で、膝をすりむいたり、ぬるぬるした泥の中を転がったりした。ラックスがどうしてそういう男たちに出会ったのかはわからなかった。ぼくらにわかっている限りでは、ラックスが家を離れることはなかった。夜陰にまぎれてこっそり出かけ、がら空きになった駐車場や湖畔でことを行なうということもなかった。かわりに、自分が幽閉されている空間でセックスすることを選んだのだ。ぼくらとしては、愛のテクニックについて学ぶところがはなはだ多かった。だが、目撃したことを適切に表現する言葉を知らなかったので、自分たちなりのいいかたを考えなければならなかった。〝峡谷でヨーデルを歌う〟とか〝管をふさぐ〟、〝くぼみでうめく〟、〝亀の頭をはめる〟、〝臭いのする木を嚙む〟などといっていたのはそのためだ。後になって、童貞を失うときがくると、ぼくらはパニックの中で、その昔、ラックスが屋根の上で見せた旋回技を思わず知らず真似ていた。今になってさえ、自分に正直になるならば、ぼくらがセックスしている相手はいつもあの青白い亡霊で、いつも両足を雨樋にかけ、いつも若々しい片手を突っ張って煙突を押さえている、と告白せざるを得ない。たとえ、いま現在の相手が手足をどう動かしているにしてもだ。それに、ぼくらのもっとも内密な瞬間、夜、独りで心臓を高鳴らせ、神に救いを求めているとき、もっとも頻繁に浮かんでくるのは、あの双眼鏡の夜に見た夢魔、ラックスにほかならない、ということも認めなければならないだろう。

　ぼくらは思ってもみなかった情報源からラックスの好色な冒険の報告を受け取った。それは労働者階級が住む地区のフェザーカット（毛先の不ぞろいなショートカット）の少年たちで、ラックスと一緒に屋根に上ったと言い張った。ぼくらがその話の矛盾をあばこうと問い詰めても、ことごとく失敗に終わった。彼らの話では、家の中はいつも真っ暗で何も見えず、唯一動いているものはラックスの手だけだった。その手がせいたように、またうんざりしたように、彼らのベルトのバックルをつかんで引っ張った。床は障害物レースのコースのようだった。フットボールのタックルにふさわしい首をしたダン・タイコは、階段を上りつめたところで何か柔らかいものを踏んづけ、それを拾い上げた。ラックスに導かれて窓の外に出て、さらに屋根に上ってから、はじめて月の光で手にしたものを見ることができた。それは五カ月前にムーディー神父が目にした食べかけのサンドイッチだった。ほかの少年たちはかちかちになったスパゲティのボウル、空のブリキ缶を見つけた。ミセズ・リズボンが娘たちのために料理するのをやめたために、娘たちは手当たり次第に食べ物をあさって生きているというふうだった。

双眼鏡を通してではわからなかったが、少年たちが述べたところによると、ラックスはげっそり痩せたということだった。肋骨が浮き出し、腿の肉がすっかり落ちていた、と十六人全員がいった。暖かい冬の雨の中をラックスと屋根に上った一人は、鎖骨のくぼみに雨水がたまったくらいだ、と話した。唾液は酸っぱい味——せっかく分泌されても何もすることがない消化液の味——がしたという者も何人かいた。しかし、こういった栄養失調や病気や悲嘆の徴候も(口の端に小さなヘルペスができ、左耳の上のほうの一握りの毛が抜けていた)、どれ一つとして、肉欲の天使というラックスの強烈な印象を損なうものではなかった。まるで二枚の大きな翼であおられたように煙突に釘づけにされたこと、まるで羽毛のように感じられる薄いブロンドの和毛《にこげ》が唇の上に生えていたことを彼らはこもごも語った。ラックスの目は輝き、燃え立っていた。神の創造物の栄光についても、あるいはその無意味さについても、何の疑問も持たないただの生き物としての使命に専心していた。少年たちが口にした言葉、ぴくぴく動く眉毛、恐怖、困惑からすると、彼らは上へ上へと登っていくラックスのほんの足掛かりとして使われたに過ぎないということは明らかだった。そして、最後には頂きに運び上げられたにしても、彼方に何が横たわっているかを語ることはできないということもまた明らかだった。彼らのうちの何人かは、ラックスの無限の博愛に圧倒されるような感覚を抱いたと述べた。

ラックスはほとんど立ち入った話はしなかったようだが、ラックスが語ったわずかなことのうち、ぼくらに伝わってくるわずかな手がかりから、ラックスの精神状態を想像してみた。ラックスはボブ・マクブリアリイに、〝きちんきちんとあれをする〟ことがないと生きていけないといった。それも、映画の真似でもしているように、ブルックリンのアクセントでそういった。ラックスの振る舞いの多くには、芝居っ気がしみついていた。ラックスはいかにも好き者ぶっていたが、ウィリー・テイトはそれを見抜いて、こういった。「彼女、ほんとはあんまり好きじゃないみたいだったな」多くの少年たちも、それと同じ気のなさを口々に述べたてた。柔らかな台のようなラックスの首から頭をもたげてみると、ラックスは目を開け、思案にふけるように眉根を寄せていた。あるいは、情熱が頂点に達したところで、ふと気がつくと、ラックスは彼らの背中の吹き出物をつついていた。にもかかわらず、ラックスは屋根の上ではこんなことをいってせがんだという話だった。「さあ、入れて。もうちょっとよ。それで気持ちがぴったり合わさるから」だが、退屈な仕事をかたづけるように、行為を済ませることもあった。相手の少年を都合のいい位置に置くと、スーパーのレジの女の子のような面倒くさそうな態度でジッパーやベルトのバックルを外した。避妊の用心という点でも、激しい振幅があった。ラックスは複合的な措置を講じていたという者もいた。同時に三種か四種のゼリーやクリームを挿入し、〝クリームチーズ〟と称していた白い殺精薬で仕上げをするというのだ。だが、ときには、〝オーストラリア式〟で済ませることもあった。コークのボトルをよく振ってから突っ込み、内部のものを洗い流すというやりかただ。ラックスは厳格にやろうという気分のときには、究極のキャッチフレーズを掲げた。〝防備なくして勃起なし〟というのがそれだった。ラックスは殺菌性のある医薬品を用いることもあった。だが、そうでないときは、おそらくはミセズ・リズボンの封鎖線を突破できなかった場合だろうが、何世紀も前の助産婦が考案した巧妙な方法に頼った。トマトジュースと同じく、酢も役に立つということが証明された。愛の小舟は酸性の海で沈没するからだ。ラックスは煙突の後ろに、汚れた敷物とともに瓶を一式置いていた。九カ月後、新しく越してきた若いカップルに雇われた屋根職人がその瓶を見つけ、若妻に向かって叫んだ。「誰かがこんなとこでサラダ食ってたみたいですよ」

屋根の上でのセックスというのは、いつであろうが狂ったことに違いなかった。とりわけ、冬場に屋根の上でセックスするとなると、水滴のしたたる木の下での即席のお楽しみなどとはまったく別のもので、錯乱、絶望、自己破壊を思わせた。ぼくらの中には、ラックスのことを、寒気をものともしない自然の力、季節それ自体によって突き動かされる氷の女神と見る者もいなくはなかったが、凍え死ぬ危機にさらされたただの女の子、あるいはそれを追い求めている女の子と見るのが大勢だった。だから、ラックスの空中のパフォーマンスが三週目に入ったころ、また救急車が駆けつける騒ぎが起きても、ぼくらはべつに驚きもしなかった。救急車も三度目の出動となると、チェイスを家に呼び戻すミセズ・ビューエルのヒステリックな声と同じように、すっかり馴染みになってしまった。その慣れのせいで、救急車が車まわしに突進してきたときも、新しいスノータイヤや、フェンダーにへばりついた凍結防止用の塩の塊には気がつかなかった。ぼくらはシェリフ——口ひげをたくわえた痩せがたの隊員——が運転席から飛び降りるか飛び降りないうちに彼だとわかったし、その後のあらゆる光景にも、よくいわれるような既視感があった。ナイトガウン姿の姉妹が窓辺をさっと横切り、救急隊員が患者のもとに急ぐのを導くための明かりがつく、とぼくらは予想していた。最初に、玄関の間の明かりがつき、それから廊下、二階の廊下、右手のベッドルームとついていって、最後にはピンボールマシンのように家のあちこちで明かりが灯る、と。時刻は午後九時をまわったところで、月は出ていなかった。

古い街灯には鳥が巣をつくっていたので、光は藁や抜け毛を通して漏れてくるだけだった。その鳥たちもとっくに南へ飛びたっていた。まだらな光線が、ふたたびリズボン家の戸口に現われたシェリフと太った相棒を照らしだした。二人が担架を運んでいるのは予想したとおりだった。だが、ポーチの明かりがついたときに見えたものは予想とは違っていた。ラックス・リズボンは上体を起こし、およそ死にかけているような様子ではなかった。ラックスは苦しそうには見えたが、家から運び出されるとき、《リーダーズダイジェスト》を拾い上げていくほど意識は確かだった。ラックスはその後、病院でそれを表から裏まですっかり読み尽くした。実際、ラックスは発作を起こしたというのに（胃を押さえていた）、苺のような味がする——と、屋根に上った少年たちがいっていた——禁じられたピンクの口紅を堂々と塗っていた。ウッディー・クラボールトの姉さんが同じブランドのものを持っていたので、一度、みんなで彼の両親のキャビネットの酒を失敬した後、彼にその口紅を塗らせて一人ずつキスしてみたことがあった。それで、どんな味がするか知ろうとしたのだ。その晩、ぼくらは模造の暖炉の前で、即席でつくった飲み物——ジンジャーエール、バーボン、ライムジュース、スコッチを混ぜたもの——の味の上から、ウッディー・クラボールトの唇に塗られた苺の口紅を味わい、それをラックスの唇と置き換えた。テーププレーヤーからはロックミュージックががんがん鳴り響いていた。ぼくらは体を椅子に投げ出していたが、ときどき魂だけがふわふわと寝椅子に漂っていって、苺の桶の中に頭を突っ込むような気分だった。だが、翌日になると、そんなことがあったとは思い出すのもいやになった。今になってからでも、このことを話すのはこれがはじめてだ。いずれにしても、その晩の記憶は、ラックスが救急車に担ぎ込まれた記憶に取って代わられた。というのは、時も所も食い違っているにもかかわらず、ぼくらが味わったのはラックスの唇であって、クラボールトの唇ではなかったからだ。

ラックスが髪を洗う必要があるのは明らかだった。シェリフがドアを閉める前に救急車に駆けつけたジョージ・パッパスは、ラックスの頰がどんなに充血していたかを語った。「血管が見えたもんな」と、パッパスはいった。ラックスは片手に雑誌を持ち、もう一方の手でおなかのあたりを押さえながら、担架で運ばれていったが、まるで激しく揺れる救命ボートにでも乗っているようだった。苦痛のためにのたうち、叫び、顔をひきつらせる騒がしさは、セシリアのおとなしさとは対照的だった。ぼくらの記憶の中のセシリアは、実際にそうだった以上に死んだように見えた。ミセズ・リズボンは前回そうしたように救急車に飛び乗ったりはせず、芝生のところで立ち止まって、手を振るだけだった。バスに乗ってサマーキャンプに出かけるラックスを見送っているのではないかと思えるほどだった。メアリイもボニーもテレーズも外には出てこなかった。後になって話し合ってみると、ぼくらの多くがその時点で精神的な混乱に陥っていると感じていた。それは残りの死が続く間、ますます悪化するばかりだった。この状態の一般的な症状は、音に対する注意力がとんでしまうことだった。救急車のドアは音もなく閉まった。ラックスの口(ロス医師の記録によると、十一本の歯に詰め物がしてあった)は音もなく悲鳴を上げた。そして、通りも、キーキーきしむ木々の大枝も、チッチッと鳴ってさまざまな色に変わる街灯も、ブンブンうなる横断歩道の信号の電気系統の箱もそうだった——いつもならうるさい音が、すべて静まるか、あるいはあまりに高くてぼくらの耳には聞こえない音で響くのだった。そのかわり、ぼくらの背筋にぞっとするような寒気を走らせた。音が戻ってきたのは、ラックスがいってしまってからだった。テレビからは録音された笑い声がはじけた。入浴中の親父たちはバシャバシャ音を立てて、ずきずき痛む背中をお湯に浸した。

ミセズ・パッツの妹がボンセクール病院から、虫垂破裂という予診の結果を電話してきたのは、それから三十分後だった。自ら加えた傷害でないと聞いて、ぼくらは意外に思ったが、ミセズ・パッツはこういった。「ストレスのせいよ。あの子はかわいそうに大変なストレスに押しつぶされて、それで虫垂が破裂しちゃったのよ。わたしの妹も同じ目にあってるもの」その晩、動力のこぎりで右手を危うく切断しかけたブレント・クリストファー(新しいキッチンをつくっていた)は、ラックスが救急処置室に運び込まれるのを見ていた。クリストファーは腕を包帯でぐるぐる巻きにされ、頭は鎮痛剤でぼうっとなっていたが、インターンたちがラックスを自分の隣のベッドに寝かせたのをおぼえていた。「あの子は呼吸が早くなってて、口からハアハア息を吐きながら、おなかを押さえてた。そして、ずっと『あいた』って言いつづけてた。一字一字たどるみたいに『あ・い・た』って」インターンたちが急いで医師を呼びにいった後のことだと思うが、ブレント・クリストファーとラックスは、しばらくの間、二人きりにされた。ラックスは泣くのをやめて、クリストファーのほうを見た。クリストファーはガーゼにくるまれた手を上げてみせた。ラックスは興味がないという様子でながめていた。それから、手を伸ばして、ベッドを隔てるカーテンを閉めた。

フィンチ医師（あるいはフレンチ医師——記録が読みづらい）がラックスを診た。どこが痛むかを訊き、血を採り、あちこちをドンドン叩き、舌圧子でゲーゲーいわせ、目、耳、鼻をのぞきこんだ。さらに脇腹を調べて、とくにふくらみもないことを確かめた。ラックスはもう痛いという素振りを見せてはいなかった。事実、最初の何分かが過ぎたところで、医師は虫垂に関する質問をするのをやめた。経験豊かな医師が見れば一目瞭然だったのだ、という人もいた。不安げな表情を浮かべ、しきりにおなかをさすっていれば。それが何なのか、医師はすぐに悟った。「この前の生理からどれくらいたってる？」

「ちょっとたってます」

「一カ月？」

「四十二日」

「両親に知られたくはないんだね？」

「ええ、すみません」

「それにしても、どうしてあんな騒ぎを？」

「なぜ救急車を呼んだんだね？」

「うちを抜け出すにはあれしかなかったから」

二人は声をひそめて話し合っていた。医師はベッドに屈み込み、ラックスは上体を起こしていた。ブレント・クリストファーは歯がガチガチ鳴るような音を聞いた。その後、ラックスがいった。「わたし、検査を受けたいだけなんです。検査、してもらえますか？」

医師は検査をしようと口に出してはいわなかった。だが、何か考えがあってか、ホールに出ていくと、夫とほかの娘たちを家に残して駆けつけてきたばかりのミセズ・リズボンにこういった。「お嬢さんは心配ありません」それから、自分の診察室にこもった。後でいってみた看護婦は、医師がせわしなくパイプをふかしているのを見た。その日、フィンチ医師の心を何がよぎったのか、ぼくらはさまざまな可能性を想像してみた。生理の遅れた十四歳の娘に恋してしまって、銀行にどれくらい預金があるか、車にどれくらいガソリンが入っているか、妻子が気づく前に二人でどれくらい遠くにいけるかを頭の中で見積もっていたのではないか、と思ったりした。ラックスがなぜ米国家族計画連盟にいかずに病院にいったのか、ぼくらにはわからなかった。だが、ラックスは本当のことをいったのであって、結局、医者に診てもらうための手立てをほかに思いつかなかったのだろう、と多くの人が認めた。フィンチ医師は戻ってくると、こういった。「お母さんには胃腸の検査をしているといっておこう」そのとき、ブレント・クリストファーはベッドから立ち上がって、ラックスが逃げ出すのを助けてやろうとひそかに誓っていた。クリストファーはラックスがこういうのを聞いた。「結果がわかるまでどれくらいかかるんですか？」

「三十分ぐらいだね」

「ほんとにウサギを使うんですか？」

医師は苦笑した。

まっすぐ立ったブレント・クリストファーは自分の手がずきずき痛み、目がぼうっとかすみ、めまいがするのを感じた。だが、ひっくり返って意識を失う前に、フィンチ医師が前を通り過ぎて、ミセズ・リズボンのほうへ向かうのを見た。ミセズ・リズボンが最初に診断の結果を聞いた。次に看護婦が聞き、その後、ぼくらが聞いた。ジョー・ラーソンは通りを横切って、リズボン家の茂みの中に飛び込んだ。それと同時に、ミスタ・リズボンが女の子のように泣いているのを聞いた。とても音楽的な泣き声だった、とラーソンはいった。ミスタ・リズボンは布張りの安楽椅子に座り、足を足載せ台に投げ出し、両手で顔を覆っていた。そのとき、電話が鳴った。ミスタ・リズボンは電話を見つめた。それから、受話器を取った。「ああ、よかった」と、思わず漏らした。「よかった」ラックスはひどい消化不良を起こしただけとわかったのだった。

フィンチ医師は妊娠検査に加え、一とおりの婦人科の検診をラックスに受けさせた。ぼくらは後に病院の事務職員、ミズ・アンジェリカ・ターネットからその書類を受け取った。ぼくらはそれをいちばん高くついた収集品の中に加えた（非組合員の彼女の給料では、やりくりも容易ではなかった）。興味をそそる数字が並ぶ医師の報告書は、ラックスがごわごわした紙製のガウンを着て秤に乗り（44・9キロ）、口を開けて体温計をふくみ（37・0度）、プラスチックのカップに排尿した（WBC　6—8、時おり凝集、粘液重、白血球2＋）ということを表わしている。〝軽度の擦傷〟という素っ気ない診断は、子宮壁の状態を伝えるもので、先のことをいえば、それ以降、その状態は進行することがなかった。バラ色の子宮頸の写真も撮られているが、それは極端に低い露出にセットされたカメラのシャッターのように見える（今も赤く燃え立った目のようにぼくらをにらみつけ、無言の告発を突きつけている）。

「妊娠検査は陰性だったんだけどね、あの子が性的にお盛んだってことははっきりしたわ」ミズ・ターネットはいった。「あの子、HPV（ヒト乳頭腫ウイルス《ヒューマン・パピロマ・ヴァイラス》。生殖器にいぼを発生させる）を持ってたから。相手が多ければ多いほど、HPVも増えるものなの。わかりやすい話でしょ」

　たまたまその晩、待機中だったホーニッカー医師は、ほんの数分間だったが、ミセズ・リズボンに知られずにラックスと会うことができた。「あの子はまだ検査の結果を待ってるところだった。そのせいか、はっきりりわかるほど緊張してた」と、医師はいった。「だが、あの子にはそれだけじゃない何かがあった。それに不安が加わっていた」ラックスはもう服を着て、救急処置室のベッドの端に腰かけていた。ホーニッカー医師が自己紹介すると、ラックスはこういった。「妹と話した先生ね」

「そのとおり」

「これからわたしに質問するんですか？」

「きみがしてもいいっていうなら」

「わたし、ここにいるのは」——ラックスは声を落とした——「婦人科の先生と会うためなんですけど」

「すると、わたしの質問には答えたくないってこと？」

「先生のテストのことはシールからすっかり聞いたけど。わたし、今はそういう気分じゃないんです」

「じゃ、どんな気分？」

「べつに。何か疲れてるっていうだけで」

「よく眠れない？」

「一日じゅう眠ってます」

「それでもまだ疲れる？」

「ええ」

「それをどう思う？」

その時点まで、ラックスは床に届かない足をぶらぶらさせながら、はきはき答えていた。だが、そこで一呼吸おいて、ホーニッカー医師をじっと見た。そして、体をゆっくり後ろにそらして、首を縮めた。そのために、顎の下にぽっちゃりと肉がついたように見えた。「血液に鉄分が不足してるんです」と、ラックスはいった。「そういう家系なんです。そうだ、あの先生にヴィタミン剤をもらおうっと」

「あの子はすっかり否定的になってた」ホーニッカー医師はいった。「よく眠っていないのも明らかだった——鬱《うつ》病の教科書どおりの症状だね——それに、自分の問題も、妹のセシリアの問題もだが、まったく取るに足りないというふうに装ってた」そのすぐ後に、フィンチ医師が検査の結果を携えて入ってくると、ラックスはうれしそうにベッドから飛び降りた。「しかし、その喜びかたは躁《そう》病の気があったね。何しろ、壁にぶつかって跳ね返るんだから」

その面談からほどなく、ホーニッカー医師は二番目の報告書で、リズボン家の姉妹に対する見解の修正にとりかかった。姉妹の常軌を逸した行動——蟄居《ちっきょ》、突然の感情の激発、あるいは緊張病——については、〝兄弟姉妹を自殺で失った思春期の若者に於ける死別の経過〟を検証したジュディス・ワイスバーグ博士の最新の研究（『研究集成一覧』参照）を引用して説明している。報告書は、セシリアの自殺の結果、残ったリズボン家の姉妹は外傷性ストレス傷害に苦しむことになった、と主張するものになった。「ALS〔自殺に《アドレッセン》魅入られた若者《ト・ロースト・トゥ・スーサイド》〕の兄弟姉妹が、悲しみと向かい合おうとするうちに自殺的行動に出るということは」と、ホーニッカー医師は書いている。「けっして珍しいことではない。一つの家族の中で自殺が反復される率は高くなる」そして、余白に医学的分析を離れた走り書きを残している。「レミング（ネズミに似た小型の齧歯類。大群で海中に飛び込み溺死する集団自殺で知られる）」

この説はその後の何カ月かでひろまるうちに、ことをわかりやすく単純化しているせいか、多くの人に受けいれられていった。セシリアの自殺は、遠い昔に予言されたできごとの記念碑として振り返られるようになった。それをショッキングなことと考える人はもういなかった。みんな、神がそれ以上の説明を不要なものとされたかのように見なした。ミスタ・ハッチがこう評したように。「みんな、セシリアのことを悪人みたいにいうようになった」そういった観点からすると、セシリアの自殺は身近な者に感染する一種の病気と見なされた。セシリアはバスタブの中で、自分の血のスープにうだって、空気伝染するウイルスを撒き散らし、助けようとして寄ってきた姉たちにまでうつしたというわけだ。では最初にセシリアが感染したのはなぜかということはどうでもよかった。伝染ということですべてが説明された。自分の部屋で無事に過ごしていた姉妹は、何か妙な臭いを感じ、空気をふんふん嗅いでみたが、結局、それを無視した。だが、ドアの下からもぐりこんできた巻きひげのような黒い煙が、勉強中の姉妹の背後で立ちのぼって、よく漫画に出てくる煙か影のような邪悪な姿に変わった。短剣をかざした黒い帽子の暗殺者に。あるいは、今にも頭上に落ちてきそうな鉄床《かなとこ》に。伝染性の自殺病は、見ればすぐにわかった。いがいがのバクテリアは姉妹の喉を温床にした。朝になると、扁桃腺のあたりに糜爛《びらん》がひろがりはじめた。姉妹はけだるさを感じた。窓辺に立っても、表の光がかげって見えた。目をこすってみても無駄だった。重苦しく、冴えない気分になった。日常のものごとは意味を失った。枕もとの時計はただの成形されたプラスチックの塊と化して、時間と呼ばれるものを告げるだけになった。どういうわけか、世間ではその経過を気にするようだったが。こういった線上で姉妹のことを考えれば、湿っぽい息を吐きながら、孤立した病棟で日一日と弱っていく熱病患者のように見えた。ぼくらはインフルエンザにかかれば、彼女たちの譫妄《せんもう》状態を分かちあえるかもしれないという望みを抱いて、わざと髪を濡らしたままで外出した。

●

夜になると、さかったり、いがみあったりしている猫の鳴き声、暗闇にギャーギャー響く声がして、世界はそこに住む生き物の間を激しく行き来する感情にほかならないということを教えてくれた。片目のシャム猫の苦悩はリズボン家の姉妹の苦悩と何の変わりもなく、木々でさえもが感情にのめりこんでいた。リズボン家の屋根からはスレートの最初の一枚が滑り落ち、ポーチを一インチ外れて、柔らかい芝にめりこんだ。遠くからでも、スレートの下のタールに水がしみているのが見えた。リヴィングルームでは、ミスタ・リズボンがその水漏れの下に古いペンキ缶を置き、その缶がセシリアのベッドルームの天井の暗いブルーの色で満たされていくのを見まもっていた（セシリアは夜空のように見えるというのでその色合いを選んだ。缶は何年もクロゼットの中にしまいこまれていたものだった）。それに続く日々、ラジエーター、マントルピース、ダイニングルームのテーブルの上でも、ほかの缶が流れ落ちる水を受けとめた。だが、屋根職人がやってくる気配はなかった。いかにもありそうなことだったが、リズボン家の人々はもう他人が家の中に入ってくるのに耐えられなくなったからだ、とみんなは信じていた。一家は自分たちの責任で水漏れを我慢し、熱帯雨林並みのリヴィングルームに踏みとどまった。メアリイはときどき郵便物（光熱費の請求書や広告物ばかりで、私的なものはもう一通もなかった）を取りに現われた。赤いハートが縫い込まれた明るいグリーンやピンクのセーターを着ていた。ボニーはぼくらがヘアシャツ（昔の苦行者が肌にじかに着た粗い布のシャツ）と呼ぶようになったスモックのようなものを着ていた。その服が先の尖った羽で覆われていたからだ。「きっと枕が破れたんだ」と、ヴィンス・ファシリがいった。その羽飾りは、ふつう想像するような白ではなく、下等なアヒル、飼育された生き物の灰褐色だった。ボニーが羽をいたるところにくっつけた服を着て現われるたびに、狭苦しい檻の臭いが風下に流れた。だが、すぐそばまで近寄ってみた者はいなかった。思いきって家に立ち寄ろうとする者ももういなかった。ぼくらの両親の中にも、聖職者の中にもいなかった。郵便配達人までが、郵便受けには直接触れず、ミセズ・ユージーンの《ファミリーサークル》の背で蓋を持ち上げた。家が徐々に腐っていく過程は、今や、より明白なかたちであらわれていた。ぼくらはカーテンがぼろぼろになっているのに気づき、次に、ぼくらがのぞきこんでいるのはカーテンではなく、ところどころを拭ってのぞき穴をあけた埃の膜だということに気づいた。それが好都合なのは、姉妹が穴をあけるのを見られることだった。ピンクの掌がガラスにぴったり押し当てられ、それが上下左右に埃をこするうちに、こちらをのぞいている片目の明るいモザイク模様が見えてくるのだった。雨樋もかしいでいた。

家から出てくるのはミスタ・リズボンだけだった。ぼくらが姉妹と接するのは、ただ一つ、彼女たちが父親に残したしるしを通じてだった。ミスタ・リズボンの髪は過剰なほど丁寧にとかしつけられていた。ほかの誰の身づくろいをするあてもない姉妹が、それを父親にしてやったというふうに見えた。ミスタ・リズボンの頬に、血がついて小さな日の丸のようになったティッシュペーパーの旗が貼りついていることはもうなかった。知恵遅れのジョーの兄弟がせっせと彼のひげを剃ってやるよりもずっと念入りに、姉妹が父親のひげを剃ってやるようになったのだろう、と多くの人が思った（しかし、ミセズ・ルーミスは、セシリアの事件の後、ミスタ・リズボンは電気剃刀を買ったと主張していた）。どんな細かいものであれ、ミスタ・リズボンを媒体として、ぼくらは姉妹の影を垣間見た。姉妹が父親に課した代価を通じて彼女たちを見た。やつれはてた娘たちをもう正視できない腫れぼったい赤い目。またしてもぐったりした体を見る羽目になるのではないかとたえず怯えながら階段を上るうちにすり減った靴。娘たちに対する同情で死にかけているというような土気色の肌。その死こそが唯一の自分の生の証《あかし》になるだろうと悟った人間の途方に暮れた顔。ミスタ・リズボンが仕事に出かけるとき、ミセズ・リズボンは目ざましのコーヒー一杯を出すこともしなくなった。にもかかわらず、ミスタ・リズボンは運転席につくと、ダッシュボードの受け台に置いたマグに反射的に手を伸ばした……そして、先週の冷えきったコーヒーを口に運ぶのだった。学校では、つくり笑いを浮かべ、潤んだ目をして廊下を歩いた。でなければ、いかにも無邪気なふりをして、アイスホッケーをまね、「ヒップチェック！」と叫ぶなり、生徒を壁に押しつけた。だが、いつまでも凍りついたようにじっとしているので、生徒は「フェースオフ」とか、「先生は今、ペナルティーボックスですよ」とかいって、やめるように仕向けなければならなかった。ケニイ・ジェンキンズはミスタ・リズボンにヘッドロックをかけられたが、そのとき、二人の間に訪れた一瞬の平穏のことを語った。「あれは何だか変だったな。彼の吐く息から何から臭いがすべて伝わってきたのに、おれは逃げ出そうともしなかった。ぎゅっと押しつぶされたとき、真っ暗な底にいるみたいな感じがしたけど、ひどく静かで何も心配することはなかった」ミスタ・リズボンが仕事を続けたことを称賛する人もいたが、それを情に欠けているとして非難する人もいた。ミスタ・リズボンはグリーンのスーツを着た骸骨のように見えた。死んだセシリアがあの世にぐいと引き寄せたようだった。手足がだらりとして、口数が少なく、世界中の苦しみを一身に背負っているようなその姿は、エイブラハム・リンカーンを思い起こさせた。ミスタ・リズボンは噴水式の水飲み器の前を通りかかると、必ずささやかな息抜きを求めて立ち寄った。

そして、姉妹が学校を去って六週間たつかたたないころ、ミスタ・リズボンも突然に辞めたのだった。ミスタ・ウッドハウスがミスタ・リズボンをクリスマス休暇についての会議に呼び入れたということを、ぼくらは校長秘書のディニ・フライシャーから聞いた。評議員会議長のディック・ジェンセンもそれに加わっていた。ミスタ・ウッドハウスはディニに、オフィスの小型冷蔵庫のカートンからエッグノッグ（鶏卵にミルクと砂糖を混ぜたものに、しばしばラムなどを加えたもの）を出すよう頼んだ。ミスタ・リズボンは受け取る前に尋ねた。「これには酒は入ってないんでしょうね？」

「クリスマスですからね」ミスタ・ウッドハウスがいった。

ミスタ・ジェンセンはローズボウルのことを話題にした。ミスタ・リズボンにこういった。「先生もミシガン大でしたね。違いますか？」

その時点で、ミスタ・ウッドハウスはディニに席を外すよう指示した。だが、ディニは部屋を出る前に、ミスタ・リズボンがこういうのを聞いた。「そうです。でも、それをあなたに話したことはないと思いますが。何かわたしの生活をのぞき見されてるようですね」

みんな、控えめに笑った。ディニはドアを閉めた。

一月七日、学校がふたたび始まったとき、ミスタ・リズボンはもう職員ではなくなっていた。手続き上は、休暇をとったということになっていた。だが、新しい数学教師のミス・コリンスキーが、天井の軌道から惑星を撤去しても自分の地位は揺るがないと感じているのは明らかだった。落ちた天体は、宇宙の最後の塵の山というように、隅のほうに寄せ集められた。火星は地球にめりこみ、木星は真っ二つに割れ、土星の輪は哀れな海王星を切り裂いていた。会議で何が話されたのか、正確なところはわからなかったが、要点ははっきりしていた。ディニ・フライシャーの話によると、セシリアが自殺してまもなく、父母の間から苦情が出はじめたということだった。自分の家族さえ把握できない人間に子どもを教える権利はない、と彼らは主張した。リズボン家が荒廃するにつれ、非難の合唱は着実に高まっていった。ミスタ・リズボンの振る舞いもそれに輪をかけた。グリーンのスーツは着たきり、職員食堂には寄りつかず、身寄りのない老女の泣き声のように男声コーラスから突き抜けた甲高いテノールを響かせるとあっては。ミスタ・リズボンは解雇された。そして、家に帰った。幾晩かの間、宵のうちでさえ、家の明かりは一度も灯ることがなかった。玄関のドアが開くこともなかった。

今や、家は本当に死に絶えた。ミスタ・リズボンが学校へ行き来していた間は、細々とではあっても家に暮らしの流れを持ち込み、娘たちにお土産を買って帰ることもあった――マウンズのチョコレートバー、オレンジのフローズンデザート、虹色のクールポップ。ぼくらは姉妹が何を食べているか知っていたので、家の中で何を感じているかも想像することができた。アイスクリームをむさぼり食っているうちに、ぼくらも頭が痛くなった。チョコレートにはぼくらもうんざりした。しかし、ミスタ・リズボンが外に出なくなると、甘いものを持ち帰ることもなくなった。姉妹が何を食べているのか、ぼくらにはさっぱりわからなくなった。ミセズ・リズボンのメモに怒った牛乳屋は、善し悪しはともかく、それっきり配達をやめてしまった。クローガーも食料を届けにこなくなった。ミセズ・リズボンのお母さん、リーマ・クローフォードは、例のニューメキシコからの雑音交じりの電話の中で、自分の夏用のピクルスや保存食品の大半をミセズ・リズボンに送った、といった（ミセズ・クローフォードは〝夏〟という言葉をいよどんだ。というのは、セシリアが死んだのがその夏で、その間じゅう、胡瓜も苺も七十一歳の彼女自身も生《な》りつづけ、生きつづけていたからだ）。ミセズ・リズボンは核攻撃に備えて、地下に飲料水やその他の備品とともに缶詰をどっさりためこんでいる、ともミセズ・クローフォードはいった。ぼくらが死への階段を上っていくセシリアを見送った地下の娯楽室のすぐそばに、核シェルターのようなものがあるのは間違いなかった。ミスタ・リズボンはプロパンガス装備のキャンプ用トイレットまで置いていた。しかし、それは外部からの危険が予測されていた当時ならともかく、そのころには家の中に埋め込まれた非常時用の部屋としての意味しかなく、大きな棺桶と化しつつあった。

ボニーが目にもはっきりやつれたと知って、ぼくらの関心はますますつのった。夜が明けたばかりのころ、ようやく寝床につくアンクル・タッカーは、通りの一帯の人々はみんな眠っているという誤った認識のもとに、ボニーが正面のポーチに出てくるのをよく見かけた。ボニーはいつも羽で覆われたスモックを着て、ときどき枕を持って出てきた。ボニーが抱えた恰好から、アンクル・タッカーはその枕を〝ダッチワイフ〟といっていた。裂けた片隅から羽が飛び出し、ボニーの頭上の空中で舞った。ボニーは思わずくしゃみをした。長い首はあくまで細く白く、かつてのビアフラ人のようなよろよろした痛々しい歩きかたをしていた。まるで腰の関節の潤滑油が切れてしまったようだった。アンクル・タッカー自身、口にするのはビールだけというためにひどく痩せていたので、ボニーの体重について彼がいうことは信用できた。ボニーはやつれた、とミセズ・アンバーソンがいうのとはわけが違った。ミセズ・アンバーソンと比べたら、誰もがやつれて見えたからだ。だが、アンクル・タッカーのトルコ石と銀のバックルのベルトは、宝石をちりばめたヘビー級のチャンピオンベルトでもしているようで、彼にはいかにも大きかった。アンクル・タッカーは自分が何を話しているか、よく心得ていた。そのとき、彼は片手を冷蔵庫の上に置き、ガレージから目を凝らして見まもっていた。ボニー・リズボンはぎくしゃくした動きで正面の階段を二段下り、芝生を横切って、何カ月か前に穴を掘ったときに出た土を積み上げた山のほうに向かった。そして、妹の死の現場に着くと、ロザリオの祈りをあげはじめた。片手で枕を抱え、もう一方の手でロザリオをつまぐっていたが、ブロックでいちばん早起きの家の明かりがつき、隣近所が起き出してくる前に終わるよう気をつけていた。

それが苦行なのか断食なのか、ぼくらにはわからなかった。とにかく、ラックスのようにぎらぎらした欲望もなく、メアリイのように口も尻もぎゅっとすぼめた澄ました様子もなく、ボニーはとても穏やかに見えた、とアンクル・タッカーはいった。ボニーが聖母マリアのラミネート加工した写真を持っていなかったか、とぼくらは訊いてみたが、持っていなかったと思うという返事だった。ボニーは毎朝姿を現わしたが、テレビでチャーリー・チャンの映画をやっているときは、アンクル・タッカーも確認するのを忘れた。

結局、正体を突きとめられなかった臭いを、最初に嗅ぎつけたのもアンクル・タッカーだった。ある朝、ボニーが土の山に出てきたとき、玄関のドアを開けっぱなしにしていた。アンクル・タッカーはこれまで出くわしたことのないような臭いがしているのに気がついた。はじめは、ボニーの湿った陰部が強烈に臭ってくるのかと思った。ところが、それはボニーが家の中に戻った後も鼻についた。ぼくらも起きたとき、その臭いを嗅いだ。リズボン家が崩壊を始めたころも、腐った木やずぶ濡れのカーペットのぷんとくる臭いが伝わってきたが、新たに漂ってきたその臭いは、ぼくらの夢の中にまで侵入してきて、何度も繰り返し手を洗わせた。その臭いは非常に濃厚で、まるで液体のようだった。臭いの流れの中に踏み込むと、スプレーを浴びせられたような感じがした。ぼくらは発生源を突きとめようとして、庭にリスの死骸や肥料の袋がないか捜しまわった。だが、その発生源は大量のシロップでも含んでいるようで、なにかが死んだという類のものではなかった。臭いは明らかに生活に関わりがあった。デイヴィッド・ブラックは両親とニューヨーク旅行にいったときに食べた変わった茸のサラダを思い出した。

「ありゃ、罠にかかったビーバーの臭いだ」ポール・バルディノがご託宣を下した。ぼくらはそれに反対するほどの知識はなかったが、あの愛嬌のある太鼓腹からあんな臭いがするとはちょっと想像がつかなかった。その臭いは、口臭、チーズ、ミルク、舌の薄膜の臭いと似たところがあったが、それだけではなく、ドリルで穴をあけられた歯の焦げたような臭いもした。それは、近づけば近づくほど慣れてしまって、ついには自分自身の息とも混じり合って、わからなくなってしまうような口臭のようだった。もちろん、長い年月の間に、女性の開いた口から、もとの臭いの成分を顔に吹きかけられることがあったし、ときには不倫やろくに知らない相手とのデートの夜の暗闇の中で、馴染みのないシーツの上にそれが漂うこともあった。ぼくらは嗅いだことのない変わった臭気を貪欲に味わった。

リズボン家が閉鎖状態になった直後に流れはじめ、その後、途絶えることのなかったあの臭いとどこかつながりがないかと思ったからだ。今でも、精神を集中すれば、あの臭いを嗅ぐことができる。何しろ、寝ているときでも、運動場でボール遊びをしているときでも、気がつくと、あの臭いがしていたのだ。臭いはカラフィリス家の地下にまで達して、年老いたミセズ・カラフィリスはトルコのブルサに戻って葡萄の葉を料理している夢を見た。ジョー・バートンのおじいさんが海軍時代のアルバムを見せ、ペティコート姿のぽっちゃりした女性たちはみんな従姉妹だと説明しているときも、おじいさんの葉巻のいやな臭いを乗り越えて伝わってきた。おかしなことに、臭いがそれほど強烈だったにもかかわらず、息をとめようとか、最後の手段として口で息をしようと思ったことは一度もなかった。それどころか、最初の二、三日が過ぎると、ぼくらは母乳でもあるかのようにその臭いを吸い込むようになっていた。

その後、仄暗く眠ったような何カ月かが続いた。氷に閉ざされた一月、身を切るような寒さの二月、汚れてぬかるんだ三月。その当時はまだ冬らしい冬があった。広大な雪の吹き溜まりができて、学校は何日も休みになった。ぼくらは雪の朝、家で休校を伝えるラジオを聞きながら(ウォシュテノーとかシャイアウォーシーといったインディアン名前の郡が続いた後、アングロサクソン名前の我がウェイン郡の番がきた)、開拓者たちが暖かな隠れ家の中でじっと時を過ごす感覚を身をもって味わった。今日では、工場のほうから吹く風の向きが変わったのと、地球全体の気温が上昇したせいで、どか雪になることはない。しかし、夜の間にゆっくり降り積もった雪が、束の間の泡のように残ることはある。世界はパフォーマンスに疲れて、できそこないの季節しかつくれなくなったのだ。リズボン家の姉妹の日々の話に戻ると、毎週、雪が降りつづき、シャベルで掻いた車まわしの雪が車よりも高く積もるようになった。トラックが凍結防止の塩をまいてまわった。クリスマスの明かりが灯り、ウィルソンじいさんは毎年恒例の贅沢な飾りつけにかかった。二十フィートの雪だるまと、橇に乗った太ったサンタを引っ張る機械仕掛けの三頭のトナカイだ。その飾りつけを見ようと、通りにはいつも車の行列ができた。だが、その年は車の流れが二度にわたって滞った。ぼくらは家族連れがサンタを指さしてにっこりする光景を見た。だが、彼らはその後、リズボン家の前にさしかかると、事故現場の見物人のように押し黙ってしげしげとのぞきこむのだった。クリスマスが過ぎるまでリズボン家は明かりを灯すこともなく、そのせいで家はますます荒涼として見えた。隣のピッツェンバーガー家の芝生では、雪にまみれた三人の天使が赤いトランペットを吹いていた。反対側のベイツ家では、色とりどりのガムドロップが凍りついた茂みの中で輝いていた。ミスタ・リズボンが豆電球を取りつけに出てきたのは、一月のことで、職を失って一週間たったころだった。ミスタ・リズボンは正面の茂みに線を張りめぐらすと、プラグを差し込んでみたが、結果には満足しなかった。「一つちかちかするやつがあるんですよ」ミスタ・ベイツが自分の車のほうに歩いていったときに、ミスタ・リズボンが話しかけてきた。「箱には赤い先っぽを見るようにって書いてあるんですがね。でも、全部チェックしてみても、どこが悪いんだかわからなくて。わたしはちかちかする光は嫌いなんですが」たぶん、そのとおりだったのだろう。だが、ミスタ・リズボンが夜になって思い出したようにプラグを差し込んでみても、電球はあいかわらずちかちかするばかりだった。

冬の間じゅう、姉妹はなかなかつかまらないままだった。ときどき、誰かが表に出てくることはあった。だが、寒気の中で体を縮め、吐く息で顔を曇らせるだけで、まもなく中へ戻っていった。夜になると、テレーズは前と同じようにアマチュア無線機に向かい、自分を家から連れ出し、暖かい南部の州や南米の先端にまで運んでくれるメッセージを打ち出していた。ティム・ワイナーはテレーズの周波数の電波を探っていたが、二、三度、それをとらえるのに成功したといった。一度は、ジョージアの男と、相手の犬のことを話していた（腰の関節炎の手術をしたものかどうか？）。もう一度は、性も国境もないその媒体で、どこかの人間と話していたが、ワイナーは相手の応答の一部を記録にとっていた。それはすべてトンツー式の符号で記されていたが、ぼくらはワイナーにそれを訳させた。やりとりはこんなものだった。

「あなたも？」

「兄がね」

「いくつ？」

「二十一。ハンサム。ヴァイオリンが上手」

「で、どうやって？」

「近くの橋から。急流でね」

「ちゃんと着くの？」

「着くわけないよ」

「コロンビアってどんなふう？」

「暖かくて平和。きてみたら」

「いきたいな」

「山賊なんて嘘だからね」

「もういかなくちゃ。お母さんが呼んでる」

「いってたみたいに屋根を青く塗ったから」

「じゃあね」

「じゃあね」


それだけだった。だが、それが伝えるところは明らかで、三月になるまでテレーズは自由な世界との接触を求めつづけていたようだ。そのころ、テレーズは何校ものカレッジから出願資料を取り寄せている（後に、記者たちがそれに注目することになった）。姉妹は買えもしない商品のカタログも盛んに注文した。リズボン家の郵便受けはふたたび郵便物で満たされた。スコット－シュラプティンからの家具のカタログ、最高級の服、海外でのヴァケーション。姉妹はどこへもいけなかったが、空想の中で旅に出た。黄金の尖塔が輝くタイの寺院、あるいは、苔むした庭を掃き清めるほうきと桶を持った日本の古老を訪ねて。ぼくらはそういったパンフレットの名前がわかると、彼女たちがどういうところへいきたかったのかを知ろうと、さっそくそれを取り寄せてみた。《極東冒険旅行》《自由気まま旅》《中国旅行案内》《オリエント急行》。ぼくらはそういったものを全部手に入れた。そして、ぱらぱらとページをめくっては、彼女たちとともに埃っぽい道を徒歩でたどった。ときどき、彼女たちがバックパックを下ろすのを手伝うために立ち止まり、彼女たちの温かく湿った肩に手を置いて、パパイヤの木々の向こうに沈む日を見送った。燃えるような金魚が跳ねる水面の上の休憩所で、一緒にお茶を飲んだ。ぼくらはやりたいことをやった。セシリアは自殺してはいなかった。カルカッタで、赤いベールをかぶり、足裏にヘンナ染料で模様を描いた花嫁になっていた。ぼくらが彼女たちを身近に感じようと思ったら、こうした現実にはあり得ない旅に出るしかなかった。だが、それはいつまでたっても消えない傷となって残った。ぼくらは妻といるよりも夢を見ているほうが幸せだった。ぼくらの中には、カタログを手放さず、誰もいない部屋の中に持ち込んだり、シャツの下に隠してそっと持ち出したりする者がいた。しかし、ほかにはたいしてすることもなかった。そして、雪が降り、空は絶えず灰色に塗り込められる時期になったのだった。

リズボン家の内部がどんな具合だったのか、姉妹がそこに幽閉されて何を感じていたのか、ぼくらは裏づけをもって語りたいと思う。だが、この調査にすっかり消耗させられて、ときどき、これはという証拠の断片が、姉妹の謎を解明するロゼッタ・ストーンのようなものが手に入らないかと祈るような気持ちになる。しかし、あの冬が幸せなものではなかったとはいえても、それ以上はっきりしたことはあまりいえない。姉妹の本当の苦しみがどこにあったのかを探るのは、医者が勧める例の自己診断に似ている（ぼくらもそういう年齢に達した）。ぼくらは定期的に、自分のもっともプライベートな袋を客観的に検査することを課せられている。それを押してみて、解剖学的現実を自ら痛感するのだ。小さなホンダワラの巣の中に埋まっている二つの亀の卵、くねくねして軟骨の瘤ができた管。ぼくらはこの漠然と指定された場所で、自然に生じた塊やとぐろの中から、突然の侵略者を発見するよう求められる。ぼくらは実際にやってみるまで、そこにいかに多くの凹凸があるかに気がつかなかった。そのため、仰向けになって、探ってみてはたじろぎ、また探るという作業を繰り返しているうちに、死の種子は、いつしか神が起こした混乱の中に紛れてしまうのだ。

それは姉妹についても同じことだった。彼女たちの悲しみに触れようとしたとたん、その特殊な傷が致命的なものかどうか、あるいは（自己流のでたらめな診察では）傷でも何でもないのか、わからなくなってくる。診断するのは口のほうがいいのかもしれない。湿って、温かい口のほうが。いや、傷痕は心臓にあるのかもしれないし、膝頭にあるのかもしれない。ぼくらにはわからない。ぼくらにできるのは、手足を、柔らかい二枚貝のような胴を、想像で描いた顔を、探ってみることだけだ。それはぼくらに語りかけてくる。だが、ぼくらには何も聞こえない。

●

ぼくらは毎晩、姉妹のベッドルームの窓に目を凝らした。夕食のテーブルを囲んでの話題は、どうしても苦境に陥った一家のことに赴いた。ミスタ・リズボンは新しい職が見つかるだろうか？ どうして一家を養うのだろうか？ 姉妹は幽閉にいつまで耐えられるだろうか？ 年老いたミセズ・カラフィリスでさえもが、めずらしく一階に上がってきて（入浴日でもないのに）、通りの先のリズボン家をじっと見つめた。ミセズ・カラフィリスが世間に関心を向けたことというのは、ぼくらが記憶している限りではこのときだけだった。というのは、ぼくらがミセズ・カラフィリスを知って以来、彼女は地下室で死を待ちながら暮らしているだけだったからだ。ときどき、デモ・カラフィリスがぼくらを地下へ連れていってサッカーゲームをした。暖房用のダクト、予備の寝台、ぼろぼろの荷物の間を動きまわっているうちに、ぼくらはミセズ・カラフィリスが小アジアに似せて飾りつけた小さな部屋に出た。天井の格子からは模造の葡萄が吊り下げられていた。きれいな箱の中には蚕が飼われていた。シンダーブロックの壁は、故国の空気と同じ明るいブルーに塗られていた。接着テープで貼った葉書は、ミセズ・カラフィリスがまだ本当に生きていた時代や場所への窓の役割を果たしていた。背景には緑の山々がそびえ、それが風化したオスマン朝時代の墓、赤い瓦の屋根へと変化し、テクニカラーになった片隅では、温かいパンを売っている男のもとから立ち昇る湯気になっていた。デモ・カラフィリスはおばあさんのどこが悪いのか教えようとはしなかったし、巨大なボイラーと水が音をたてて流れる排水管（ぼくらが住んでいた郊外は土地が低く、すぐに水があふれた）の中の地下室におばあさんを置いておくのをおかしいとも思っていないようだった。それでも、ミセズ・カラフィリスが葉書の前で立ち止まって、親指をなめ、それをいつも同じ白くなった一点に押し当てる様子、金歯をむきだしてにっと笑い、通行人に挨拶するように風景に向かってうなずきかける様子から、このおばあさんはぼくらの知らない歴史の中で育まれ、萎えたのだ、とうかがい知ることができた。おばあさんはぼくらを見ると、こういった。「電気を切っておくれ、いい子だから」ぼくらがいわれたとおりにして、暗闇の中に取り残すと、おばあさんは夫の埋葬をした葬儀場が毎年クリスマスに贈ってくる挨拶の扇で自分をあおぐのだった（アイスキャンディーの棒に安物のボール紙をホチキスで留めたその扇には、ゲッセマネの園で祈るキリストが描かれ、その背後には暗雲が立ち込めていた。裏面は葬儀場の広告になっていた)。入浴のとき以外に、ミセズ・カラフィリスが上がってくることといえば——腰にロープをくりつけ、デモの親父さんが軽く引っ張り、デモとその兄弟が後ろから押して——二年ごとに『イスタンブール特急』がテレビで放映されるときだけだった。おばあさんは寝椅子に座ると、子どものように興奮して、身を乗り出し、心をとらえてやまない緑の丘を列車が通過する十秒ほどのシーンを待ちかまえた。そして、列車が——毎回、同じように——トンネルに消えると同時に、両手を上げ、ハゲタカのような奇声を発するのだった。

ミセズ・カラフィリスは近所の噂話にはほとんど関心がなかった。なぜかといえば、話がよく理解できなかったからで、理解できる部分があっても、取るに足りないことのように思えたからだった。おばあさんは若いころ、トルコ人による虐殺を逃れて洞窟に隠れたことがあった。そこではまるまる一カ月の間、オリーブ以外のものを口にせず、おなかを満たすために種まで飲み込んだ。おばあさんは一家の者が殺されるのを見たし、白日のもとに吊るされた男たちの性器が切り取られているのも目にした。だから、今、トミイ・リッグズが事故を起こして親のリンカーンをめちゃめちゃに壊したとか、パーキンズ家のクリスマスツリーが燃えて猫が焼け死んだとか聞いても、そこにドラマを見ることはなかったのだ。一度だけ聞き耳を立てたのは、誰かがリズボン家の姉妹のことに触れたときで、そのときも何か質問をしたり、詳しい話を聞こうとしたわけではなかったが、姉妹との間にテレパシーを感じたようだった。おばあさんに聞こえる範囲でぼくらが姉妹のことを話していると、おばあさんは頭をもたげ、苦労して椅子から体を起こし、杖をついて冷たいセメントの床を横切っていった。地下室の端の明かりとりの縦穴の窓からは、弱い光が差し込んでいた。おばあさんは冷たい窓ガラスの上方、蜘蛛の巣のレースを通じて見えている空の切れ端にじっと目を凝らすのだった。おばあさんに見えているのは、姉妹の世界にほかならなかった。リズボン家の上に見えているのと同じ空だった。だが、その空はおばあさんに多くのことを語った。ぼくらはふと、こんなことを思った。おばあさんも姉妹も、雲の形にこの世の悲惨の隠れたしるしを見ていたのではないか。年齢の隔たりにもかかわらず、時間を超えた何かが彼女たちの間に伝わっていたのではないか。まるで、おばあさんがギリシャ語でもぐもぐとこう助言したように。「人生、時間を無駄にしちゃいけないよ」明かりとりの縦穴には、根覆いの藁や吹き飛ばされた葉が溜まり、さらにはぼくらが砦をつくって遊んだとき以来、壊れた椅子までが落ち込んでいた。紙タオルのように薄くて単純な模様がついたおばあさんのホームドレスを通して、光が透けて見えていた。履《は》いているサンダルはハマーン、即ちイスラム諸国の蒸風呂でなら具合がよさそうだったが、隙間風の吹き抜ける床には向いていなかった。姉妹の新たな幽閉について聞いた日、おばあさんはぐいと頭をもたげてうなずき、にこりともしなかった。もうそのことを知っていたように見えた。

週に一度のエプソム塩を溶かした風呂で、ミセズ・カラフィリスは姉妹のことを語っていた。あるいは姉妹に語りかけていた。ぼくらにはどちらなのかわからなかったが。ぼくらはうんと近くに寄ったり、鍵穴から盗み聞いたりするようなことはしなかった。なぜなら、そもそもミセズ・カラフィリスの前世紀の遺物のような垂れ下がった乳房、青みがかった脚、びっくりするほど長くて豊かな少女のような髪に、ぼくらはただただ当惑させられたからだ。バスタブから聞こえてくる物音にさえ赤面させられた。そこからはおばあさんのくぐもった声が聞こえてきた。しきりに痛みを訴え、それをやはり若くはない黒人の女性がなだめていた。そして、バスルームのドアの向こうで、老いさらばえた二人だけで叫んだり、歌ったりしていた。はじめに黒人の女性が、次におばあさんが何かギリシャの歌を歌った。最後には水の音だけが聞こえてきたが、バシャバシャはねるその水がどんな色をしているのかぼくらには想像もできなかった。その後、おばあさんは頭をタオルで包み、前とちっとも変わらない青白い顔色で現われた。黒人の女性がおばあさんのウェストにロープを巻きつけて階段をそろそろと下ろしはじめると、おばあさんの肺がふくれあがる音が聞こえた。おばあさんはできるだけ早く死にたいと願っていたにもかかわらず、階段を下りるときはいつもこわごわで、手すりをしっかり握り、縁なし眼鏡の奥の目を大きく見開いていた。ときどき、おばあさんが通りかかったとき、ぼくらは姉妹の最新の情報を教えてあげた。すると、おばあさんは吐き捨てるようにいった。「マナ!」それは「何とまあ！」に似た意味合いだとデモはいったが、おばあさんは本当に驚いているようには見えなかった。たまにのぞき見るだけの窓に隔てられ、その先の通りに隔てられて、この世に生きていても、それはゆっくりゆっくり死んでいくことにほかならない、とミセズ・カラフィリスは知っていたのだ。

結局、ミセズ・カラフィリスを驚かせたのは、死ではなくて、頑強な生だった。リズボン家がどうしてそんなに静かでいられるのか、なぜ身も世もなく嘆いたり、発狂したりせずにいられるのか、おばあさんには理解できなかった。ミスタ・リズボンがクリスマスの豆電球を張りめぐらすのを見て、しきりに首を振り、何かぶつぶついっていた。おばあさんは一階に取りつけられた老人用の手すりを放して、支えもなしに海抜ゼロメートルを何歩か歩いてみたが、この七年間ではじめて痛みをおぼえなかった。デモはそれをこんなふうに説明した。「おれたちギリシャ人って、不機嫌な人間なんだ。自殺はおれたちにはよくわかる。だけど、自分の娘が自殺した後、クリスマスの明かりをつけるっていうのはな――さっぱりわからない。うちのばあちゃんがアメリカでどうしても理解できないところは、なぜ、みんないつも幸せそうなふりをしてるかってことなんだ」

冬はアルコール中毒と絶望の季節だ。ロシアの酔っぱらいの数を数えるか、コーネル大学の自殺者の数を数えてみればいい。試験にのぞむ学生が起伏に富んだキャンパスの谷間に次から次へと身を投げるので、大学当局は緊張をほぐすために真冬に休日を設けると宣言した（一般には〝自殺の日〟として知られている。その休日のことは、ぼくらがコンピューターでデータを検索しているうちに、〝自殺行〟とか〝車による自殺〟という言葉とともに現われた）。ぼくらにはコーネルの若者たちのことはよくわからないが、ビアンカという女子学生は、はじめてのペッサリーと今後の人生もろとも、人道橋からまっさかさまに飛び込んだ。着ていたダウンベストがわずかなクッションになっただけだった。陰鬱な実存主義者のビルは、丁子の風味のタバコと救世軍のオーバーとともに、手すりを越えてそのまますると飛び降りた。ビアンカのように飛び込んだわけではなかったが、愛しい死をしっかりつかまえて離さなかった（橋を選んだ人の三十三パーセントは肩の筋肉が断裂している。残りの六十七パーセントは足からそのまま飛び降りたのだ）。ぼくらが今、こんなことに触れるのは、大酒を飲むのも乱交をするのも自由な大学生でさえ、自らの人生にけりをつける者が少なくないということを示すためだ。ステレオをがんがん鳴らしたり、水ぎせるで麻薬を吸ったりすることもなく、家に閉じ込められたリズボン家の姉妹とはいったいどこが共通するのだろう。

後に〝自殺協定〟と名づけた事態について書いた新聞各紙は、姉妹のことを自動人形扱いした。もともと生きていないも同然なので、死んだところでほとんど変わりない生き物というわけだ。ミズ・パールも二、三カ月にわたって書きたて、四人の個々の苦しみを〝若者に未来が見えなくなったとき〟という見出しの一文でくくったが、その一連の記事の中では、姉妹は誰が誰だか区別がつかないような手合いとして登場し、みんながカレンダーに黒い×印を書き込んだり、高く両手を上げて自己流の黒ミサを行なったりしているように描かれた。ミズ・パールの脳裏には、悪魔崇拝を思わせるもの、一種の黒魔術めいたものが焼きついているようだ。ミズ・パールはレコード焼却事件を重く見て、死や自殺をほのめかすロックの詞をしばしば引用した。地元のＤＪと友だちになって、ラックスの級友たちが彼女の好みとして挙げたレコードをまる一晩かけて聞いたりもした。ミズ・パールはこの〝調査〟から、もっとも自慢にしている発見に至った。クルエル・クラックスというバンドの《処女の自殺》という曲がそれだ。ミセズ・リズボンがラックスに焼かせたアルバムの中にそれが入っているかどうか、ミズ・パールもぼくらも突きとめられなかったが、曲には次のようなコーラスがついている。

処女の自殺
あの子は何を泣いていた？
じっとしていて何になる
今度出かけた滅びの旅で
あの子はおれに処女をくれた
あの子は処女の自殺

たしかに、その曲は、姉妹に取り憑いた暗黒の力、ぼくらの手には負えない一体化した悪という概念としっくり結びつく。しかし、姉妹の行動はとても一体化していたとはいえなかった。ラックスが屋根の上で逢引している間、テレーズは蛍光を発するタツノオトシゴを酒のグラスの中で育てていた。廊下では、メアリイが携帯用の鏡をのぞきこんで時間をつぶしていた。卵形のピンクのプラスチックにはめこまれた鏡は、女優の楽屋の鏡のように、まわりにずらりと裸電球が取りつけられ、スイッチ一つで、さまざまな時間、天候の光線の具合を経験できるようになっていた。スイッチは〝朝〟、〝午後〟、そして〝夜〟だけでなく、〝快晴〟、〝曇〟にセットすることができた。メアリイは何時間も鏡の前に座って、まやかしの世界の変化を泳ぎ渡っていく自分の顔に見とれていた。陽光の中ではサングラスをかけ、雲の下では服を重ねて着込んだ。ミスタ・リズボンはときどき、メアリイがスイッチを忙しく動かして、駆け足で十日、二十日を過ごしているのを見かけた。また、姉や妹を鏡の前に座らせて、アドバイスしていることもよくあった。「ほら、曇ってると、目の下の隈が見えるじゃない。それはね、わたしたちの肌が青白いからなのよ。日が差してると……ちょっと待って……ほら、こんなふう。隈は消えちゃうの。だから、曇の日には、もっとファンデーションとかコンシーラーをつけなくちゃ。わたしたちの肌って、お天気の日には褪せたみたいに見えるから、色が必要になるのよ。口紅とか、場合によってはアイシャドーも」

ミズ・パールの記事が放つサーチライトの光も、姉妹の顔だちを褪せたものに見せた。ミズ・パールは姉妹を記述するのに決まり文句を用いている。姉妹を〝ミステリアス〟とか〝孤独好き〟と呼び、ある時点では、〝カトリック教会の異教的な様相に魅せられた〟とまでいっている。それで何をいおうとしているのか、ぼくらにはわからなかったが、多くの人々は家のニレの木を守ろうとする姉妹の奮闘と関係があると感じたようだ。

ようやく春がきた。木々のつぼみがふくらんだ。雪が解け、凍りついていた通りに亀裂が入った。ミスタ・ベイツは毎年やっているように、新しくできた路面の穴を調べ、それを一覧表にタイプして、市の交通局に送りつけた。四月はじめ、公園管理局の連中が戻ってきて、死刑宣告された木のまわりにめぐらしたひもを取り替えた。今度は赤いひもでなく黄色いひもで、こんな文句が刷り込まれていた。「この木はオランダニレ病と診断されました。蔓延を防ぐため、除去されることになっています。公園管理局」全文を間違いなく読みとろうと思ったら、木を三周はしなければならなかった。リズボン家の前庭のニレの木も（資料1参照）、死刑宣告を受けたうちの一本だった。まだ冷たさの残る時期、それを切り倒すため、作業員を満載したトラックがやってきた。

そのやりかたはぼくらにももう馴染みのものだった。最初に、ファイバーグラス製の籠に入った作業員が木のいただきに登った。そして、樹皮に穴をあけた後、弱りつつある木の鼓動を聞こうとするかのように、そこに耳を押し当てた。その後はもう儀式めいたこともせず、小さな枝を切り落としにかかった。下にいるオレンジ色の手袋をはめた作業員が、それを受けとめた。彼らはツーバイフォーの木材を扱うように、切られた枝をきちんと積み上げ、それから、トラックの後ろの電動丸のこにかけていった。おがくずの雨が通りに降り注いだ。ぼくらは後年、昔風のバーに入って、床に撒かれたおがくずを見ると、必ず火葬にされたニレの木のことを思い出した。作業員たちは幹を裸にしてしまうと、次の木に移った。しばらくの間、木は不自由な手をもたげようとしているような哀れな姿で立っていた。殴られて口がきけなくなった生き物のようでもあった。それは、突然に声を失ったことで、それまではずっとしゃべっていたのだと気づかされるような存在だった。そんな死刑執行待ちの木々は、バルディノ家のバーベキューの炉に似て見えた。サミイ・ザ・シャークはその時点での木の姿でなく、もっと先の姿に見えるよう、大変な先見をもって脱出用トンネルを偽装したのだ、とぼくらは悟った。将来、脱出しなければならなくなったとき、何百本もの似たような切り株の中の一つから逃れられる、というわけだ。

多くの人々が木々に別れを告げに出てきた。チェーンソーから距離をおいた安全な芝生に家族が集まっている光景を見るのは珍しいことではなかった。憂い顔の両親と、長髪のティーンエイジャー二、三人、それにリボンをつけたプードルと。人々は自分たちが木の持ち主だと感じていた。犬たちは毎日、木に小便をひっかけていた。子どもたちは木をホームプレートにして野球をしていた。木は人々が越してきたときからそこにあった。越していくときもそこにあると思われていた。しかし、公園管理局が切り倒しにきたとき、ぼくらの木はぼくらのものではなく、市のものであって、市の思いどおりになる、ということが明らかになった。

しかし、リズボン家の人々は枝落としの間も外に出てこなかった。姉妹はコールドクリームを塗ったような白い顔で、二階の窓からながめていた。ニレの木の上に登った作業員は身を乗り出したり引っ込めたりしながら、大きな緑の冠を刈り取っていった。たわんで、去年の夏の黄色い葉を残したままの病んだ大枝は叩き切った。健康な枝もどんどん切っていった。リズボン家の前庭には、灰色の柱のように立つ木の幹だけが残った。作業員たちは引きあげていったが、その木がまだ生きているのか、もう死んだのか、ぼくらにはわからなかった。

それに続く二週間、ぼくらは公園管理局が仕事を仕上げにくるのを待っていたが、彼らが戻ってきたのは三週間後だった。今度はチェーンソーを持った二人組がトラックから降りてきた。二人は木の幹のまわりをまわって、寸法を測ってから、チェーンソーを腿にあてて固定し、スターターのひもを引いた。ぼくらはそのとき、チェイス・ビューエルの家の地下室でビリヤードをやっていたが、チェーンソーのうなる音が頭上のむきだしの垂木を通して聞こえてきた。アルミ製の暖房用の通風孔がカタカタ鳴った。グリーンのフェルトの上では色鮮やかなボールがブルブル震えた。ぼくらの頭の中は歯医者のドリルのようなチェーンソーの響きで満たされた。外に走り出てみると、作業員はリズボン家の前のニレの木に取りかかろうとしていた。二人とも飛び散る木っ端に備えてゴーグルをつけていたが、そのほかには、虐殺に慣れた人間のけだるさを引きずっているだけだった。二人はうなりをあげるチェーンソーの刃先を持ち上げた。一人がタバコで茶色に濁った唾液をぺっと吐き出した。それから、モーターの回転速度を上げて、木を切り裂こうとしたその瞬間、現場監督がトラックから飛び降り、両腕を大きく振りまわした。芝生の向こうから、密集隊形を組んだリズボン家の姉妹が、作業員のほうに向かって突進してきたのだ。それを見ていたミセズ・ベイツは、姉妹がそのままチェーンソーに身を投じるのではないかと思った、と語った。「あの子たち、まっすぐに向かってきたのよ。ものすごい目つきで」公園管理局の作業員二人は、監督が何で飛び跳ねているのかわからなかった。「おれは見えない側にいたんだけど」一人がいった。「あの子たち、ノコの真下に飛び込んでくるんだもんな。いや、ありがたいことにぎりぎりのところで目に入ったよ」二人とも姉妹に気づくと、チェーンソーを宙に浮かせたまま後ずさりした。リズボン家の姉妹はそのまま走り過ぎた。鬼ごっこでもしているように見えた。彼女たちは捕まるのを恐れているかのように、こわごわ振り返った。だが、そのときには安全圏に身を置いていた。作業員二人はチェーンソーを止めた。びりびり震えていた空気がしんと静まった。姉妹は木を取り巻くと、手をつなぎあわせて、ヒナギクの花輪のようになった。

「帰ってよ」メアリイがいった。「これ、わたしたちの木なんだから」

姉妹は作業員のほうを向かず、木に顔を向け、幹に頰を押しつけていた。テレーズとメアリイは靴を履いていたが、ボニーとラックスは裸足で駆け出してきていた。それを見て、救助活動は彼女たちの自発的な思いつきなのだと感じた人が多かった。姉妹は幹を抱きしめた。幹は彼女たちの頭上の無に向かってそびえていた。

「お嬢さんがた」監督が声をかけた。「あんたがた、遅すぎたよ。その木はもう死んでるんだ」

「だから、どうなのよ」メアリイがいった。

「そいつにはコガネムシがついてるんだ。だから、ほかの木にひろがらないよう切り倒さなきゃならないんだ」

「除去が蔓延を防ぐっていう科学的な証拠はないわ」テレーズがいった。「この辺の木はずっと長生きしてきたのよ。コガネムシにどう対処したらいいか、進化論的な戦略を持ってるわ。どうして、自然のままに放っておいてやらないの？」

「自然のままに放っておいたら、一本の木も残らないよ」

「どっちみち、そうなるんじゃない」ラックスがいった。

「そもそも、ヨーロッパから菌が持ち込まれなかったら」ボニーがいった。「こんなことにならなかったのに」

「もう悪霊を瓶の中に戻すことはできないんだよ、お嬢さんがた。わたしらは何が救えるかを確かめるのに、自分たちのテクノロジーを使ってみなきゃならないんだ」

実のところ、こんなやりとりはなかったのかもしれない。ぼくらは話の断片を継ぎ合わせて構成してみたのだが、それでも話のおよその内容は立証できるだろう。姉妹は木々に手を加えないほうが長生きさせられると思った。そして、病気をもたらした原因を人間の傲慢さに求めた。しかし、多くの人はそれを煙幕と見た。その特別のニレの木をセシリアが愛していたということは周知の事実だったからだ。木のやにだらけの節穴には、セシリアの小さな手形がいまだに残っていた。春になると、セシリアがよく木の下にたたずんで、くるくるまわるプロペラのような種をつかまえようとしていたのを、ミセズ・シェイアは思い出した（ぼくら自身も、緑色の種が一本の繊維質の羽にぶら下がって、ヘリコプターのように地面に舞い降りていたのを思い出す。だが、その種がニレの種なのか、それともクリか何かの種なのかはわからない。ぼくらの中には、森歩きする人や実際家には人気のある手ごろな植物学のハンドブックを持っている者もいないのだ）。とにかく、近所の多くの人にとって、姉妹がニレとセシリアを結びつけたわけを想像するのは難しいことではなかった。「あの子たちはあの木を救おうとしてたんじゃないの」ミセズ・シェイアはいった。「妹の思い出を救おうとしてたのよ」

木のまわりには三重の輪ができた。リズボン家の姉妹のブロンドの輪、公園管理局の作業員のオリーブグリーンの輪、そして一番外には見物人の輪。姉妹とやりあっていた作業員たちはだんだん追いつめられ、トラックに乗せてやるからと懐柔にかかったりもしたが、最後には脅しに出た。姉妹もそのうちあきらめるだろうと思って、監督は部下に昼休みをとらせていた。ところが、四十五分後に戻ってみても、彼女たちはあいかわらず木を取り巻いたままだった。監督はやむなく家を訪ねて、リズボン夫妻に掛け合いはじめた。しかし、驚いたことに、夫妻は何の手助けもしようとしなかった。二人は戸口まで出てきたが、ミスタ・リズボンは妻の体に腕をまわし、珍しく愛情を体であらわしていた。「わたしらはおたくのニレを切るように指示されてきたんです」監督がいった。「ところが、おたくのお子さんがたがそうさせてくれないんですよ」

「あの木が病気だって、どうしてわかるんです？」ミセズ・リズボンがいった。

「嘘じゃないですよ。わたしらにはわかるんです。病気になると葉が黄色くなるんです。あれはそうなったんですよ。だから、もう枝を切りました。あの木は死んでるんです。間違いないですって」

「わたしたちはアリテックスがいいと思います」ミスタ・リズボンがいった。「ご存じでしょ？　娘に記事を見せてもらいました。あまり攻撃的でない療法です」

「でも、あれは効果がないんですよ。いいですか、わたしらがこの木を残しておいたって、来年までにはほかの木はもうみんななくなっちまうんですよ」

「とにかく、成り行きにまかせたらどうでしょう」ミスタ・リズボンがいった。

「警察を呼ぶような真似はしたくないんですがね」

「警察？」ミセズ・リズボンが問い返した。「娘たちは自分のうちの前庭に立ってるだけですよ。それがいつから犯罪になったんです？」

監督もうそのときにはあきらめていたが、事実、最後まで脅しつづけることはできなかった。監督がトラックに戻ってみると、後ろにミズ・パールのブルーのポンティアックが停まっていた。新聞社のカメラマンがその光景を撮りはじめていて、写真は後で紙面に載せられた。姉妹が木を取り囲んでからミズ・パールがウィージー（犯罪の現場写真で有名なカメラマン）よろしく駆けつけるまで一時間もたっていなかったが、ミズ・パールは通報してくれた情報源を明かそうとはしなかった。多くの人は、姉妹が注目を集めるために自ら通報したと信じている。だが、真実はわからない。カメラマンがまだ写真を撮りつづけているうちに、監督は部下にトラックに乗るよう指示した。翌日、姉妹が木を抱いている粒子の粗い写真（資料8）を添えた短い記事が載った。木を信仰するドルイド教徒の一団のように、彼女たちはそのニレを拝んでいるように見えた。ただし、その写真では、彼女たちが見上げる頭上二十フィートのあたりで木が丸坊主になって途切れているのはわからない。

「昨年の夏、その自殺が全国的な問題に警鐘を打ち鳴らすことになったイーストサイドのティーンエイジャー、セシリア・リズボンの四人の姉たちは、セシリアが深く愛していたニレの木を救うために、水曜日、自らの身を危険にさらした。その木は昨年、オランダニレ病と診断され、この春には除去される予定になっていた」以上の記事からすると、ミズ・パールが姉妹はセシリアの思い出のために木を救おうとしたという説に与《くみ》していたのは明らかだ。ぼくらがセシリアの日記を読んでみた限りでも、あえて異を唱える理由はない。しかし、後年、ミスタ・リズボンと話してみると、彼はそれを否定した。「テレーズが木にのめりこんでいてね。あの子は木のことなら何でも知っていた。いろんな変種とか、根がどれくらいの深さまで張っているかとか。だが、セシリアが植物に人一倍興味を持っていたという記憶はないな。正直いって」

公園管理局の連中が走り去ってしまった後、姉妹はようやくヒナギクの花輪を解いた。と思うと、隣の芝生に集まったぼくらにはほとんど目もくれず、ひりひりする腕をさすりながら、家の中に戻っていった。チェイス・ビューエルはメアリイが家に入りしなにこういうのを聞いた。「あいつら、またくるわよ」十人かそこらの見物人の集団の中に立っていたミスタ・パッツはこういった。「わたしはあの子たちの味方だった。公園局の連中がいっちまったときには、拍手喝采したい気分だったよ」

その木はとりあえず生き延びた。公園管理局はリストをたどって、ぼくらのブロックのほかの木を切っていった。だが、それに反対するほど勇敢な、あるいは確信犯的な人物はほかにはいなかった。車のタイヤのブランコを吊るしてあったビューエル家のニレも切り倒された。ファシリ家のニレは、ぼくらが学校にいっている間に消えてしまった。シャラーン家のニレも姿を消した。やがて、公園管理局はよそのブロックに移っていった。けれども、絶え間ないチェーンソーのうなりに、ぼくらは、あるいは姉妹は、彼らの存在を忘れることがなかった。

野球のシーズンが始まり、ぼくらは緑のフィールドで夢中になって球を追った。昔、ミスタ・リズボンは娘たちをぼくらのホームゲームによく連れてきた。彼女たちは観覧席に座ると、ほかのみんなと同じように最後まで熱心に見物した。メアリイはよくチアリーダーに話しかけていた。「彼女もずっとなりたいと思ってたのよ。でも、お母さんが許さなかったのね」クリスティ・マッカルキャンはそう語った。「わたし、よく応援の振りつけを教えてあげたんだけど、彼女、ほんとにうまかったわ」ぼくらはそのとおりだろうと思った。ぼくらはチアリーダーにくらくらするかわりに、リズボン家の姉妹にずっと見とれていた。せったゲームになると、姉妹は握りしめた拳を嚙み、打球が外野へ飛ぶたびにホームランになるのではないかとじっと見まもった。腰を浮かせたり沈ませたりして、そのうち思わず立ち上がるのだが、とたんにボールはお辞儀して、あっけなく外野手のグラブにおさまるのだった。一連の自殺があった年には、姉妹は一度もゲームに現われなかった。ぼくらもくるとは思っていなかった。そのうち、ぼくらは観覧席を見渡して、彼女たちの上気した顔を捜すのをやめ、観覧席の下を歩いて、後ろから細切りにされたような人影の中に彼女たちとおぼしき姿を捜すのをやめた。

●

ぼくらはリズボン家の姉妹の動静を探り、身の上を思いつづけたけれども、むこうはぼくらから逃げ去ろうとしていた。ぼくらが大事にしていた彼女たちのイメージも——水着姿で、スプリンクラーを飛び越えたり、水圧の魔力で大蛇と化した散水用のホースから逃れたりしている——さすがに薄れはじめた。独りきりになったとき、ベルトでくって人間の形に似せた二つの枕を傍らに置いてベッドに横たわり、いかに熱心に彼女たちのことを瞑想しても、それは避けられなかった。彼女たちの声の正確な高低や調子を思い起こして内耳に響かせることもできなくなった。ぼくらが古いパンの容器に入れておいたジェイコブセンの店のジャスミンソープも、もう湿って香りを失い、今はしけた紙マッチのような臭いがしていた。とはいっても、姉妹がゆっくり忘却の淵に沈んでいこうとしているという事実は、ぼくらの心にまだ完全に浸透してはいなかった。朝、起きてみると、いまだに前と変わりない世界にいることがたびたびあった。体を伸ばして、ベッドから起き出し、窓に向かって眠い目をこすると、通りの向こうの腐りかけた家、ぼくらの視界から彼女たちを隠している苔で黒ずんだ窓のことを思い出すのだった。事実はこういうことだった。

ぼくらはリズボン家の姉妹のことを忘れはじめていた。ではあったが、ほかのことは何も思い出せなかった。

姉妹の目の色も次第に褪せていった。ほくろやえくぼ、ムカデに噛まれた傷痕の位置も褪せていった。リズボン家の姉妹が微笑んだのもずいぶん昔のことになって、ぼくらはもう彼女たちの窮屈な歯並びを思い描くこともできなくなった。「あの子たちも、もう思い出だけになっちまった」チェイス・ビューエルが悲しげにいった。「あの子たちをあきらめる時期がきたんだ」そういっておきながら、チェイスはぼくらと同様、その言葉に背く行動をとった。ぼくらは姉妹を忘却にゆだねるどころか、もう一度、彼女たちの持ち物を集めにかかった。奇妙な博物館の学芸員として、手に入る限りのものを集めた。セシリアのハイトップの靴。テレーズの顕微鏡。綿を敷いて、その上にメアリイの暗い色のブロンドの編んだ房をおさめた宝石箱。セシリアの聖母マリア像のラミネート加工した写真のコピー。ラックスの肩ひもなしの上着。ぼくらはそういった品々をすべて、ジョー・ラーソンの家のガレージの真ん中に積み上げてから、自動扉を半分開けて外を見た。日は沈み、空は暗くなっていた。公園管理局が引きあげて、通りはふたたびぼくらのものになっていた。この何カ月かではじめて、リズボン家から明かりがさした。と思ううちに、瞬いて消えた。それに答えるように、隣の部屋で別の明かりがちらちらした。そのとき、はじめはよくわからなかったが、街灯の光輪のまわりにぼんやりした渦巻ができているのに気づいた。ぼくらには馴染みのものだったので、それと気づいたのだ。恍惚と狂気が織りなす意味のないパターン。その季節最初のヘビトンボの塊だった。

一年が過ぎたというのに、ぼくらはいまだに何も知らなかった。姉妹は五人から四人に数を減らし、全員が——生きている者も死んだ者も——影になってしまった。ぼくらの足もとに並べられたさまざまな持ち物でさえもが、彼女たちの存在を強く主張しているとは思えなかった。金の鎖を巻きつけたビニール製のはやりのバッグと同じように、どれもが無個性に見えた。つまり、彼女たちの誰のものであってもおかしくないし、世の娘たちの誰のものであってもおかしくないということだ。かつては彼女たちの一人一人違うシャンプーの香りの中をよぎるほど（ハーブの園を過ぎ、レモンの林から青リンゴの森へ）身近に接したという事実も、ますます現実から遠いものに思えてきた。

ぼくらは姉妹の真実をいつまで残しておけるだろうか？　彼女たちの思い出をいつまで純粋に保っていけるだろうか？　しかし、実情はといえば、ぼくらは彼女たちのことをもう知らなかった。それまでも本当に知っていたのだろうか、見張りつづけて得たものも幻の指紋に過ぎなかったのではないかと思わず疑うような新しい習慣——たとえば、窓を開けて、丸めた紙タオルを投げ捨てる——についても、もう知らなかった。ぼくらのお守りも効き目がなくなった。ラックスの通学用のタータンのスカートに触ってみても、彼女が授業中に身につけていたというぼんやりした記憶しか浮かんでこなかった——退屈した片手がスカートの銀のピンをもてあそび、それを外し、むきだしの膝の上の襞を緩ませたままにした。それは今にも落ちて開きそうになっていたが、絶対に……ぼくらはしばらくスカートをまさぐっているうちに、ようやくそれを思い出した。ぼくらの思い出の回転木馬の一こま一こまが、同じように薄れはじめた。あるいは、目盛りを合わせても、映写装置にぴったりおさまるこまが一つもなく、スクリーンの白い壁の鳥肌のようなぶつぶつをむなしくにらむだけで終わった。

姉妹のほうから接触してこなければ、ぼくらは彼女たちを完全に見失っていたかもしれない。ぼくらが彼女たちにふたたび近づくのをあきらめかけたちょうどそのころ、またしてもラミネート加工した聖母マリアの写真が登場した。ミスタ・ハッチが車のフロントガラスのワイパーにそれが挟み込んであるのを見つけたのだ。だが、ミスタ・ハッチはその重要性がわからず、そのまましゃくしゃに丸めて灰皿に投げ込んだ。その後、ラルフ・ハッチが積み重なった灰や吸いさしの下からそれを見つけ出した。ラルフがぼくらのところに持ってきたとき、写真は三カ所に焼け焦げができていた。それでも、セシリアがバスタブの中で握りしめていた聖母マリアの写真と同じものだということが、見てすぐにわかった。煤《すす》を拭ってみると、裏面には555-MARYという電話番号が記してあった。

写真を見つけたのはハッチだけではなかった。ミセズ・ヘッセンはバラの茂みに突き刺してある一枚を見つけた。ジョーイ・トンプソンはある日、自転車のタイヤが聞き慣れないヒューという音を立てているのに気がついた。見下ろしてみると、聖母の写真がスポークの間にテープで貼りつけてあった。そして、ティム・ワイナーは勉強部屋の窓の内側の上塗りに、自分のほうを向くように貼りつけてある写真を見つけた。その写真はしばらく前からそこに貼ってあったようだ、とワイナーはいった。というのは、ラミネート加工した表面に湿気がしみこみ、聖母の顔が壊疽にかかったようになっていたからだ。だが、ほかはどこも変わりなく見えた。聖母は金のラメのウィングカラーの青いマントをまとっていた。頭にはマーガリン色の王冠をいただいていた。腰にはロザリオを巻きつけ、例によって、リチウム（躁鬱病薬）を投与された人のような喜悦の表情を浮かべていた。姉妹が写真カードを置いてまわったところを見た人はいなかったし、なぜそんなことをするのか理由を思いつく人もいなかった。しかし、あれから長い年月がたった今でさえ、誰かが新しい発見を持ってくるたびにぞくぞくするような感覚に襲われたことをはっきり思い出すことができる。写真はぼくらにはとうてい理解できない重要性を帯び、ぼろぼろの状態のせいで――裂けたり、カビが生えたりしていた――ずいぶん古びて見えた。「あの気分は」ティム・ワイナーは自分の日記に書いた。「ポンペイで生き埋めになった気の毒な女の子のアンクレットを発掘したようなものだった。彼女はそれを足につけたばかりで、窓の前でぶらぶらさせて、宝石がどんなにきらきらするかに見とれていた。そのとき突然、火山が爆発して、みんな真っ赤に燃え上がってしまったのだ」（ワイナーはメアリイ・ルノーをよく読んでいた)。

聖母の写真カードだけでなく、姉妹はほかの方法でも合図をよこしているとぼくらは確信するようになった。五月のある時期には、ラックスの提灯が明滅するようになった。読み取れはしなかったが、モールス符号をなぞっているようだった。毎晩、通りが暗くなると、提灯がぱっと灯り、電球の熱で内部の幻燈機が作動して、壁に影を映し出した。ぼくらはその影がメッセージになっているのではないかと思って、双眼鏡で確認した。しかし、そのメッセージと思われたものは中国語だということがわかった。提灯はふつう、あるパターンで消えたりついたりした——三つ短く、二つ長く、二つ長く、三つ短く——その後、頭上の明かりがぱっとついて部屋を照らしたが、それがちょうど博物館の展示品を映し出しているように見えた。ぼくらはベルベットのロープの中に立ち入らないようにしながら、ほんの束の間、二十世紀後期の家具調度を見学した。ベッド脇のテーブルとマッチしたシアーズのヘッドボード。テレーズのアポロ11型のランプに照らされたラックスのポスター。それには、平たいつばの黒い帽子にナバホのベルト姿のビリー・ジャック(活劇シリーズの主人公)が等身大で写っていた。その展示はわずか三十秒ほどで終わり、ラックスとテレーズの部屋は暗くなった。その後、それに答えるように、ボニーとメアリイの部屋の明かりが二度ついた。だが、窓際を人影が通ることはなかったし、明かりが何か日常的な行動を映し出すほど長い間ついていることもなかった。姉妹の部屋の明かりは、ぼくらには見当のつかない理由でついたり消えたりを繰り返した。

ぼくらは毎晩、暗号を解読しようとした。ティム・ワイナーは姉妹の発する光をシャープペンシルで記録しはじめた。苦労の末、わかったことといえば、その光はこれまでに確立された通信形式のどれにも当てはまらないということだった。光に催眠術をかけられて、自分がどこにいるのか、何をしているのかもわからないような意識の状態に引き戻され、遊廓の灯のようなラックスの提灯の輝きが脳裏を照らすだけという晩もあった。

ぼくらが元のセシリアの部屋の明かりに気づいたのは、しばらくしてからだった。家の左右の端の光に目を奪われて、十カ月前にセシリアが飛び降りた窓に、赤と白の針の先ほどの光がついているのを見落としていたのだ。気がついてからも、それが何なのかは判断がつかなかった。秘密の儀式の線香の光と信じる者もいれば、タバコの光にすぎないと主張する者もいた。しかし、タバコを吸う可能性のある人数以上の赤い光が見えるに及んで、タバコ説は退けられた。その光の数を十六まで数えたときには、少なくとも謎の一端は解くことができた。姉妹は死んだ妹のために聖堂をつくっていたのだ。教会に通っていた連中は、その窓を見て、湖畔のセンドポールカトリック教会の岩屋の光景に似ているといった。そこでは、祀《まつ》られている魂と同じように一本一本が大きさも重みも似たような奉納の蠟燭が、だんだんせり上がる列になって整然と並んでいた。姉妹はそのかわりに、魔法の幻燈のような光をつくりだしていた。まず、食卓の蠟燭の滴りを芯のまわりに固め合わせて一本のパラフィンの棒をこしらえた。セシリアが青空美術市で買ったサイケデリックな〝工芸蠟燭〟は十本の灯明につくりかえた。ミスタ・リズボンが停電に備えて二階のクロゼットにしまっておいた箱入りのずんぐりした非常用の蠟燭六本にも火を灯した。さらに、メアリイの口紅のチューブ三本にも点火した。それは驚くほどよく燃えた。窓の下枠で、ハンガーで支えたカップで、古い植木鉢で、切り抜いたミルクのパックで、それらの蠟燭は燃えつづけた。夜になると、ボニーが灯明を見てまわっている姿が目撃された。ボニーは蠟燭が溶けた蠟の中に埋もれているのを見つけると、あふれた溝を鋏で掘り返すこともあった。しかし、ほとんどの場合、蠟燭の行く末が自分の行く末をあらわしているとでもいうように、じっと見つめるだけだった。炎はたいてい消えてしまったが、たまに酸素をがつがつ吸い込んで燃えつづけることもあった。

蠟燭は神に訴えるだけでなく、ぼくらにも訴えかけてきた。提灯は不可解なSOSを送ってきた。頭上の明かりはリズボン家のみすぼらしい状況を照らし出した。また、誓いに背いて空手を使い、レイプされたガールフレンドの復讐を果たしたビリー・ジャックの姿を映した。姉妹の信号はぼくらにだけ届いて、ほかの誰にも届かなかった。ぼくらの受信機だけに向けて発信しているラジオ局のようだった。夜になると、そういったものの残像がまぶたの裏に閃いたり、蛍の群れのようにベッドの上を舞ったりした。応答のしようがないだけに、信号はますます貴重なものになった。ぼくらは夜な夜な明かりのショーを見まもったが、解読の鍵の発見までは今一歩だった。何とか信号に答えようと、ジョー・ラーソンは自分のベッドルームの明かりをぱっとつけてみたが、逆にリズボン家の明かりは消えてしまった。ぼくらは咎《とが》められているような気がした。

最初の手紙は五月七日に届いた。その日のほかの郵便物とともに、チェイス・ビューエルの家の郵便受けに滑り込ませてあった。その手紙には切手も貼られていなければ差出人住所も書かれていなかったが、開封してみると、ラックス愛用の紫のサインペンで書かれていると一目でわかった。

親愛なる誰かさんへ、

トリップにもう終わりと伝えて。

あいつはいやなやつ。

誰かさんから

書いてあるのはそれだけだった。それに続く二、三週間のうちに、ほかの手紙が届いて、そのときどきのさまざまな気分を伝えてきた。封筒は姉妹自身の手で真夜中にぼくらの家に配達された。彼女たちがこっそり家を出て、通りをうろついているという想像は、ぼくらを大いに興奮させた。ずっと遅くまで起きていて、彼女たちの姿を見ようとした晩もあった。だが、朝になって目がさめると、持ち場でいつの間にか眠り込んでしまったことに気づくというのが落ちだった。そして、郵便受けの中では、歯の妖精が抜けた歯のかわりに枕の下に置いていく二十五セント玉のように、手紙が待っているのだった。手紙は合計八通に達した。ただし、全部がラックスの書いたものというわけではなかった。サインの入ったものは一通もなかった。長文のものも一通もなかった。そのうちの一通にはこう書いてあった。「わたしたちのこと、おぼえてる？」もう一通にはこうあった。「つまらない男の子はお断わり」こう書かれたものもあった。「わたしたちの明かりをよく見てて」いちばん長いものはこうだった。「この暗闇の中でも、いつかは光が灯るでしょう。わたしたちを助けてくれる？」

昼間、リズボン家は空き家のように見えた。週に一度、家族が出すごみも（アンクル・タッカーを含め、誰も目撃した者がいないところからすると、やはり真夜中に出していたのだろう）、長い城攻めに耐えている人々が捨てるもののような様相を示していた。リズボン家の人々は缶詰のライマメを食べ、ライスにスラッピージョー（トマトソースで味つけした挽き肉）をかけて味をつけていた。夜になって、光の信号が始まると、ぼくらは姉妹と連絡をとる方法が何かないものかと頭をしぼった。トム・ファヒームはメッセージをつけた凧をリズボン家のそばであげたらどうかといった。だが、その提案は机上の計算の段階で否決された。

リトル・ジョニイ・ビューエルは、メッセージを石にくくりつけて姉妹の部屋の窓越しに投げ込んだらどうかといった。しかし、ガラスを割ってミセズ・リズボンを驚かしては、という懸念があった。結局、一週間かけて考え出した回答法というのは、きわめて単純なものだった。

ぼくらは電話をかけたのだ。

ぼくらはラーソン家の日焼けした電話帳をめくり、リッカーとリトルの間に、ロナルド・A・リズボンの名前が無傷で載っているのを見つけた。それは右側のページの中ほどにあって、何の符号やしるしもつけられていなかった。この人物の抱える苦悩の付表を参照せよという星印もなかった。ぼくらはしばらくそれを見つめていた。それから、同時に三本の人さし指が伸びて、電話をダイヤルした。

呼び出し音が十一回鳴った後、ミスタ・リズボンが出てきた。「きょうはまた何なんだね？」うんざりしたような声ですぐにそういった。ろれつがまわらないような口調だった。ぼくらは受話器を手で覆って、黙りこくった。

「もしもし。きょうはつまらんことでも何でも聞いてやるぞ」

うつろな廊下に向かってドアが開くようなカチッという音が聞こえた。

「なあ、もういいかげんにしてくれないか？」ミスタ・リズボンがもぐもぐいった。

しばらく間があいた。機械的に処理された複数の息づかいが電子の空間でぶつかりあっていた。その後、ミスタ・リズボンが本人とは思えない金切り声でいった……いや、ミセズ・リズボンが受話器をつかんだのだ。

「どうして、ほうっておいてくれないの！」ミセズ・リズボンはそう叫ぶなり、受話器を叩きつけた。

ぼくらはしばらくそのままでいた。ミセズ・リズボンの怒気が五秒以上にわたって受話器から吹きつけてきた。だが、ぼくらが期待したように、電話は切れてはいなかった。線の向こうで、誰か定かではなかったが、続きを待っている相手がいた。

ぼくらはためらいながらもしもしと呼びかけてみた。やや間をおいてから、かすかな力のない声が返ってきた。「もしもし」

ぼくらはリズボン家の姉妹が長々としゃべるのを聞いたことがなかった。それにしても、その声はぼくらの記憶を呼びさますには至らなかった。その声は――話し手がことさら小声でささやいていたせいだろうが――もともとの声がわからないほど変わり、低くなっていて、井戸に落ちた子どもの声のように聞こえた。姉妹の誰の声なのかもわからなかったし、どう答えたらいいかもわからなかった。それでも、お互いに――彼女も、彼女たちも、ぼくらも――電話を切りはしなかった。米国電話電信会社のシステムでは、会話が途切れたりすると、隣合うほかの線がつながることがある。そのときも男と女が水面下で話しているような声が聞こえてきた。ぼくらはその会話を半分聞いていたが（「たぶん、サラダだったんじゃないかな」……「サラダ？　サラダでわたしをやっつけようっていうの」）
そのとき、ほかの回線が空いたようだった。というのは、その男女は突然どこかへいって
しまって、雑音混じりの沈黙だけが残ったからだ。そして、生々しく、さっきよりも力強
い声が聞こえてきた。「あ、まずい。それじゃまたね」電話はそれで切れた。
　ぼくらは翌日、同じ時刻にふたたび電話した。最初の呼び出し音で応答があった。ぼく
らは大事をとってしばらく待った。それから、前の晩に練った計画を実行に移した。ミス
タ・ラーソンのスピーカーのほうへ電話をかかげたまま、ぼくらは姉妹に対する気持ちが
もっともよく通じる曲のレコードをかけたのだ。今ではその曲のタイトルも思い出すこと
ができないし、当時のレコードを幅広くあたってみても突きとめることはできなかった。
しかし、曲を貫いていた感情は今でもよくおぼえている。つらい日、長い夜、壊れた電話
のブースの外でそれが鳴らないものかと待つ男、雨、そして虹を歌ったものだった。チェ
ロが柔らかくうなる間奏を除くと、ほとんどがギターの曲だった。ぼくらはそれを電話に
吹き込み、その後、チェイス・ビューエルがぼくらの番号をいって電話を切った。
　翌日、同じ時刻にぼくらの電話が鳴った。ぼくらはあわててそれを取った。ちょっとし
た混乱の後（受話器を取り落としたのだ）、レコードに針が落ちる音が聞こえた。それか
ら、雑音を縫ってギルバート・オサリヴァンの歌声が流れてきた。その曲には聞きおぼえ
のある人もいるだろう。ある若者の不運な人生を歌ったもので（両親は死に、フィアンセ

は結婚式の祭壇の前に現われない)、詞が進むにつれて彼はますます孤独になっていく。その曲はミセズ・ユージーンのお気に入りで、グツグツ煮える鍋の前で歌うのを聞かされるうちに、ぼくらも馴染みになっていた。といっても、ぼくらにはあまりぴんとこなかった。ぼくらがまだ達していない年齢のことを歌っていたからだ。だが、リズボン家の姉妹がひっそり流してくるのを受話器を通じて聞くと、その曲も衝撃を増した。ギルバート・オサリヴァンの不思議な魅力を持った声は、女性の声と思うほど高く響いた。だが、その詞は彼女たちがぼくらの耳にささやく日記なのかもしれなかった。ぼくらが聞いたのは彼女たちの声ではなかったが、その曲はこれまでになく鮮明に彼女たちのイメージを浮かび上がらせた。電話線の向こう側で、彼女たちが針についた埃を吹き飛ばし、くるくるまわる黒い円盤の上に受話器をかざし、よそへ漏れないように音量を絞って曲をかけているのが、感じでわかった。曲が終わると、針は盤の内側の溝を滑って、カチッカチッという音を繰り返し送ってきた(同じ時が何度も繰り返し再生しているようだった)。ジョー・ラーソンはお返しの曲を用意していた。ぼくらがそれをかけると、リズボン家の姉妹もまた別な曲をかけてきた。その夜はそんなふうにして更けていった。そのときの曲はほとんど忘れてしまっていたが、交換した数多くの旋律の一部は生き残っていた。デモ・カラフィリスが『ティー・フォー・ザ・ティラーマン』の裏に、鉛筆で走り書きしていたのだ。それをここに示しておこう。

リズボン家の姉妹　《アローン・アゲイン》ギルバート・オサリヴァン
ぼくら　《きみの友だち》ジェイムズ・テイラー
リズボン家の姉妹　《子供達の園はどこへ？》キャット・スティーヴンズ
ぼくら　《ディア・プルーデンス》ビートルズ
リズボン家の姉妹　《風の中の火のように》エルトン・ジョン
ぼくら　《ワイルド・ホース》ローリング・ストーンズ
リズボン家の姉妹　《17歳の頃》ジャニス・イアン
ぼくら　《タイム・イン・ア・ボトル》ジム・クロウチ
リズボン家の姉妹　《去りゆく恋人》キャロル・キング

実をいうと、この順番は定かでない。デモ・カラフィリスはタイトルをでたらめに殴り書きしていたからだ。しかし、以上の曲目は、ぼくらの音楽による会話の基本的な方向を示している。ラックスがハードロックのレコードを燃やしてしまったので、姉妹の曲はほとんどがフォークミュージックだった。飾り気のない哀調に満ちた声が、正義や平等を捜し求めていた。ときどき混じるヴァイオリンの音が、かつての田園のありさまを思い起こさせた。歌手たちは安手の革を着るか、ブーツを履いていた。どの歌もひそかな痛みで疼《うず》いていた。ぼくらはべとべとした受話器をひったくるようにして耳もとから耳もとへとまわした。ドラムの規則正しいビートが耳につき、ひょっとすると彼女たちの心臓に耳を押し当てているのではないかと思われた。ときどき、彼女たちが一緒に歌っているのが聞こえるような気がした。ぼくらは連れ立ってコンサートにきているような気分だった。ぼくらの曲は、たいていがラブソングだった。一つ一つの選曲には、会話をより内密な方向に向けようという意図が込められていた。だが、リズボン家の姉妹のほうはあいかわらず個人に関わりない主題に終始した（ぼくらは身を乗りだして、香水のことを訊いた。彼女たちはたぶんモクレンだと思うと答えた）。そのうち、ぼくらの曲はだんだん悲しく感傷的なものになっていった。そして、それは彼女たちが《去りゆく恋人》をかけたときだった。ぼくらはすぐに相手の変化に気づき（彼女たちはぼくらの手首に置いた手をなかなか引っ込めようとしなかった）、《明日に架ける橋》をその後にかけ、音量を上げた。なぜなら、その曲以上に、彼女たちに対するぼくらの思い、何とか力になりたいという思いをよく表わしている曲はなかったからだ。その曲が終わると、ぼくらは応答を待った。長い間《ま》の後、向こうのターンテーブルがふたたびまわりはじめた。そして、ぼくらはその曲を聞いた。今でもショッピングセンターのバックグラウンドミュージックにその曲が流れると、ぼくらは思わず立ち止まり、失われた時を振り返らずにはいられない。

ねえ、きみはもうやってみたのかい
はるか彼方に手を差し延べて
ぼくは虹を登ろうとしているのかもしれない
だけど、ベイビー、さあ、いこう

夢、それは眠っている人たちのもの
人生、それはぼくらのもの
もしも、この歌の行く先を知りたいのなら
きみと一緒にいってみよう

電話はそれで切れた（姉妹はだしぬけにぼくらの体に腕を巻きつけ、ぼくらの耳もとに熱い告白をささやいたかと思うと、部屋へ逃げ込んでいった）。しばらくの間、ぼくらは身じろぎもせずに突っ立って、電話線から漏れる雑音に聞き入っていた。そのうち、電話は怒ったようにビーッと鳴りはじめた。そして、電話はもう切れているので受話器を置いてください、と録音された声が促した。

姉妹がぼくらを愛してくれているなどとは夢にも思ったことがなかった。だが、そういう馬鹿げた考えはぼくらをくらくらさせた。ぼくらはラーソン家のカーペットに倒れ込んで、ペット用の脱臭剤の臭いを嗅ぎ、さらに深くしみこんだペットの臭いを嗅いだ。長い間、誰も口を開かなかった。それでも、頭の中で情報の断片を操作するうち、だんだんと新しい光に照らしてものごとが見えるようになってきた。彼女たちは去年、ぼくらをパーティーに招いてくれなかったか？　ぼくらの名前と住所を知ってはいなかったか？　埃まみれの窓をこすってのぞき穴をあけ、ぼくらをながめてはいなかったか？　ぼくらは思わず知らず、両手を握り合わせ、目を閉じて微笑んでいた。ステレオではガーファンクルがあの高音で歌いはじめていたが、ぼくらはもうセシリアのことを思ってはいなかった。人生に立ち往生し、今ではぼくらに話しかけることもできなくなったメアリイ、ボニー、ラックス、テレーズのことを、想像交じりにおずおずと思うだけだった。ぼくらは彼女たちが学校にきていた最後の数カ月のことをたどってみては、新たな思い出を探り出した。ある日、ラックスが数学の教科書を忘れて、トム・ファヒームのものを一緒に使う羽目になった。ラックスは余白にこう書き込んだ。「ここを出たいわ」その願いはどこまで届いたのだろう？　思い返してみると、彼女たちはずっとぼくらに訴えかけ、ぼくらの助けを引き出そうとしていた。ところが、ぼくらはすっかりのぼせあがっていて、聞く耳を持たなかった。ぼくらの監視の目はあまりにも焦点に集中しすぎて、かえってこちらを見つめ返す視線を見逃していた。彼女たちはほかに誰に頼ればよかったのだろう？　もちろん、両親ではなかった。隣人たちでもなかった。彼女たちは家の中では囚われの身だった。外では爪弾きされる身だった。だから、世間から隠れて、自分たちを救ってくれる誰かを——ぼくらを——待っていたのだ。

それに続く日々、ぼくらは姉妹にまた電話で連絡しようとしたが、うまくいかなかった。電話はむなしく、いたずらに鳴りつづけるばかりだった。枕の下で吠える電話を取ろうとして彼女たちがあがいている図をぼくらは思い描いた。電話が通じないまま、ぼくらは『ザ・ベスト・オブ・ブレッド』を買い求め、《二人の架け橋》を繰り返しかけた。リズボン家の地下室から始まって、通りの下をくぐるトンネルを掘るという壮大な話も持ち上がった。映画『大脱走』のように、土はズボンの中に入れて運び出し、ぶらぶら歩いているうちに落とせばいい。このドラマの筋書きにぼくらはすっかりその気になって、トンネルはすでにできているという事実を一瞬忘れていた。雨水を流す下水道があるではないか。しかし、下水道を調べてみると、水があふれそうになっていた。その年は湖の水位がまた上昇していたのだ。だが、それならそれでよかった。ミスタ・ビューエルは姉妹の部屋の窓に簡単に立てかけられる繰り出し式の梯子を持っていた。「駆け落ちみたいなもんだ」ユージー・ケントはそういった。その言葉でぼくらの心はふわふわと舞い上がり、結婚式に立ち会う小さな町の赤ら顔の治安判事、あるいは夜の青い小麦畑を走り過ぎる寝台車のコンパートメントへと漂っていった。ぼくらはあらゆる種類のできごとを想定して、彼女たちが信号を送ってくるのを待った。

こういったこと——レコード、明かりの点滅、聖母のカード——は当然のことながら、どれ一つとして新聞には載らなかった。ぼくらは忠誠を尽くす意味がなくなった後でも、リズボン家の姉妹との交信を神聖な秘密と考えていたのだ。ミズ・パールは（後に、一章をリズボン家の姉妹に捧げた本を出版した）、彼女たちの精神状態は避けようのない過程の中でますます沈み込んでいったと書いた。ミズ・パールは、すべてを彼女たちの生きようとする最後の悲しい試み——ボニーが神殿を祀ったのも、メアリイが明るい色のセーターを着たのも——という見かたをしている。だが、ミズ・パールから見れば、彼女たちが隠れ家を築くのに用いた石は、裏に泥や虫がへばりついたものだった。蠟燭は二つの世界の間に置かれたマジックミラーだった。彼女たちはセシリアを呼び戻そうとしたが、セシリアもこちらへおいでと呼びかけていた。メアリイのきれいなセーターは、美しくありたいという青春の強い衝動を示すものに過ぎなかった。一方、テレーズのだぶだぶのスウェットシャツは〝自尊心の欠如〟をあらわしていた。

ぼくらにいわせれば、それは皮相な見かただった。レコードをかけた三日後、ぼくらはボニーがベッドルームに黒いトランクを持ち込むのを見た。ボニーはそれをベッドにのせると、服や本を詰めはじめた。そこへメアリイが現われて、例の携帯用の鏡を投げ入れた。二人はトランクの中身のことで言い争いを始めた。ボニーはぷりぷりして、いったん入れた服の一部を取り出し、メアリイが自分のものを入れるスペースを空けた。それはカセットプレーヤー、ヘアドライヤー、それに何だかわけのわからないものだった。後になって鋳鉄製のドア・ストッパーとわかった。ぼくらは彼女たちが何をしようとしているのか見当がつかなかった。だが、態度に変化が生じていることにはすぐに気づいた。彼女たちは何か新しい目的をもって動いていた。もう、あてもなくという様子は消えていた。彼女たちの行動を解き明かしたのはポール・バルディノだった。

「あいつら、脱走しようとしてるみたいだな」ポールは双眼鏡を下ろしながらいった。身内がシチリアや南米に姿を消すのを見届けた経験のある人間らしい確信に満ちた雰囲気を漂わせて、ポールは結論を下した。ぼくらもポールに同調した。「あいつらが週末までにはここを出るってほうに賭けりゃ、五ドルが十ドルになるぜ」

ポールは正しかった。もっとも、本人の読みどおりではなかったが。聖母のラミネート加工した写真の裏に書かれた最後のメモが、チェイス・ビューエルの家の郵便受けに届いたのは六月十四日のことだった。文面はただこれだけだった。「明日。真夜中の十二時。信号を待ってて」

●

もうその時期には、ヘビトンボが窓を覆い、外も見えにくくなっていた。翌日の晩、ぼくらはジョー・ラーソンの家の脇の空き地に集まった。日はもう地平線の下に沈んでいたが、大気汚染の空を自然のままよりかえって美しいオレンジ色の縞模様に燃え立たせていた。通りの向こうのリズボン家は、セシリアの神殿の赤い靄のほかは真っ暗で、ほとんど闇に隠れていた。そこからは二階がよく見えなかったので、ぼくらはラーソン家の屋根に上がろうとした。ところが、ミスタ・ラーソンにとめられた。「タールを塗りなおしたばかりだ」ぼくらはしかたなく空き地に戻り、それから、昼間の日差しのせいでまだ熱の残るアスファルトに足跡をつけながら、通りまで歩いていった。リズボン家の湿っぽい臭いが鼻についたが、まもなく消えてしまったところからすると、気のせいだったのかもしれない。例によって、ジョー・ヒル・コンリイが木に登りはじめた。ほかの連中は木登りをするには体が大きくなりすぎていた。ぼくらはコンリイが楓の若木をよじ登っていくのを見まもった。コンリイも細い枝では体重を支えきれないので、あまり上のほうまでは登れなかった。それでも、チェイス・ビューエルが「何か見えるか？」と声をかけると、目を細めて懸命にのぞきこんだ。さらに、ただ目を細めるよりはよく見えると思ったのか、目尻の皮膚をぴんと引っ張ってみたが、結局、首を横に振った。だが、それで思いついて、ぼくらは昔つくった木の上の小屋にいってみた。下から葉を透かして見上げ、どんな状態かうかがった。屋根の一部は数年前の嵐で吹き飛ばされ、いつもわくわくして触れたドアノブもなくなっていたが、構造自体はまだ使用に耐えそうだった。

ぼくらはいつもそうしていたように、まず節穴に、次に釘で打ちつけた板に、それから二本の曲がった釘に足をかけて、小屋の真下まで登ると、擦り切れたロープをつかんで一気に体を引き上げ、跳ね蓋を押し開けた。だが、体が大きくなりすぎて、無理やり押し込むようにしなければ中に入れなかったし、入ったら入ったで、ベニヤの床が体重でたわんだ。何年か前に手引きの鋸で切った長方形の窓は、今もリズボン家の正面を向いていた。窓の横には、リズボン家の姉妹のしみだらけの写真が五枚、錆びた鋲で留めてあった。いつ張ったのかおぼえていなかったが、それは厳然として存在していた。ただ、時間と風雨ですっかり色褪せ、かろうじてわかるのは、青く光る姉妹の体の輪郭だけで、それが鮮やかに浮き出た五つの見慣れないアルファベット文字のように見えた。小屋の下には、外に出て芝生や花壇に水をやったり、銀色の投げ縄で遊んでいる人々の姿があった。あちこちのラジオからは地元の野球中継のアナウンサーの弾けるような声が流れ出し、ぼくらには見ることのできないゆったりしたドラマを伝えていた。ホームランが出るとどっと歓声が上がり、それが木々の上に立ちこめて、やがて消え去った。あたりはますます暗くなり、人々は家の中に戻っていった。ぼくらも古い灯油ランプの芯に火をつけようとした。火はついたが、ほとんど目には見えない残り火のようなものだった。それでも、一分もしないうちに、窓からヘビトンボの群れが流れ込んできたので、ランプは消すことにした。ヘビトンボが毛玉の霰《あられ》となって街灯にぶつかっていく音、走り去る車のタイヤの下で弾ける音が聞こえてきた。ぼくらが小屋の壁にもたれると、何匹かが音を立ててつぶれた。触れない限りはおとなしかったが、捕まえると指の間で激しくばたついて飛びたち、また何かにへばりついて静かになった。死んだ、あるいは死にかけたヘビトンボの体が街灯や車のヘッドライトを暗くし、家々の窓に明かりを落とす紗の幕をかけていた。ぼくらは腰を落ち着けると、生ぬるくなった六本詰めのビールをロープで引き上げ、それを飲みながら待った。

その晩は、めいめいが友だちの家で泊まってくるといって出てきたので、大人に邪魔されることなく、朝までゆっくり飲みながら待つことができた。だが、黄昏どきも、それ以降も、リズボン家は蠟燭の光以外、何の明かりもつかなかった。その蠟燭にしても前よりも一段と暗くなったようで、姉妹には欠かせないおつとめがあるのに、そろそろ蠟も尽きかけているのではないかと思えた。セシリアの部屋の窓は、濁った水槽のようなじめっとした光を放っていた。小屋の窓からカール・タージェルの望遠鏡を突き出して、静かにするすると宇宙を横切っていくあばた模様の月を、それから青い金星をとらえたが、筒先をラックスの部屋の窓に向けると、あまりに近すぎて何の見分けもつかなかった。最初、ベッドで丸くなっているラックスの木琴のような背骨が見えたのかと思ったが、それは家具の装飾とわかった。ベッド脇のテーブルには、日にちのたった桃の筋ばった種が置き去りにされていて、あれこれとろくでもない憶測をかきたてた。彼女たちの姿、というか何か動くものをとらえることもあったが、それはあまりに小さすぎて、何の断片なのか突きとめるには至らなかった。結局、ぼくらは望遠鏡をあきらめて、肉眼に頼ることにした。

真夜中は沈黙のうちに過ぎた。月も沈んだ。どこから現われたのかブーンズ・ファームの苺酒のボトルがまわされ、中身が空くと木の枝に置かれた。突然、トム・ボーガスが跳ね蓋のほうへ突進したかと思うと、転げ落ちるように下りていった。直後に、空き地の茂みにゲーゲー吐く音が聞こえた。ずっと起きているうちに、アンクル・タッカーが暇つぶしにやっている十三回目の床の敷き替え用のリノリウム板を手にして現われるのが見えた。アンクル・タッカーはガレージの冷蔵庫からビールを一本取り出すと、前庭まで歩いていって、自分の夜の縄張りに変わりはないか確かめた。それから、木の陰に隠れ、ボニーがロザリオを手にして現われるのを待った。だが、その馴染みの場所からは、ベッドルームの窓に懐中電灯の明かりがつくのは見えなかったのだろう。ぼくらが窓の開く音を耳にしたとき、アンクル・タッカーはもう家の中に戻っていた。ぼくらは固唾を呑んで窓を見まもった。懐中電灯が闇の中で揺れた。それから三回続けて点滅した。

かすかな風が起きた。暗闇の中、ぼくらのいる木もかさかさと葉擦れの音がして、あたりの空気にはリズボン家の黄昏の香りが漂った。そのとき、ぼくらがどう思い、どう判断したのか、誰一人おぼえていない。なぜなら、その瞬間、ぼくらの精神は活動を停止し、ぼくら自身、いまだかつて知らないような静謐《せいひつ》で満たされたからだ。ぼくらは通りを見下ろす空中にいた。ぼろぼろのベッドルームにいるリズボン家の姉妹と同じ高さにいた。そして、彼女たちはぼくらに呼びかけていた。木の枝の擦れる音がした。そのとき、ほんの一瞬だったが、窓枠に囲まれた彼女たち——ラックス、ボニー、メアリイ、そしてテレーズ——の姿が見えた。彼女たちはぼくらのほうを、宙を隔ててぼくらを見つめていた。メアリイが投げキッスをしたか、口を拭ったか、した。懐中電灯が消えた。窓が閉まった。彼女たちの姿も消えた。

ぼくらはぐずぐずいっている暇はないとばかりにすぐに行動に移った。落下傘部隊のように、一列になって木から飛び下りた。といっても、難しいジャンプではなく、着地の衝撃からしても地面がいかに近かったのかがわかった。せいぜい十フィートといったところだろう。逆に草地から跳び上がれば、小屋の床に手が触れそうだった。ぼくらはいつの間にか伸びていた自分たちの身長に驚いた。これは決断を下すときに力になった、と後になって振り返る者が多かった。なぜなら、ぼくらは生まれてはじめて大人になったのだと感じたからだ。

ぼくらは生き残った木々の陰に隠れながら、思い思いの方向から家に向かって進んでいった。ある者は軍隊式に匍匐《ほふく》して、また、ある者は立ったままで接近するにつれ、臭いがますます強くなり、空気も濁ってきた。まもなく、ぼくらは目に見えない壁にぶつかった。ここ何カ月か、リズボン家にこれほど近づいた者は一人もいなかった。ぼくらは思わずそこで足を止めたが、ポール・バルディノがさっと手を突き出して、進めと合図した。それで、みんなが再び前進を続けた。ぼくらは窓の下にしゃがみ込み、髪に蜘蛛の巣をからませながら、煉瓦の壁に沿って移動していった。やがて、じめじめして散らかり放題の裏庭に出た。ケヴィン・ヘッドがそこに置きっぱなしになっていた鳥の餌箱に蹴つまずいた。箱は真っ二つに割れ、残っていた種が地面にこぼれた。ぼくらはその場に凍りついたが、家の明かりがつくことはなかった。しばらくしてから、ぼくらはまた一インチ刻みで前進した。蚊が耳もとに向かって急降下爆撃してきたが、そんなことにかまってはいられなかった。神経を集中し、ところどころに結び目をつくったシーツの梯子やナイトガウンが下りてこないか、暗闇の中に目を凝らしていたからだ。だが、何も見えなかった。家はぼくらの頭上にそびえ、窓には黒々とした葉の塊が映っているだけだった。チェイス・ビューエルが声をひそめ、この間、運転免許を取ったといって、自分の母親のクーガーのキーをかざして見せた。「車が使えるからな」チェイスは念を押した。トム・ファヒームは草ぼうぼうの花壇から適当な小石を探し出して、姉妹の部屋の窓にぶつけた。いつ二階の窓が開いて、ヘビトンボの封印を破り、ぼくらを終生見下ろしつづける顔がのぞくかもしれなかった。

裏窓で待つ間、ぼくらはだんだん大胆になって、中をのぞきこんでみた。枯れてしまった窓辺の植物の隙間から、室内の様子が見えてきた。それは、さまざまな物体が入り乱れる海の中の光景のようだった。ぼくらの目が光に慣れるにつれて、そういう物体が近づいたり遠のいたりした。ミスタ・リズボンの布張りの安楽椅子が前に転がり出て、足載せ台が雪かき用のシャベルのように持ち上がった。茶色のビニールのソファーは隠れるように壁際に下がった。椅子と椅子が離れるにつれて、油圧で動く舞台さながらに床がせりあがっていくように見えた。そして、シェードつきの小さなランプから漏れる室内でただ一つの光の中に、ラックスの姿が浮かび上がった。ラックスはビーンバッグチェア（お手玉を大きくしたような自由に変形する椅子）に仰向けにもたれ、両膝を上げて開いていた。上半身は椅子の中に沈み、椅子に左右から覆われる形になって、まるで拘束衣を着せられているようだった。ラックスはブルージーンズとスウェードのクロッグ（木やゴムの厚い底を持つ靴）を履いていた。長い髪は肩に落ちかかっていた。口にはタバコをくわえ、長くなった灰が今にも落ちそうになっていた。

ぼくらは次に何をしたらいいのかわからなかった。何の指示もなかった。顔を窓にくっつけ、両手をゴーグル代わりにして目を囲ってのぞきこむだけだった。窓ガラスから音の振動が伝わってきた。さらに身を乗り出すうちに、ほかの姉妹が頭上で動きまわっているのが感じられるようになった。何かが滑るように動いて止まり、また動いた。何かがどしんとぶつかった。ぼくらが思わず顔を引っ込めると、物音はふっつり止んだ。ぼくらはまた振動するガラスに顔をくっつけた。

ラックスは灰皿を手探りしていた。だが、手の届く範囲にはないとわかると、灰を自分のブルージーンズの上に振るい落とし、それを手でこすった。動いているうちに、体が椅子から起き上がり、ホールタートップを着ているのが見えた。ホールターは首の後ろで蝶結びにされ、二本の細いひもが青白い肩から尖った鎖骨へと下り、次第にひろがって、最後には二本の黄色い三角巾のようになっていた。ホールターはやや右側にゆがんでいて、ラックスが体を伸ばすと、白く柔らかい肉があらわれた。「二年前の七月だ」そのホールターをこの前見たのがいつか思い出して、ジョー・ヒル・コンリイがいった。とても暑い日、ラックスがそれを着て外に出てきて五分ほどたったところで、母親が中へ呼び戻して着替えさせたのだった。今、ホールターはそれからの歳月のすべてを、その間に起きたことのすべてを語っていた。とりわけ、姉妹が今、出ていこうとしていること、これからは好きなものを自由に着るだろうということを。

「ノックしたほうがいいんじゃないか」ケヴィン・ヘッドがささやいたが、誰もそうしなかった。ラックスはまたビーンバッグチェアにもたれかかり、タバコを床にこすりつけて消した。背後の壁に影が大きく映った。と思うと、ラックスが急に振り向いて、にっこりした。ぼくらの見たことのない迷い猫がラックスの膝に上ってきた。ラックスは手応えのない体を抱きしめたが、猫はもがいて逃げ出した（これはどうしても触れておかなければならないことの一つだ。ラックスは最後の最後まで、その迷い猫をかわいがっていた。ただ、このとき、猫はそのまま走り去って、この報告からは姿を消した）。ラックスは新しいタバコに火をつけ、マッチの炎が揺らぐ中、窓を見上げた。顎をぐいと上げたので、ぼくらに気がついたのかと思った。だが、ラックスは手で髪を梳きはじめた。窓に映った自分の像に見入っていただけだったのだ。家の中の明かりのせいで、外にいるぼくらは見えなくなっていた。ぼくらは窓から一インチと離れていなかったのに無視されていた。まるで、異次元からラックスをのぞきこんでいるようだった。窓のかすかなきらめきがぼくらの顔に反射してちらちら揺れた。ぼくらの胴体と脚は暗闇の中に沈み込んでいた。霧のない夜なのに、湖をゆく貨物船が霧笛を鳴らした。別の貨物船がもっと深い音色を響かせて、それに答えた。ラックスのホールターはぐいと引っ張れば脱げてしまいそうだった。

引っ込み思案という評判に反駁するように、トム・ファヒームが最初に動いた。ファヒームは裏手のポーチに上って、ドアをそっと開け、ついにぼくらをリズボン家の奥へ導き入れた。

「おれたちだよ」ファヒームはやっとそれだけいった。

ラックスは顔を上げたが、椅子からは立ち上がらなかった。ぼくらがそこにいるのを見ても、眠そうな目に驚きの色は浮かばなかった。かわりに、白い首の根元のあたりにロブスターのような赤みがさっとひろがった。「だいたい時間どおりね」ラックスはいった。「待ってたのよ」また、タバコを一ふかしした。

「車もあるんだ」トム・ファヒームが続けていった。「満タンにしてある。どこでも好きなところへ連れてってやるよ」

「ただのクーガーなんだけど」チェイス・ビューエルがいった。「けっこうでっかいトランクがついてるんだ」

「わたし、前に座れる？」ラックスが口をひん曲げて、煙を脇のほうへ吐き出しながら尋ねた。ご丁寧に、ぼくらに吹きかけまいとしたのだ。

「ああ、もちろん」

「で、どのお兄さんがわたしの隣に座ることになってるの？」

ラックスは顎を突き出し、天井のほうを向くと、煙の輪を続けざまに吹き上げた。ぼくらは輪が上がっていくのをじっと見まもった。今度はジョー・ヒル・コンリイも駆け出していって、指で輪をつついたりはしなかった。ぼくらははじめて家の中を見まわした。中にいる今は、臭いもこれまでになく強まっていた。それは、湿った漆喰、際限なく絡み合った姉妹の髪の毛で詰まった排水管、黴《かび》が生えたキャビネット、漏れたパイプの臭いだった。あいかわらず、雨漏りのする個所にはペンキの缶が置いてあった。その一つ一つがこれまでの雨にペンキが溶けた薄い溶液で一杯になっていた。リヴィングルームは略奪にあったような様相を呈していた。テレビは斜めに傾いて、画面は取り外されていた。ミスタ・リズボンの道具箱がその前でぱっくり口を開いていた。椅子はどれも肘掛けや脚がとれていた。リズボン家ではそれを薪に使ったのではないかと思われた。

「親父さんとおふくろさんはどこ？」

「眠ってる」

「姉さんたちは？」

「今、くるわ」

階下でドサッという音がした。ぼくらは裏口のほうへ後ずさりした。「ねえ」チェイス・ビューエルがいった。「そろそろ出たほうがいいんじゃないか。もうずいぶん遅くなったから」しかし、ラックスはまた煙を吐き出して、首を左右に振るばかりだった。そして、肌に食い込んでいたホールターのひもを引っ張った。そこには赤い跡が残った。あたりはまたしんとなった。「待ってよ」ラックスがいった。「もう五分だけ。まだ荷物を詰めるのが終わってないの。両親が寝るまで待たなきゃならなかったから。二人ともいつまでも起きてるの。とくにお母さんは。不眠症なのよ。今だって、すぐに目をさますかもしれないわ」

ラックスは起き上がった。ぼくらが見ている前でビーンバッグチェアからすっくと立ち、その弾みで前のめりになった。薄っぺらなひもで支えられたホールターは完全に体から離れ、布と肌の間に暗い空間が、そして粉を振りかけたような乳房の柔らかい肉が見えた。

「わたし、足がふくれあがってるの」ラックスはいった。「どうしようもなくひどいのよ。それで、クロッグ履いてるんだけど。でも、これ、悪くないでしょ？」そういって、クロッグの片方を爪先からぶら下げてみせた。

「ああ」

ラックスはもうそのときはまっすぐに立っていたが、身長はあまり高くなかった。ぼくらは自分に言い聞かせなければならなかった。ついに現実になったのだ。これが生身のラックス・リズボンなのだ。ぼくらは彼女と同じ部屋にいるのだ、と。ラックスは我が身を見下ろして、右側にはみだした肉を親指で押し込み、ホールターのゆがみをなおした。それから、ぼくらのめいめいの目を同時に見ようとでもいうように、再び視線を上げると、まっすぐ前に歩きだした。クロッグを履いた足を引きずるようにして、影の中を進んだが、ぼくらに近づくにつれ、埃だらけの床を踏む足音が聞こえるようになった。暗闇の中からラックスがいった。「クーガーじゃ、みんな入りきらないわ」ラックスがもう一歩踏み出すと、再び闇の中から顔が浮かび上がった。その一瞬のことだったが、それは生きている人間の顔には見えなかった。色はあまりにも白く、頬はあまりにも完璧な曲線を描き、弓形の眉は張りつけられたよう、ふくよかな唇は蠟でできているようだった。しかし、ラックスがさらに近づいてくると、その目の中には、ぼくらがずっと求めつづけてきた光が間違いなく宿っていた。

「うちのお母さんの車のほうがいいんじゃない？　そのほうが大きいから。誰か運転できる？」

チェイス・ビューエルが手を挙げた。

「ステーションワゴン、運転できる？」

「もちろん」といった後でチェイスは訊いた。

「マニュアルじゃないんだろ？」

「うん」

「だったら、問題ないさ」

「わたしにもちょっと運転させてくれる？」

「いいとも。だけど、とにかくここを出ないと。今、何か音がした。お母さんかもしれない」

ラックスはチェイス・ビューエルに歩み寄った。吐く息がチェイスの髪を揺らすほど間を詰めた。そして、ぼくらみんなの目の前で、チェイスのベルトのバックルを外した。ラックスは下を見もしなかった。指が行く先を知っていた。一度だけ何か障害にぶつかったようで、簡単な音を外したミュージシャンのように、ラックスはそこで首を左右に振った。だが、その間ずっと、足を踏みしめるようにして直立し、チェイスの目をじっとのぞきこんでいた。静まり返った家の中で、ズボンを脱がす音だけが耳についた。ぼくらの背骨に沿ってジッパーが引き下ろされるような気分だった。誰一人、身じろぎもしなかった。チェイス・ビューエルも動かなかった。燃え立ってベルベットのような光沢を放つラックスの目だけが、薄暗い部屋の中で輝いていた。ラックスのうなじの血管は柔らかに脈打っていた。そのあたりに香水を振るのは、いかにも匂い立つという感じがするからだろうか。

ラックスが相手にしているのはチェイス・ビューエルだったが、ぼくらはみんな、ラックスにズボンを脱がされているように感じた。ラックスはぼくらのほうに手を伸ばし、勝手知ったやりかたでぼくらをうっとりさせた。だが、最後の瞬間になって、また階下で柔らかなドサッという音がした。二階では、ミスタ・リズボンが眠りの中で咳き込んだ。ラックスは手を止めた。視線を逸らし、自分と相談するような様子を見せていたが、やがてこういった。「今はやってられないわ」

ラックスはチェイス・ビューエルのベルトを放し、部屋を横切って裏口に向かった。「ちょっと新鮮な空気を吸わなくちゃ。何か、みんなにあおられちゃったみたい」そういって、みだらでぎこちない笑みを浮かべた。嘘はないが美しくもない笑みだった。「わたし、車で待ってるわ。みんなはここにいて姉さんたちを待ってて。何しろ、荷物が多いから」ラックスは裏口のそばのボウルから車のキーを拾い上げた。そして、いったん立ち去りかけて、また立ち止まった。

「わたしたち、どこへいくの？」

「フロリダさ」チェイス・ビューエルが答えた。

「いいじゃない」ラックスがいった。「フロリダ」

その直後、ガレージで車のドアがバタンと閉まる音がした。ぼくらの中の何人かは、夜気の中をポピュラーソングのかすかな旋律が聞こえてきたのをおぼえている。それでラックスがラジオをかけているとわかった。ぼくらは待った。ほかの姉妹がどこにいるのかは定かでなかった。ただ、二階で荷物を詰めている音、クロゼットのドアが開く音、スーツケースがベッドのスプリングをきしませる音が聞こえていた。上でも下でも動きまわる足音がしていた。地下室の床の上では何かを引きずっているようだった。そういった音がどういう性質のものか、はっきりとはわからなかったが、全体に几帳面な感じで貫かれていた。動きの一つ一つが正確で、よく練られた脱出計画の一部のように思えた。ぼくらはその戦略の一つの駒で、一時の役にしか立たないということもわかっていたが、それで高揚した気分が損なわれることはなかった。まもなく姉妹と車に乗り込み、緑豊かなこの地区から、ぼくらもまだ知らない素朴で自由で荒涼とした田舎道へ連れ出すという考えが頭の中にあふれていた。ぼくらはじゃんけんをして、誰がついていくか、誰が残るかを決めた。その間もずっと、もうすぐ彼女たちと一緒になれるという思いで有頂天だった。ぼくらがさっきからの物音を聞き慣れた音として聞き過ごしていたとしても、何の不思議があっただろう？　伸縮するサテンのスーツケースのポケットがシュッと閉められる音を？　装身具類がジャラジャラいう音を？　彼女たちがどこかの廊下で猫背になってのろのろとスーツケースを運ぶ音を？　ぼくらの脳裏にはまだ知らない道がくっきり描き出されていた。ぼくらは蒲の生い茂る沼地、淡水の入江、古い小舟の係留所を抜ける草の刈り跡の道にいた。どこかのガソリンスタンドでは、彼女たちが恥ずかしがるので婦人用トイレの鍵を借りてやった。車中では、窓を開けてラジオをかけっぱなしにした。

空想しているうちに、いつか家の中はしんと静まりかえっていた。ぼくらは姉妹が荷物を詰めおえたのかと思った。ピーター・シセンがペンライトを取り出し、ダイニングルームに踏み込んでいったが、戻ってきていった。「あの子たちの一人はまだ下にいる。階段の明かりがついてた」

ぼくらは突っ立ったまま、ペンライトを振り、姉妹を待った。だが、誰もこなかった。トム・ファヒームは階段の最初の一段に足をかけたが、あまりに大きな音を立ててきしんだので、また戻ってきた。家の中の静寂がぼくらの耳の中でこだました。車が一台通り過ぎた。その影がダイニングルームをさっと横切り、一瞬、ピルグリムファーザーズの絵がライトに浮かび上がった。ダイニングテーブルにはビニール袋に包まれた冬物のコートが積み重なっていた。ほかにも何かかさばった束がぼんやり見えていた。家の中は、がらくたをおさめた屋根裏部屋のような雰囲気で、あちこちで革命的な関係が打ち立てられていた。たとえば、鳥籠の中のトースター。あるいは、枝編み細工のびくから突き出したバレエシューーズ。ぼくらはものが取り散らかった中をくねりながら進み、ゲーム――バックギャモンやダイヤモンドゲーム――のためにあけられた空間へ出て、さらに泡立て器やゴム長の茂みの中に踏み込んだ。ぼくらはキッチンに入った。真っ暗で何も見えなかったが、誰かが溜め息をついたような小さなフーッという音が聞こえた。台形の明かりが地下室から漏れていた。ぼくらは階段のほうにいって、耳を澄ませた。それから、娯楽室に向かって下りはじめた。

チェイス・ビューエルが先頭に立った。ぼくらはお互いのベルトの輪につかまって、階段を下りていった。リズボン家の姉妹がたった一度だけ開くことを許されたパーティーに出るため、同じ階段を下りていった一年前のあの日が思い起こされた。下に着いたときには、文字どおり時間をさかのぼったような感じがした。床は下水からあふれた水を一インチほどかぶっていたが、部屋はぼくらが立ち去ったときのままだった。セシリアのパーティーはまったく後かたづけがされていなかった。トランプ用のテーブルには、ネズミの糞が点々とついた紙のテーブルクロスがかけられていた。カットグラスのボウルには、パンチの茶色がかった浮き滓《かす》が固まって、ハエがたかっていた。シャーベットはとっくの昔に溶けていたが、べたべたした沈澱物から玉杓子が突き出していた。埃と蜘蛛の巣で灰色になったカップがその前にきちんと積み重ねられていた。天井からは、しぼんだ風船がいくつも、細いリボンで吊り下げられていた。ドミノゲームはいまだに三か七を待っていた。姉妹がどこにいってしまったのか、ぼくらにはわからなかった。何かが泳いでいったか、潜ったかしたように、水面にさざなみがひろがった。ゴボゴボ音を立てる排水管は、断続的に水を吸い込んでいた。水は壁に向かってひたひたと打ち寄せる一方で、ぼくらのピンク色の顔や頭上の赤と青の吹き流しを映し出していた。部屋に起きた変化——壁に張りついたゴキブリ、水面で揺れている死んだネズミ——も、かえって変わらなかったものを強調しているようだった。目を半分閉じて、鼻をつまめば、あのパーティーがまだ続いているという錯覚に陥りそうだった。バズ・ロマーノが水を渡ってトランプ用のテーブルまでたどりつくと、みんなが見まもる前でダンスを始め、ローマカトリック調の豪華なリヴィングルームで母親に教わったとおりのボックスステップを踏んだ。ロマーノは空気を抱いているだけだったが、ぼくらには彼女——彼女たち——の姿が見えた。五人全員がロマーノの腕の中で一かたまりになっていた。「おれ、あの子たちに完全にまいってる。一度でいいから誰か一人でも触ってみられたらな」靴に入り込んだ沈澱物をぶちまけながら、ロマーノがいった。ダンスでかきまわされて、下水の臭いが立ち昇ってきた。そして、その後、鼻をついたもっと強い臭いをぼくらは一生忘れることができないだろう。なぜなら、ちょうどそのとき、ぼくらが一年前に立ち去ったとき以来、その部屋で変わったといえる唯一のものを、バズ・ロマーノの頭上に見たからだ。半分しぼんだいくつもの風船の中に、ボニーのサドルシューズ（甲の色をほかの部分と変えたカジュアルシューズ）の茶と白の革が一対、吊り下がっていた。ボニーはほかの飾りをくくりつけたのと同じ梁にロープをくくりつけていた。

ぼくらは誰一人動かなかった。それに気づかないバズ・ロマーノだけが踊りつづけていた。その頭上のピンクのドレスを着たボニーは、ピニャータ（中におもちゃや菓子を詰めて天井から吊るした壺。メキシコなどでクリスマスの余興に割る）のようにきれいで華やかだった。それが何なのか頭で理解するまでに、少し時間がかかった。ぼくらはボニーを、白いストッキングに包まれたひょろ長い脚を凝視した。そして、その後も忘れることのない恥ずかしさに襲われた。ぼくらが後で診てもらった医者たちは、ぼくらの反応をショックのせいにした。しかし、その気分は、むしろ罪の意識に近かった。たとえば、ボニーが自分の死だけでなく、生そのもの、姉妹全員の生そのものの秘密をつぶやいているのに、最後の瞬間になってようやく気づいたが、もう手遅れだったというような意識だ。ボニーはあまりに静かだった。はかりしれない重みを持っていた。濡れた靴の裏には雲母のかけらがくっついていて、きらきら光りながらこぼれ落ちていた。

ぼくらはボニーのことをまるで知らなかった。ぼくらはここに連れてこられて、それを思い知らされた。

ボニーのこの世を去った魂と語り合いながら、いったいどのくらいそうやって立ち尽くしていたのか、思い出すことはできない。とにかく長い間であったことは確かで、そのうち、ぼくらの吐く息が合わさって、部屋の中に風を起こし、ロープに下がったボニーの体を揺らしはじめた。ボニーはゆっくりまわりはじめた。途中のある時点で、海藻のような風船の間から、不意に顔が現われ、ボニーが自ら選び取った死の現実をまざまざと見せつけた。それは黒ずんだ眼窩、血が溜まった下肢、硬直した関節の世界だった。

ほかの姉妹がどうなったか、ぼくらにはもうわかっていた——発生の順序については確信が持てなかったにしてもだ。ぼくらはいまだにそれについて議論している。おそらく、ボニーはぼくらがリヴィングルームにいて、ハイウェイの夢を見ている間に死んだのだ。ボニーが自分の足もとからトランクを蹴り出す音を聞いてまもなく、メアリイはオーブンの中に頭を突っ込んだ。二人は必要ならばお互いに助け合う用意をしていたのだろう。ぼくらが下へ向かおうとして通りかかったとき、メアリイはまだふつうに呼吸していたのかもしれない。後で測ってみたら二フィートと離れていなかったメアリイが、暗闇の中では見えなかったのだ。睡眠薬をジンで流し込んだテレーズは、ぼくらが家の中に入ったころにはもう死んだも同然だった。ラックスは最後に逝った。ぼくらが立ち去って二、三十分後のことだった。ぼくらは声にならない悲鳴を上げて逃げ出し、まだ音楽が流れ出しているガレージで立ち止まることさえ忘れた。ラックスは前のシートで見つかった。顔は灰色になっていたが、表情は穏やかだった。ライターを握っていたが、コイルが掌の中で焼けていた。ぼくらが思っていたとおり、ラックスは車で逃げ出したのだ。そして、後でわかったのだが、ラックスがぼくらのベルトのバックルを外したのは、時間稼ぎをするためにすぎなかったのだ。それがあって、ラックスも姉たちも安らかに眠りにつくことができたのだ。

5

ぼくらはもうその二人のことならたいてい知っていた。痩せたほうの運転のしかたも知っていた。ブロックの中ほどで一気に加速し、角にさしかかると用心深く曲がるのだが、リズボン家の車まわしではきまって目測を誤り、芝生に突っ込んでしまうのだ。彼らが通り過ぎるとき、サイレンの音が斜めに聞こえることも知っていた。それは救急車が三度目に出動してきたとき、テレーズがずばりドップラー効果と指摘した現象だった。だが、テレーズは四度目の音を聞くことはなかった。そのときには螺旋の中をゆっくりとまわりながら下っていくように、意識を失っていたからだ。おそらく、それは自分の腸の中に吸い込まれていくような感覚だったのではないか。ぼくらは太ったほうが敏感肌で、剃刀負けに悩んでいることも知っていた。右脚に比べて左脚が短いので、靴の踵に金属の楔《くさび》を打ちつけていることも、砕石を固めた車まわしを横切るときに、左右不ぞろいなカチカチいう音を立てることも知っていた。痩せたほうの髪が油で押さえてあることも知っていた。なぜなら、セシリアの事件で駆けつけてきたとき、長髪が歌手のボブ・シーガーのように見えたのに、一年後の今は、ふわふわした毛はなくなって、おぼれたネズミのようにしか見えなかったからだ。ぼくらは彼らの本名こそまだ知らなかったが、救急隊員の日常をほとんど肌で感じとれるほどになっていた。包帯や酸素マスクの匂い、人工呼吸の口うつしで伝わる災難の前の食事の味、自分のふくらました顔の向こうでだんだん消えていく生命の香り、血、飛び散った脳、青ざめた頬、ふくれあがった目、そして——ぼくらのブロックでは——飾りのついたブレスレットやハート形の金のロケットをしたまま、ぐったりした体が次から次へと。

四度目の出動ともなると、彼らも義務の遵守に倦んできたようだった。救急車は前と同じようにタイヤを横滑りさせて急停止し、ドアが勢いよく開いたが、飛び降りてきた隊員二人にぴりっとした表情はなく、いいかげんにしてくれという様子がありありだった。「またあの二人だよ」五歳のザカリイ・ラーソンがいった。太ったほうが痩せたほうをちらりと見てから、二人で家に向かったが、今度は何の装備も持たなかった。青白い顔をしたミセズ・リズボンが応対に出てきたが、中を指さすだけで、一言もしゃべらなかった。隊員たちが中に入っても、戸口に立ったまま、着ているローブのベルトを締めなおしていた。それから、ドアマットを二回、爪先で動かしてまっすぐになおした。と思ううちに、隊員たちが血相を変え、興奮した様子で駆け出してきて、担架を取りに向かった。そのすぐ後、二人はうつ伏せになったテレーズを運び出した。ドレスがウェストのあたりまでめくれ上がって、それとは釣り合わない運動用の包帯の色をした下着が見えていた。背中のボタンは弾け飛んで、茸のような色の背中の一部があらわれていた。片手が担架から垂れ下がり、ミセズ・リズボンが持ち上げても、そのたびにずり落ちた。「じっとして」ミセズ・リズボンはどうやらその手に向かって命令したようだった。だが、手はまたずり落ちた。ミセズ・リズボンは肩を落として立ち止まった。どうやらあきらめたようだった。と思った瞬間、駆け出して、テレーズの腕にすがり、何か口の中でつぶやいた。それを「あなたまでこんなになって」と聞いた人もいたが、カレッジで演技を学んだミセズ・オコナーは「でも、あんまりひどすぎる」と聞いた。

そのときには、ぼくらは自分のベッドに戻って、狸寝入りしていた。外では、シェリフが酸素マスクをつけてガレージに入り、自動扉を開けた。扉が開いても（みんなが教えてくれたところによると）、何も出てはこなかった。みんなが予期したように煙も出なければ、蜃気楼のようにものを揺らめかせて見せるガスの気配さえ感じられなかった——ステーションワゴンはブルブル振動していた。シェリフがたまたまほかのスイッチに触れたため、フロントガラスのワイパーが狂ったように動いていた。太ったほうは家の中に入って、サーカスの芸人のように一つの椅子の上にもう一つ椅子を積み重ね、ボニーを垂木から下ろした。キッチンでは、死んではいなかったが、ほぼ死にかけているメアリイが見つかった。オーブンをごしごしこすって掃除しようとでもいうように、頭と胴を中に突っ込んでいた。二台目の救急車がやってきて（このとき一回きりだった）、シェリフと太った相棒よりも有能な二人の隊員が加わった。二人は中に駆け込んで、メアリイの命をとりとめた。とはいっても、それはしばらくの間のことであり、ただそれだけのことだった。

事実の上では、メアリイは一カ月以上生き延びたが、誰もそうは感じていなかった。その晩以降、人々はリズボン家の姉妹のことを過去形で話すようになった。メアリイのことに触れるにしても、もう早くかたをつけてしまいたいというメアリイの秘めた望みを前提にしてのことが多かった。事実、最後の一連の自殺に驚いた人はあまりいなかった。彼女たちを救おうとしていたぼくらにしても、自分たちは一時的に正気を失っていたのだと考えるようになった。後で考えてみると、ボニーのぼろぼろのトランクにしても旅支度としての意味はなく、ただそれ自体として用いられた。昔の西部劇に出てくる砂袋のような首吊りのおもりとして。しかし、季節や老いが必ずやってくるのと同じように、一連の自殺も予見できたものだった、とみんなが口をそろえるのに対し、ぼくらはそういう説明にはどうしても納得できなかった。一連の自殺は、姉妹が外傷性ストレス障害に悩んでいたというホーニッカー医師の説を裏づけるように見えたが、後になって医師自身がそうした結論から距離を置くようになった。たとえセシリアの自殺が後追い自殺を呼んだとしても、最初にセシリアが自殺した理由は説明がつかなかった。急遽、ゲストスピーカーとして招かれたライオンズクラブの会合で、ホーニッカー医師は〝自殺の衝動に駆られる子どもの血小板セロトニン受容体指数〟という新しい研究を引用して、何か化学的なものが関連しているかもしれないと示唆した。ウェスタン精神医学研究所のコットバウム博士が発見したところによると、自殺の衝動に駆られる人の多くは、気分の調整に欠かせない神経伝達物質、セロトニンの量が不足していた。セロトニンの研究はセシリアの自殺後に公刊されたので、ホーニッカー医師はセシリアのセロトニンのレベルを計測することはできなかった。しかし、メアリイから採取した血液のサンプルを調べることはできた。そのサンプルのセロトニンはやや不足気味だった。メアリイは薬物療法を受け、二週間にわたる心理テストや集中治療の後、血液を再検査された。その時点でのセロトニンのレベルは正常だった。

ほかの姉妹については、自殺による死はすべて調査を要するという州法に従ってそれぞれに解剖が行なわれた。ただし、州法はそういう事例について警察に裁量の余地を与えていた。警察がセシリアのときには解剖を命じなかったことを考えると、今回はリズボン夫妻に何らかの犯罪の嫌疑をかけているのではないか、あるいは夫妻が動揺するよう圧力をかけているのではないかと多くの人に思わせた。二人のくたびれた助手とともに市から呼ばれたたった一人の検視官は、姉妹の絶望の謎を解こうと、脳や体腔を開いて内部をのぞきこんだ。彼らは流れ作業方式でことにあたった。助手が姉妹を一人ずつ送り込むはしから、検視官は鋸、ホース、掃除機を使って仕事を進めていった。写真も撮られたが、公表はされなかった。もっとも、それを見ようという気にはとてもなれなかっただろう。しかし、ぼくらは検視官の報告書には目を通した。なかなか精彩に富んだ書きかたで、かえって彼女たちの死がニュースのように非現実なものに思われた。検視官は彼女たちの体は信じられないほど清潔だったと述べていた。彼がそれまでに扱った中ではもっとも若く、消耗や飲酒のあとはどこにも見当たらなかった。すべすべした青い心臓は水で膨らませた風船のようだった。ほかの器官にしても同じことで、教科書そのままのきれいなものだった。もっと年をとった人や、慢性病の患者だと、器官は形が崩れ、膨張し、変色し、関係のないほかの器官とつながったりして、検視官が〝ごみ捨て場〟と表現しているような、それこそはらわたといった様相を呈する。それにひきかえ、リズボン家の姉妹は「ガラスの向こうの何か。陳列品のようだった」にもかかわらず、そのような瑕疵《かし》のない体に穴をあけ、切り刻まなければならないとあって、検視官は悲しい思いをし、胸を詰まらせることも何度かあった。報告書の余白に、独り言のようにこんなメモを走り書きしている。「この道十七年というのに、わたしはまったく無力だ」しかし、彼は自分の役目をまっとうした。テレーズの回腸からは滞留した大量の未消化の錠剤を、ボニーの食道からは絞扼された個所を、ラックスの生温かい血液からは異常な量の一酸化炭素を、それぞれ発見したのだ。

夕刊に記事を書いたミズ・パールは、日付の重要性をはじめて指摘した。姉妹が自殺した六月十六日は、セシリアが手首を切った日だったというのだ。ミズ・パールはこれを重視して、〝不吉な前兆〟とか〝不気味な一致〟と述べ、独りであれこれ推測を始めた。それはますます熱を帯びる一方で、今日に至るまで続いている。ミズ・パールは続報で——二週間にわたり二、三日おきに掲載された——嘆き悲しむ声を同情的に収録するだけの方向から、彼女がどうしてもそうなれなかったもの、つまり調査報道記者の厳密な正確さを追求する方向に論調を変えた。青いポンティアックで隣近所をまわり、そこであさったいくつもの記憶をつぎはぎして、これで完璧という結論を導き出したが、それはぼくらの結論と比べてもずっと真相に遠く、穴だらけのものだった。吐き気を催すほどしつこいミズ・パールの質問を浴びて、セシリアの古い友だち、エイミイ・シュラフは、自殺の前の日々の記憶を洗いざらい吐き出した。ある退屈な午後、セシリアは十二宮のモビールを見上げるベッドにエイミイを寝かせた。「目を閉じて、そのままにして」セシリアがいった。ドアが開いて、姉たちが部屋に入ってきた。姉たちはエイミイの顔や体に手を置いた。「誰と交信してみたい？」セシリアが尋ねた。「おばあちゃん」エイミイは答えた。顔に置かれた手はひんやりしていた。誰かが香を薫《た》きはじめた。どこかで犬が吠えた。結局、何ごとも起こらなかった。

　よくあるゲーム盤の中でこっくり板が目をひくのは心霊術を看板にしているからだが、その程度の心霊術がらみの前述のエピソードから、ミズ・パールは自殺を献身の秘儀とする自説を導き出した。〝一連の自殺は協定だった可能性も〟という見出しの三番目の記事は、共同謀議説でことの輪郭を描いている。つまり、姉妹は何かよくわからないが占星術の事象に共鳴して自殺を企てたというのだ。セシリアはただ一歩先んじたというだけのことで、姉たちは次に控えていた。舞台には蠟燭が灯っていた。オーケストラボックスでは、クルエル・クラックスが叫びはじめていた。客席のぼくらが持つ《プレイビル》（演劇情報誌）には、聖母の写真が載っていた。ミズ・パールはみごとな振り付けをした。ただ、どうしても説明がつかなかったのは、なぜ姉たちはセシリアの自殺未遂の日付を選び、それから約三週間後の七月九日の現実の死の日付を選ばなかったかという点だった。

しかし、この疑問で立ち止まる者はいなかった。いったん後追い自殺が起きると、マスコミが引きも切らずぼくらの町に押しかけてきた。地元の三つのテレビ局はニュース班を送り込み、全国を渡り歩く通信記者までが移動住宅を載せた車で姿を現わした。その記者は州の南西の隅のトラックサービスエリアで自殺の話を聞いて、自分の目で確かめるために出向いてきたのだった。「ものになるかどうかはわからないよ」と、その記者はいった。「わたしは生々しい記事を書くということで売ってるんでね」それでも、記者は車を現場のあるブロックに停めた。それ以後、彼が格子縞のシートでくつろいだり、小型のレンジでハンバーガーを調理したりする姿を見かけるようになった。姉妹の両親の微妙な状況に配慮することもなく、地元局のニュース班は即座にニュースを流しはじめた。何カ月も前に撮影したリズボン家のフィルムを見せられたのはそのときのことだ。屋根やがらんとした玄関の何の工夫もないパンの後、毎晩、同じ五つの顔が順番に登場する事件の要約が続いた。まず、学校の年報の写真から採ったセシリアの顔、続いて、同じ出所の姉たちの顔。生中継はあいかわらず不慣れで、たびたびマイクが切れたり、照明が消えてリポーターが暗闇の中でしゃべる羽目になったりした。だが、何とかフレームの中に引き込もうと競争するテレビに、視聴者はまだ愛想尽かしする気配はなかった。リポーターたちは連日、リズボン夫妻にインタビューしようと試みたが、連日、失敗に終わった。しかし、ショータイムまでに、姉妹のベッドルームへの接近法を見つけて、秘密の宝物を持ち帰ったようだった。あるリポーターはセシリアのものと同じ年につくられたウェディングドレスを掲げてみせた。裾のぎざぎざを除くと、ぼくらにも見分けがつかなかった。別のリポーターは自分の放送を終わるにあたって、テレーズがブラウン大学の入学者選抜事務局に書いた手紙を読み上げた——「皮肉にも」と、そのリポーターはいった。「彼女がカレッジの生活……あるいはその他の夢に終止符を打つわずか三日前のことでした」そのうち、リポーターたちはリズボン家の姉妹をファーストネームで呼ぶようになり、思い出話の収集を優先して医療専門家にインタビューしようともしなくなった。ぼくらと同じように、彼らも姉妹の人生の管理人となった。彼らがぼくらを満足させるような仕事をしてくれていたら、ぼくらも仮説と追想の小道をいつまでもさまようことはなかっただろう。だが、姉妹がなぜ自殺したかをリポーターたちが問うことはますます少なくなった。かわりに、彼女たちの趣味や学業で受けた賞などについて云々するようになった。チャンネル7のワンダ・ブラウンは、ビキニ姿のラックスの写真をどこかから発掘してきた。地区のプールで、椅子から手を伸ばした監視員に、ちょこんとした鼻に亜鉛華軟膏を塗ってもらっている写真だった。リポーターたちは毎晩、何か新しい逸話や写真を披露したが、その発見はぼくらが真実として知っていたことにつながるものではなかった。そのうち、彼らがしゃべっているのは誰かほかの人間のことのように思えてきた。チャンネル4のピート・パティロは、テレーズの〝馬好き〟に触れたが、ぼくらはテレーズが馬に近寄ったのさえ見たことがなかった。チャンネル2のトム・トムソンはしばしば姉妹の名前を取り違えた。リポーターたちはきわめて出所の怪しい話を事実として引用したり、基本的には正しい話の細部を混同したりした（この伝で、ピート・パティロは蠟細工のマネキンに着せたセシリアの黒い下着をメアリイのものとして通した）。ほかの市民は福音でも聞くようにニュースを聞いていると知って、ぼくらはますますがっくりさせられた。ぼくらにいわせれば、部外者がセシリアのことを〝頭がおかしい〟などという権利はなかった。なぜなら、彼らは直接体験によって得た知識を長い間蒸留した末に、要約して表現できるようになったわけではなかったからだ。ぼくら自身が関係している世界を、何が起きているかも知るはずのない人間がいかにでたらめに語り伝えているかを思い知らされて、ぼくらははじめて大統領に同情する気になった。ぼくらの両親でさえ、テレビの見かたに同調するようになっていくようだった。彼らこそわれわれの人生の真実を語れるとでもいうように、リポーターたちのたわごとを拝聴していた。

自殺に対して手の打ちようがなくなった後、リズボン夫妻はまともな生活を送ろうという気がなくなったようだった。ミセズ・リズボンは教会通いもやめてしまった。ムーディー神父が慰問に訪ねてみても、誰も戸口に出てこなかった。「呼び鈴を押しつづけたのですが」と神父はいった。「駄目でした」メアリイの入院期間中、ミセズ・リズボンが表に現われたのはただの一回だけだった。原稿の束を抱えて裏のポーチから出てくるのをハーブ・ピッツェンバーガーが見かけた。ミセズ・リズボンは原稿を積み上げると、火をつけた。それが何だったのかは、結局わからずじまいだった。

ちょうどそのころ、ミズ・カーミナ・ダンジェロのところにミスタ・リズボンから電話があって、また家を売りに出してほしいといってきた（セシリアの自殺の直後に、売却の意向をいったん撤回していた）。ミズ・ダンジェロは今の家の状態では売るのは容易でないとそれとなく指摘したが、ミスタ・リズボンはこう答えた。「わかってます。人をやって何とかしますから」

それは学校の英語教師、ミスタ・ヘドリーとわかった。夏の仕事にあぶれたミスタ・ヘドリーは、フォルクスワーゲンのカブトムシでやってきた。バンパーには、この前の大統領選に落選した民主党候補者のステッカーが貼ったままになっていた。車から降りたときには、学校の教員のブレザーとズボンを脱ぎ捨て、明るい緑と黄色のダシーキ（派手な色のゆったりした男性用半袖シャツ）にトカゲ革のサンダルという恰好だった。髪は耳を覆い隠し、いかにも休暇中の教師といった締まりのない歩きかたをして、すっかりもとの野放図な生活に戻っていた。もっとも、コミューンのリーダーといった外見とはうらはらに、仕事には大真面目に取り組み、三日余りをかけてリズボン家のごみの山を運び出した。リズボン夫妻がモーテルに泊まりにいっている間、家を預かって、まずスキー、水彩絵の具、洗濯物入れ、フラフープを放り出した。擦り切れた茶色のソファーは戸口を通りそうもないので二つに切ってから外へ引っ張り出した。鍋つかみ、古いクーポン、ワイヤリボンの山、不用になった鍵で、ごみ袋を一杯にした。ぼくらが見まもるうちに、ミスタ・ヘドリーは各部屋にはびこる汚れに攻撃をかけ、塵取りで進路を切り開き、あまりに埃がひどいので、三日目には外科医用のマスクをするようになった。ミスタ・ヘドリーはもうわけのわからないギリシャ語でぼくらに話しかけることもなく、草野球に興味を示すこともなく、毎朝、絶望的な表情を浮かべてやってきた。それは、沼地の水をキッチン用のスポンジで吸い取ろうしている人間のような表情だった。敷物を持ち上げ、タオルを捨てると、家にしみついた臭いが波のように湧き上がった。ミスタ・ヘドリーがマスクをしたのは、埃ではなく、リズボン家の姉妹が発散する呼気から身を守るためではないか、と多くの人が思った。寝具やカーテン、剝がれかけた壁紙、ドレッサーやベッド脇のテーブルの下になって真新しい状態のままのカーペットのところどころに、彼女たちがまだ住んでいるというわけだ。初日、ミスタ・ヘドリーは一階にしか手をつけなかった。だが、二日目には、略奪された後宮といった風情の姉妹のベッドルームに踏み込み、過ぎ去った時の調べを奏でる衣服の中にくるぶしまでつかりながら渡っていった。ベッドの頭板の後ろからセシリアのネパール製のスカーフを引っ張り出すと、房のある両端についた緑色に腐食した鈴がチリンチリンと鳴って歓迎した。ベッドの端に立つと、スプリングがぎしぎしと苦情をいいたてた。枕は積もっていた埃を雪のように降らせた。

ミスタ・ヘドリーは二階のクロゼットに積み重なった大小のタオル、バラ色やレモン色のしみがついたぼろぼろのマットレスの裏地、姉妹がたどった夢路の跡がしみこんだ毛布を全部処分して、六つの棚をきれいに空けた。いちばん上の棚にあった家庭用の医療品も放り出した——ほてった肌のような材質の湯たんぽ、中に指紋がついたヴィックスヴェポラップの暗いブルーの瓶、たむしや結膜炎の軟膏でいっぱいの靴箱、傷口に塗る膏薬、へこまされたり、絞られたり、パーティーの景品のようにくるくる巻き上げられたアルミのチューブ。さらにこんなものがあった。姉妹がキャンディーのようになめていたオレンジ色の小粒のアスピリン、黒いプラスチックケースに入った古い体温計（口にふくむタイプ）、ほかにも彼女たちの体に押しあてたり、挿入したり、くっつけたりしたさまざまな器具。要するに、ミセズ・リズボンが長年の間、娘たちの健康を保つために使ってきた雑多な実用品だ。

　ぼくらがグランドラピッズ・ゴスペラーズやタイロン・リトルとビリーヴァーズ、その他のアルバムを見つけたのはこのときだった。毎晩、ミスタ・ヘドリーが三十年は老けて見える白い埃の膜に覆われて帰っていくと、ぼくらは彼が歩道に出した玉石混淆の山を調べてみた。それにしても、ミスタ・リズボンがミスタ・ヘドリーに与えた裁量権の大きさには驚かされた。というのは、ミスタ・ヘドリーは靴磨きクリームの缶（クリームがえぐりとられて銀色の中心部が露出していた）のように取り替えがきくものばかりでなく、家族の写真、まだ使えるウォーターピック（ジェット水流式の口腔洗浄器）、姉妹それぞれの成長ぶりを一年おきに書き留めた肉の包み紙まで処分していたからだ。ミスタ・ヘドリーが最後に捨てたのは、中が空になったテレビだった。ジム・クロッターはそれを自分のベッドルームに持ち込んだ。中から出てきたのは、テレーズが生物を教えるのに使っていた剝製のイグアナだけだった。そのイグアナは尻尾が裂け、腹部につけられた扉がなくなって、番号をふったプラスチックの器官が露出していた。当然のことながら、ぼくらは家族の写真を拾って、木の上の家の永久コレクションに加えるべきものを加えた後、くじ引きで残りを分配した。写真の大半は何年か前に撮られたもので、そこに写された光景は、延々と続く野外での家族パーティーのいかにも幸せそうなひとときだった。そのうちの一枚では、あぐらをかいて座っている姉妹が、まるで芝生をシーソーにしているように写っている（撮影者がカメラを傾けて撮ったのだ）。上方で煙を上げているバーベキュー用のこんろがシーソーの相手のようだ（残念ながら、資料47のその写真は、封筒からなくなっているのが最近になって判明した）。ほかに人気があったのは、観光客用の見せ物のトーテムポールの前で撮られた何枚かだった。そこでは、姉妹一人一人の顔が神聖な動物の顔と入れ代わっていた。

しかし、こうして姉妹の人生の新しい証拠、家族の団欒の突然の終焉の証拠を得たにもかかわらず（写真はテレーズが十二歳になったころでふっつり途切れている）、ぼくらは彼女たちについてすでに知っている以上のことはほとんど何も学ばなかった。家は永久に屑を吐き出しつづけるように思えた。左右不ぞろいのスリッパ、かかしのようにハンガーに吊るされたドレスの大津波が押し寄せてきて、それをどうにか乗り切ってみても、あいかわらず何もわからなかった。しかし、氾濫にも終わりがやってきた。ミスタ・ヘドリーは家の中に入っていった三日後に出てきた。はじめて玄関のドアを開け、正面の階段を下り、〝売り家〟の看板の脇に、もう一つ、〝ガレージセール〟と書いた小ぶりな看板を掲げた。そして、その日、さらにその翌日と翌々日、ガレージセール用の欠けた皿の類ばかりでなく、財産の換金処分用の大型耐久消費財までを含む在庫を並べた。みんなが出かけたが、買うためではなく、ただリズボン家に足を踏み入れるためだった。家は洗剤の松の香りが漂う清潔で広々した場に姿を変えていた。ミスタ・ヘドリーはリンネル製品、姉妹の持ち物だったもの、壊れたものはすべて処分して、家具だけを残していた。亜麻仁油で磨いたテーブル、キッチン用の椅子、鏡、ベッドには、一つ一つに女性的な筆跡で値段を書いたこぎれいな白い札がつけられていた。値段は正価で、ミスタ・ヘドリーは値引きの交渉には応じなかった。ぼくらは家の中を歩きまわり、二階に上がっては下り、姉妹が二度と眠ることのないベッド、二度と姿を映すことのない鏡に触れてみた。ぼくらの両親は中古の家具は買わなかった。まして、死で汚された家具は絶対に買わなかった。新聞広告を見てやってきた人たちと同じようにひやかしてまわるだけだった。そのうち、顎ひげをたくわえたギリシャ正教の司祭が、丸々太った未亡人の一群とともに現われた。未亡人たちはカラスのようにギャーギャー騒ぎ立て、あらゆるものにけちをつけた後で、司祭の新しい住宅のベッドルーム用に、メアリイの天蓋つきのベッド、テレーズのクルミ材のドレッサー、ラックスの提灯、それにセシリアの十字架を買い入れた。そのうち、ほかの人たちがやってきて、家の中身を少しずつ運び出した。ミセズ・クリーガーはガレージの外にあった展示用のテーブルの上に息子のカイルの歯列矯正器を見つけた。これは息子のものだと主張したがミスタ・ヘドリーが認めなかったので、結局、三ドルで買い戻した。ぼくらが最後に見たのは、絵筆のような口ひげを生やした男が帆船の模型を自分のキャデラック・エルドラドのトランクに積み込むところだった。

家の外まわりは荒れたままだったが、中はふたたび見苦しくない程度に体裁が整った。続く二、三週間のうちにミズ・ダンジェロは今の住人である若夫婦に家を売りつけた。もっとも、今では二人とももう若いとはいえなくなったが。しかし、当時に戻ると、二人ははじめて大金を使う興奮のうちに希望額を提示した。それは自分が買うときに支払った額をはるかに下まわっていたにもかかわらず、ミスタ・リズボンはすんなり受けいれた。その時点で、家はほぼ完全に空になっていた。唯一残されていたのはセシリアの神殿の跡で、蠟燭のしずくがふんわりした塊になって窓の下枠にこびりついていた。ミスタ・ヘドリーも迷信にとらわれたのか、それには触れようとしなかった。ぼくらはリズボン夫妻に会うことはもうあるまいと思っていた。そして、もうそのときから、彼らのことを忘れようというできもしない試みにとりかかっていた。ぼくらの両親はあまり苦労せずにそれができたようで、テニスやカクテルパーティーに戻っていった。両親たちは一連の自殺にそれほど激しいショックを伴う反応は見せなかった。そういう事態、もっと悪い事態を予測していたようだった。あるいは、すでに目にした事態であるかのように対処した。ミスタ・コンリイは草を刈る間も締めているツイードのネクタイをなおしながら、こういった。「資本主義は物質的幸福をもたらしたが、精神的破産ももたらした」そして、人間が必要とするものと競争のもたらす惨害について、お茶の間説法を続けた。ミスタ・コンリイはぼくらの知っているたった一人の共産主義者だったが、その考えかたはほかのみんなの考えかたと程度が違うというだけだった。この国の心のどこかに生じた病巣が、姉妹にも影響を与えたというわけだ。ぼくらの両親は、それがぼくらの音楽、不信心と関係していると考えた。あるいは、ぼくらが経験したこともないセックスに関するモラルが緩んでいるからだと考えた。ミスタ・ヘドリーは世紀末のウィーンでは同じような若者の自殺の急増をみたと述べ、すべてを死滅しつつある帝国で生きる不幸のせいにした。それは、郵便が期限内に配達されなかったり、路面のくぼみが補修されなかったり、市庁舎で盗難があったり、人種暴動が起きたり、いわゆる悪魔の夜に市周辺で八百一件もの放火が発生したりする事態と関係づけられた。リズボン家の姉妹はこの国の誤っているもののシンボル、何の罪のない市民まで悩ます苦痛の種となった。状況の好転をはかるため、両親たちのグループは姉妹を記念するベンチを学校に寄贈した。もともとはセシリアの記念となるよう立案されたものだったが（計画は八カ月前、哀悼の日の後にスタートした）、ぎりぎりのところで献呈しなおされ、姉たちも対象に含められた。それは上ミシガン産の木でできた小さなベンチだった。ベンチをつくるためにエアフィルター工場の機械を手直ししたミスタ・クリーガーは、それを〝処女材〟といった。飾り板には簡素な銘が刻まれた。〝このコミュニティーの娘たち、リズボン姉妹の思い出に〟

もちろん、その時点でメアリイはまだ生きていたが、飾り板はその事実には触れていない。メアリイは数日後に退院した。二週間にわたる入院だった。ホーニッカー医師はどうせこないとわかっていたので、リズボン夫妻に相談にくるよう要請もしなかった。メアリイにはセシリアが受けたのと同じ一連のテストをやらせてみたが、精神分裂病や躁鬱病といった精神医学上の病気の徴候は何も見当たらなかった。「彼女のテスト結果を見ると、思春期には比較的良好に適応していたようだ。もちろん、彼女の将来が明るいというわけではなかったにしてもだ。わたしは外傷に対して、さらに進んだ療法を受けるように勧めた。ただ、それまでの治療でセロトニンのレベルが上がって、かなりよくなったように見えていたんだが」

メアリイは家具のない家に帰ってきた。モーテルから戻っていたリズボン夫妻は自分たちのベッドルームで仮住いしていた。メアリイも寝袋をあてがわれた。三人の娘が自殺した後の日々のことをミスタ・リズボンが話したがらないのはもっともだったが、メアリイが帰宅したときの状況についてもほとんど語ってはくれなかった。十一年前、姉妹がまだほんの子どもだったころ、その家に引っ越してきた一家は、家財を積んだトラックよりも一週間早く着いた。そのときも仮住いを余儀なくされ、床の上に寝て、石油ランプのそばでおとぎ話を読んだりした。奇妙なことに、その家で過ごす最後の日々の間、ミスタ・リズボンにそのときの記憶がよみがえってきた。「ときどき、真夜中に起きると、何があったかすっかり忘れてしまっていてね。廊下を歩いているうちに、また引っ越してきたのだと一瞬、錯覚するんだ。娘たちもリヴィングルームに張ったテントの中で眠っているんだと」

そのころの日々の対極に独り取り残されたメアリイは、もう共有する相手もいなくなったベッドルームの硬い床の上に寝袋を置いて横たわっていた。寝袋は旧式のもので、毛玉のできたフランネルの裏地には、赤い帽子の狩人と死んだ鴨、口に針を引っかけられて跳ねている鱒が描かれていた。メアリイは夏だというのに、寝袋のジッパーを締めて、頭のてっぺんだけをのぞかせていた。朝は遅くまで寝ていて、ほとんどしゃべらず、一日に六回シャワーを浴びていた。

ぼくらの目からすると、リズボン家の悲しみようは度を超えていた。最後の日々、ぼくらは彼らが何をするのを見ても驚かされた。あれで座って食事ができるというのが不思議だった。あるいは、裏のポーチに出て、そよ風にあたるというのも不思議だった。ある昼下がり、実際にそういうことがあったのだが、ミセズ・リズボンが外によろめき出て、伸び放題の芝生を横切り、ミセズ・ベイツの金魚草を一本摘み取ったのもそうだった。ミセズ・リズボンはそれを鼻先に持ってきたが、香りがもの足りなかったのか、使用済みのクリネックスのようにポケットに押し込んだ。そして、通りに向かって歩き出し、眼鏡なしの目を細くして隣近所をじっとのぞきこんだ。ミスタ・リズボンも毎日、午後になると、ステーションワゴンを日陰に停め、ボンネットを開けてエンジンを熱心に調べた。「忙しくしてないとならないんだろう」その行動に触れて、ミスタ・ユージーンがいった。「だって、ほかに何をするっていうんだ？」

メアリイは通りを歩いて、ミスタ・ジェサップを訪ね、一年ぶりのボイスレッスンを受けた。レッスンの予約はしていなかったが、ミスタ・ジェサップも追い返すわけにはいかなかった。ミスタ・ジェサップはピアノに向かって座り、メアリイが音階を通して歌うのをリードした。それから金属製のごみ缶の中に頭を突っ込んで、自分の習練を積んだヴィブラートがどんなふうに共鳴するかを実演してみせた。メアリイは『キャバレー』の中のナチの歌を歌った。悲劇が始まった日にラックスと二人で練習していた歌だ。ミスタ・ジェサップによると、辛酸をなめたせいで、メアリイの声には年に似合わない陰影と円熟味が加わっていたということだ。「メアリイはレッスンの料金を払わずに帰りました」と、ミスタ・ジェサップはいった。「でも、それはわたしにしてあげられるせめてものことでしたから」

セシリアが手首を切ったときから一年たって、また夏が満開になり、空気中に毒気がひろがった。リヴァールージュ工場の廃液で湖水中の燐酸が増加し、そのせいで湖面に浮く藻が繁殖して、船外機を詰まらせるほどになった。美しい湖が、うねる泡に覆われた睡蓮の池のような様相を呈した。釣り人は岸から石を投げ、よどみをかき乱して、釣り糸を沈めようとした。立ち昇る沼地のような臭気は、自動車産業の名家の上品な邸宅、一段高くなったグリーンのパドルテニスのコート、あかあかと照らされたテントの下で行なわれる卒業パーティーの中にも無遠慮に侵入した。社交界に初登場の女の子たちは、誰もが悪臭を思い出すシーズンにデビューすることになった不運を嘆いた。しかし、オコナー家では娘のアリスのデビューパーティーのテーマを〝窒息〟とする巧妙な解決策を見出した。客たちはタキシードとガスマスク、夜会服と宇宙飛行士のヘルメットという恰好で到着した。ミスタ・オコナー自身は深海用の潜水服に身を固め、ガラスのフェースマスクを開けて、バーボンの水割りをがぶ飲みした。パーティーもたけなわとなったところで、ヘンリイ・フォード病院（ミスタ・オコナーが理事をつとめていた）からその夜のために借りてきた人工肺からアリスが起き出した。空気中にひろがった腐臭も、お祭り気分に花を添えるくらいのものにしか感じられなかった。

ご多分に漏れず、ぼくらもリズボン家の姉妹のことは忘れて、アリス・オコナーのデビューパーティーに出かけた。赤いベストを着た黒人のバーテンダーたちが、身分証明書の提示を求めることもなくアルコールを振る舞ってくれた。そのお返しに、午前三時ごろになって、彼らが残ったウィスキーのケースをかしいだキャデラックのトランクに積み込んでいるのを見ても、黙っていてあげた。会場では、自殺しようなどとは思ったこともない女の子たちと知り合いになった。ぼくらは彼女たちに酒を飲ませ、ダンスをして、ふらふらにさせた。それから、網戸のついたベランダに連れ出した。彼女たちはハイヒールを途中で脱ぎ捨て、湿った暗闇の中でぼくらにキスした。と思うと、さっと離れて、外の茂みに向かってお上品に吐いた。ぼくらの中には、吐くときに頭を支えてやる者もいた。それから、ビールで口をすすがせて、その後、またキスをした。針金の鳥籠を布で覆ったようなフォーマルドレスを着た女の子たちは、どことなく怪物めいて見えた。頭の上には髪がうずたかく、しっかりと結い上げられていた。酒を飲んだり、キスしたり、あるいは椅子の中で酔いつぶれている彼女たちの向こうには、実はもう、カレッジが、夫が、子育てが、ぼんやりとしか感じられない不幸が待っているのだ――いいかえれば、人生が待っているのだ。

パーティーのほてりの中で、大人たちも顔を赤く染めていた。ミセズ・オコナーは袖つきの椅子から滑り落ちて、釣り鐘型にふくらませたスカートが頭の上までめくれ上がった。ミスタ・オコナーは娘の友だちの一人をバスルームに引っ張り込んだ。近くからきた人たちはみんな、頭の禿げたバンドが演奏する昔の歌を歌ったり、埃っぽい娯楽室を抜けて裏の廊下をぶらついたり、もう動いていないエレベーターに乗ったりして、そのままオコナー家で夜を明かした。人々はシャンペンのグラスを上げ、われわれの産業、われわれの国、われわれの生きかたはよみがえりつつある、と口々にいいあった。客たちは外に出て、湖へ連なるヴェニス風のランタンの下をそぞろ歩きした。月明かりを浴びて、湖面に浮かんだ藻が、けば織りのカーペットのように見え、湖全体が一段低くなったリヴィングルームといった風情だった。誰かが湖に落ちたが、すぐに助け上げられ、桟橋の上に寝かされた。「おれにはわかったぞ」その男はげらげら笑いながらいった。「さらば、残酷な世界よ!」男は転がって、もう一度、湖に落ちようとしたが、友人たちに止められた。

「きみたちにはわかってないんだ」男はいった。「おれはティーンエイジャーなんだ。問題を山ほど抱えてるんだ！」

「静かになさい」それを叱りつける女の声がした。「みんなの噂になるわ」

　木立を透かして、リズボン家の裏手が見えていたが、明かりはついていなかった。おそらく、そのときには電力会社が送電を止めていたのだろう。ぼくらは中に戻った。中では人々が楽しくやっていた。ウェイターがグリーンのアイスクリームが入った小さな銀のボウルを持ってまわっていた。ダンスフロアでは催涙ガスの缶が破裂し、無害な霧をまき散らしていた。ミスタ・オコナーはアリスとダンスしていた。みんながアリスの未来に乾杯していた。

　ぼくらは夜明けまでいた。人生ではじめてのアルコール漬けのあけぼのの中に出ていったとき（長年にわたって濫用され、今では芸のない監督しか使わない白っぽいフェードイン〔映像が次第にはっきりすること〕のようだった）、唇はキスをしすぎて膨れ上がり、口は女の子の味に興奮して震えていた。だが、ある意味では、ぼくらはすでに結婚して離婚している身だった。トム・ファヒームは借り物のタキシードのズボンのポケットから、およそタキシードなど借りそうもない人間が入れたままにしていたラブレターを見つけた。夜の間に孵ったばかりのヘビトンボが木や街灯にへばりついて体を震わせ、あるいは、下に落ちて、足もとの歩道をぐちゃぐちゃにしていた。そこを歩くのはヤマノイモの中を歩くようなものだった。

日中は蒸し暑くなりそうな気配だった。ぼくらはジャケットを脱ぎ、オコナー家の前の通りを足を引きずりながら歩き、角を曲がって、自分たちの家の方角に向かった。そのとき、先のほうのリズボン家に、救急車が回転灯を閃かせながら停まっているのが見えた。サイレンを鳴らす手間は省いたようだった。

例の救急隊員たちがやってきたのはその朝が最後になった。ぼくらにいわせれば、二人ともあまりにも行動がのろいくせに、太ったほうは、見せ物じゃないんだから、と無駄口をきいた。もうそのときには、二人ともすっかり勝手を知っていたので、ノックもせずにずかずか家に入っていった。かつて塀があった場所をまわってから、キッチンに入ってガスオーブンの栓が開いていないか確かめ、それから地下室に下りて梁に何もぶら下がっていないか見届け、最後に二階に上がっていった。二番目にチェックしたベッドルームに、二人が捜していたものがあった。寝袋にくるまって、大量の睡眠薬を飲んだ最後のリズボン家の娘の姿が。

メアリイが厚化粧をしていたので、救急隊員たちは葬儀屋が検分するのに備えてすでに化粧を施されたのかと訝った。口紅とアイシャドーがにじんでいるのに気づくまで、その疑念は消えなかった。メアリイは息を引き取る間際に、少しばかりそのあたりをかきむしったようだった。黒いドレスを着てベールをかぶった姿に、未亡人となったジャッキー・ケネディの喪服を思い出した人もいた。それはたしかにそうだった。制服姿の棺の担い手といった趣の救急隊員二人に付き添われて玄関を出てゆく最後の行進も、隣のブロックで破裂する休み明けの爆竹の音も、永遠の眠りにつく国の名士の葬儀の荘重さを思い起こさせた。リズボン夫妻はどちらも姿を見せなかった。そのために、メアリイを見送るのはぼくらの役目になった。ぼくらは最後に気をつけの姿勢をとった。ヴィンス・ファシリがロックコンサートでよくやるようにライターを掲げていた。永久《とわ》の炎に対して、威儀を正すのがぼくらにできる精一杯のことだった。

●

リズボン家の姉妹の苦しみは昔からよくあるもの、ほかの十代の自殺や時代を映した死と同じような原因から生じたもの、と位置づける一般的な説明を、ぼくらも当面は受けいれようとした。ぼくらはもとのとおりの生活に戻って、彼女たちをそのまま安らかに眠らせてあげようとした。だが、リズボン家に取り憑いて離れない何かがあったのだろう。どうしても目はそちらに向き、向くと必ず、屋根から弧を描いて燃え上がる炎、あるいは二階の窓で揺れる炎が見えるのだった。ぼくらの多くが夢を見つづけた。夢に現われるリズボン家の姉妹は生きていたときより現実感があり、目がさめると、あの世の彼女たちの匂いが枕もとにはっきり残っていた。ぼくらはほとんど毎日、もう一度証拠を吟味するために集まり、セシリアの日記の一部（ラックスがフラミンゴのように片足をあげて、冷たい海に入ろうかどうかためらっているところの記述は、当時、ぼくらの間で大いにうけていた)を読みあげた。しかし、そうした集まりを終えるたびに、どこにも出るあてのない迷路をたどっているような思いにとらわれ、だんだん気が滅入り、欲求不満がつのっていくのだった。

メアリイが自殺した日、運よく、墓地労働者のストライキが四百九日間にわたる調停の末に決着した。長期ストのせいで、霊安室は何カ月も前から満杯だった。州外で埋葬を待っていた多くの遺体は、故人の財力によって、あるものは冷凍トラックで、あるものは飛行機で戻ってきた。クライスラー・フリーウェイでは、トラックの一台が事故にあってひっくり返り、いくつもの金属製の柩が延べ板のようにこぼれ落ちた写真が新聞の一面を飾った。リズボン家の姉妹まとめての最終的な埋葬に立ち会ったのは、リズボン夫妻、仕事に戻った墓地労働者のミスタ・カルヴィン・ハニカット、ムーディー神父だけだった。埋葬できる場所が限られていたため、姉妹の墓は隣同士には並べられず、広い範囲に散らばった。その結果、会葬者は耐えがたいほど遅い墓地内の制限速度で墓から墓をまわらなければならなかった。リムジンに乗ったり降りたりを繰り返しているうちに、どの娘がどの墓に眠るのかわからなくなった、とムーディー神父はこぼした。「追悼の言葉もごく一般的なものにとどめておかなければなりませんでした」と、神父はいった。「あの日、墓地は大混乱してました。何しろ一年分の死者が集中したのですから。もうあちこちが掘り返されてましたよ」リズボン夫妻についていえば、あまりの悲劇にうちのめされて、何も考えられないまま、つき従っているというふうだった。二人とも言葉少なに、墓の脇から脇へ神父の後をついてまわった。ミセズ・リズボンは鎮静剤が効いたような状態で、鳥でも見ているようにずっと空を見上げていた。ミスタ・ハニカットはこういった。「それまで十七時間ぶっとおしで働いてたんだ。眠るなって気合を入れてな。その間に五十以上のほとけさんを埋めたよ。だけど、あの奥さんを見たとたんに、何かがっくりきたな」

ぼくらは墓地から戻ってきたリズボン夫妻の姿を見かけた。二人は毅然とした態度でリムジンから降り、自宅に向かって歩きだした。それぞれに正面の茂みをかき分けてポーチの階段への道を切り開き、スレートの破片が散らばる足もとに注意しながら歩いていった。ぼくらはそのときはじめて、ミセズ・リズボンと娘たちの顔が似ていることに気がついたが、それはミセズ・リズボンが被っていた黒いベールのせいだったのかもしれない。今でもミセズ・リズボンというとそのベール姿を思い出すという人がいる。ぼくらはベールのことはおぼえていないし、そういう細かい点はロマンチックな思い出の仕上げにしか過ぎないと思っている。しかし、ミセズ・リズボンが通りのほうを振り向き、それまでは一度もなかったことだが、ぼくらのほうに顔を向けたときの姿は今も脳裏に焼きついている。ダイニングルームの窓にひざまずいてながめている連中、薄く透きとおったカーテンからのぞいている連中、ピッツェンバーガー家の屋根裏部屋で汗をにじませて見ている連中、そのほか車のボンネット越しに、あるいは一、二、三塁のベース代わりに置いた箱から見ている連中、さらにはバーベキューをしたり、ぶらんこを思いきり揺らしながら見ている連中に顔を向けたときの姿が——ミセズ・リズボンは振り向いて、姉妹と同じ青い色の視線、冷たく、うつろで、ぼくらにははかり知れない視線を四方に送ると、また前を向き、夫の後を追って家の中に入っていった。

もう家具も残っていないので、リズボン夫妻もそう長く中にいるわけはないだろうと思った。ところが、三時間たっても二人は出てこなかった。チェイス・ビューエルがノックバットでプラスチック製のボールをリズボン家の庭に打ち込んだ。だが、戻ってくるなり、中に人の姿は見えなかったといった。チェイスはその後、もう一度ボールを打ったが、今度は木の間に突き刺さってしまった。その日はずっと、夜になってもリズボン夫妻が出てくるのを見かけなかった。二人がようやく家を出たのは真夜中になってからだった。アンクル・タッカーのほかに、二人が出ていくのを見た者はいなかった。後年、アンクル・タッカーに話を聞いたとき、彼は完全に素面《しらふ》で、何十年にわたる悪習からすっかり立ち直っていた。ぼくらも含め、疲れが目立つほかのみんなとは対照的に、彼だけがすばらしく元気に見えた。リズボン夫妻が出ていくのを見たおぼえがあるかどうかを尋ねると、あるという返事だった。「外に出てタバコを吸ってたんだ。あれは午前二時ごろだったな。そしたら、通りの向こうでドアの開く音が聞こえて、二人が出てきたんだ。おっかさんはひどいドジを踏んだみたいにしょげてたよ。車に乗るのもおとっつぁんが手伝ってたもんな。で、そのままいっちまったよ。えらく急いで。追ったてられるみたいにな」

翌朝、ぼくらが目をさましたとき、リズボン家にはもう誰もいなかった。家は前にもまして荒れ果てて見えた。むしばまれた肺のように内部から崩壊したという印象だった。家の所有権が若夫婦に移って、壁を剝がし、ペンキを塗り、屋根を葺き替え、茂みを根こそぎにして、芝生代わりのアジア種の植物を植える作業が進行する間、ぼくらは時間を見つけては、直観と論理をつきあわせ、何とか納得のいくストーリーをつくりあげようとした。若夫婦は正面の窓（まだぼくらの指や鼻の跡がついていた）をとっ払い、気密性の高いスライド式のガラス窓を取り付けた。白いオーバーオールとキャップの作業員たちは、家を砂吹き機で磨き、その後、二週間以上かけて白い塗料を分厚く吹きつけた。〝マイク〟と書かれた名札をつけた現場監督は、〝新ケニテックス方式〟は塗りなおしの必要がいっさいないと説明した。「もうじき、どこでもケニテックスを使うようになるさ」作業員が吹きつけ器を持って動き回り、コーティングを進めるそばで、監督はいった。改修工事が終わってみると、リズボン家は粉砂糖がしたたり落ちそうな巨大なウェディングケーキと化していたが、ケニテックスの塊が大きな鳥の糞のように落ちはじめるのに一年とかからなかった。それは、ぼくらがいまだに愛してやまないリズボン家の姉妹の形見をことさらに取り払おうとした若夫婦への復讐だ、とぼくらは思った。ラックスがその上でセックスしたスレートの屋根は、ざらざらした屋根板で覆われた。テレーズが土の主成分を分析した裏の花壇には、若妻が足を汚さずに花が摘めるように赤い煉瓦が置かれた。姉妹の部屋は、若夫婦がそれぞれの趣味をきわめるためのプライベートな空間になった――もとのラックスとテレーズの部屋にはデスクとコンピューターが、メアリイとボニーの部屋には織機が持ち込まれた。バスタブにはヘビトンボの幼虫が浮かんでいたことや、ラックスが水に突き刺したタバコが水から生えて息づく葦のように見えたこともあったが、それもファイバーグラス製の泡風呂を置くために取り払われた。ぼくらは歩道の端に出されたバスタブを調べながら、その中に身を沈めてみたいという衝動と戦った。バスタブに飛び込んで遊んでいる小さい子どもたちには、とてもその意味はわからなかっただろう。新しい家主の若夫婦は、家を瞑想と静穏のためのこぎれいな空間に変え、リズボン家の姉妹の混沌とした思い出を障子で隠してしまったのだった。

変わったのはリズボン家だけではなく、通りもまたそうだった。公園管理局は木を切りつづけた。残った二十本のニレの木を救うために病気の一本を切り、次には残った十九本を救うためにもう一本を切り、そうやって次々と切りつづけ、最後にはかつてのリズボン家の前の二分の一本だけになってしまった。管理局がその木を切りにきたとき、正視していられる者はいなかったが（ティム・ワイナーはその木をマン島語を話す最後の人にたとえた）、管理局は例によって電動のこで仕事を済ませ、それによってずっと遠くのほかの通りの木々を救った。リズボン家の木が処理されている間、みんな家の中にいたが、奥まった部屋にいてさえ、表が目もくらむほどまぶしくなったのが感じられた。近所の風景は露出オーバーの写真のようになってしまった。ぼくらは自分の住む郊外の住宅地区がほんとうに味も素っ気もないということを見せつけられた。すべてが碁盤の目に沿って配置されていたが、その面白味のない画一性を木々が覆い隠していたのだ。かつては意匠を凝らしてほかとは差をつけていた建築様式も、個性的と感じさせるパワーを失った。クリーガー家のチューダー様式、ビューエル家のフレンチコロニアル様式、バック家のフランク・ロイド・ライトの模倣——どれもが焼けつくような屋根を連ねているだけだった。

それからほどなく、FBIがサミイ・ザ・シャーク・バルディノを逮捕した。サミイ・ザ・シャークも脱出用トンネルにたどりつくことはできなかったわけで、結局、長い裁判の末に刑務所に入れられた。もっとも、伝えられるところでは、獄中から犯罪の作戦の指揮をとり続けているということだった。家族はそのまま屋敷に残ったが、日曜の午後に防弾仕様のリムジンに乗った男たちが敬意を表しにくることはなくなった。手入れされなくなった月桂樹は、てんでんばらばらの奇妙な形に生い茂った。一家がまき散らしていた恐怖も日ごとに薄れて、正面の階段脇の石のライオンをこぼつ者まで現われた。ポール・バルディノにしても、目のまわりに隈があって太っているというだけの男の子とあまり変わりがなくなった。そして、ある日、学校のシャワーで滑ったのか、押されたのか、ぼくらの目の前でタイルの上に倒れ、足の手当てをしてもらう羽目になった。ほかの家族の威信も同じように地に堕ちて、とうとうバルディノ家も引っ越していった。ルネッサンス様式の美術品と三台の玉突きテーブルは、三台のトラックで運び去られた。正体のよくわからない大金持ちが屋敷を買い取った。新しい家主は塀を一フィート高くした。

ぼくらが話した人は誰もが、ぼくらの地区の終焉がリズボン家の姉妹の自殺から始まったと見ていた。人々ははじめ、姉妹を責めたが、次第に様相が変わって、彼女たちをスケープゴートとしてではなく、予言者として見るようになった。ストレスによる障害とか神経伝達物質の不足といった彼女たちの自殺の個々の理由について、人々は忘れていくばかりだった。かわりに、その死は頽廃を見通した先見の明のため、とするようになった。全滅したニレ、過酷な日差し、衰退する一方の自動車産業についても、彼女たちは洞察力を発揮したのだ、と見るようになった。しかし、この思考の転換はほとんど気づかれないままに進んだ。というのは、ぼくらは顔を合わせることがほとんどなくなってしまったからだ。木がなくなって、落ち葉を掻き集めることもなくなり、落ち葉の山を燃やすこともなくなった。冬の雪も予想外れに少ない年が続いた。ぼくらののぞき見の対象のリズボン家の姉妹もいなかった。もちろん、ときどきは人生の憂鬱を思い出させる場所に思わず知らず引き寄せられることもあったが（リズボン家の姉妹は賢明にもそこを二度と見たくなかったのだろうと思えてきた）、たいていは独りで立ち止まり、かつてのリズボン家の白く塗りたる墓をじっと見上げるだけだった。

リズボン家の姉妹は自殺を身近なものにした。後に、ほかの知人たちが自ら命を絶つことを選んだとき——ときには、その前日に本を借りていたということもあった——彼らが邪魔なブーツを脱ぎ捨て、海を見下ろす砂丘に建つ無人の別荘につきものの黴臭さの中に足を踏み入れる姿をぼくらは決まって思い浮かべた。あの年老いたミセズ・カラフィリスがギリシャ語で雲に書き残した悲しみのサインを、彼らの一人一人が読みとったのだ。たどる道も違えば、目の色も頭のもたげかたも違っていたが、彼らは臆病といわれるのか、勇敢といわれるのかはともかく、そこに至る秘密を読み解いたのだ。そして、彼らの前にはいつもリズボン家の姉妹がいた。死にかけている森、ホースの水を飲もうとして浮上したところをプロペラで切り刻まれるマナティー（カイギュウ科の哺乳動物）に心を傷めて、彼女たちは自殺したのだ。ピラミッドよりも高く積み上げられた古タイヤの山を目にして自殺したのだ。ぼくらが誰一人として愛の境地に達していないのを見て失望して自殺したのだ。結局、リズボン家の姉妹を引き裂いた責め苦は、単純な道理に基づいた拒絶に由来していた。自分たちに手渡されたままの世界、瑕疵に満ちた世界を受けいれることはできないという拒絶に。

しかし、それは後になっての話だった。姉妹の自殺の直後、ぼくらの住む地区が一時的な汚名を着せられている間、リズボン家の姉妹の話題はほとんどタブーになっていた。

「しばらくの間、それは死体を掘り返すようなものだったからね」ミスタ・ユージーンはいった。「それに、リベラルなメディアの歪曲報道も役には立たなかったし。リズボン家の姉妹を救え。スネイルダーター（絶滅に瀕している淡水魚）を救え。ナンセンスだよ！」いくつもの家族が引っ越したり、別れたりした。みんながサンベルトに新天地を求めようとした。しばらくの間、ぼくらが遺産として受け継ぐのは荒廃だけという状況になりそうだった。ぼくらはまず、市の中心を棄てて腐敗から逃れた後、まわりを水に囲まれた岬の緑の岸辺を棄てたのだ。もう誰にもぴんとこないが、三百年前の卑猥なジョークで、フランス人開拓者が〝太い先っぽ〟と名づけた土地を。しかし、大移動も長くは続かなかった。人々は一人また一人と、よその地区での一時の逗留から戻ってきて、穴だらけではあったが記憶装置を再構築した。ぼくらはそこからこの調査結果を引き出したのだ。二年前、最後まで残っていた自動車産業関係者の大邸宅が解体され、敷地は分割されて売りに出された。玄関ホールを飾っていたイタリア産の大理石は――バラ色の色合いの珍しいもので、世界で一カ所の石切り場でしか採れないものだ――いくつかの塊に切り分けられ、金めっきした配管の取り付け具や天井のフレスコ画と同じようにばら売りされた。ニレの木もすっかりなくなって、代わりに植えられたいじけた木だけが残っている。そして、ぼくらも残っている。ぼくらはもうバーベキューさえ許されないが（市の大気汚染防止条例で）、もし許されるなら、断言はできないが、最低数人は集まって、リズボン家とその姉妹の追想にふけっているだろう。ブラシにへばりついた彼女たちの髪の毛をぼくらは後生大事に持っているが、それも自然博物館に展示してある人造の獣毛といった趣がますます強くなってきた。同じように、すべてが移ろおうとしている──資料1から97までは、コプト教徒の墓石のようにそれぞれに故人の写真が貼りつけられた五つのスーツケースにおさめられ、最後に残った木の一本の上につくりなおされた家に保管されていた。（資料1）家を写したミズ・ダンジェロのポラロイドには、苔のような緑がかった薄膜が生じていた。（同18）メアリイの古い化粧品はすっかり干からびて、ベージュ色の埃になろうとしていた。（同32）セシリアのキャンバス地のハイトップの靴は、歯ブラシや食器用の洗剤で洗っても追いつかずに黄ばんできた。（同57）ボニーの灯明用の蠟燭は夜な夜なネズミにかじられていた。（同62）テレーズの顕微鏡のスライドには、新たに侵入したバクテリアが見えた。（同81）ラックスのブラジャーは（ピーター・シセンが十字架にかけてあったのを盗んできたものだが、もう白状してもいいだろう）、おばあさんが身につけていたような何かこわばった人工装具のようになってきた。ぼくらは墓を十分に密閉しておかなかった。そのために、聖なる事物は滅びようとしている。

結局、ぼくらはジグソーパズルのピースを手にしたようなものだった。だが、それをどう組み合わせたところで、隙間が残った。まわりを囲んだピースによって描かれた奇妙な形の空間が。それは名づけることができない地図の国々のようだった。「どんな英知も逆説に終わるものだ」最後のインタビューを終えてぼくらが立ち去ろうとした間際に、ミスタ・ビューエルがいった。姉妹のことは忘れるように、神の手に委ねるように、といっているのだとぼくらは感じた。セシリアはこの世に順応できなかったために、あの世から呼ばれたために自殺したのだ、とぼくらは知った。いったんは放っておかれた姉たちも、あの世からセシリアが呼ぶ声を聞いたのだ、とも知った。しかし、そのような結論を下すときでさえ、ぼくらは喉が詰まるような感覚に襲われる。なぜなら、それは真実であると同時に真実でないからだ。姉妹のことは、新聞でさんざん書きたてられ、裏庭の塀越しにあれこれいいたてられ、また、精神科医の診察室でも長年にわたって語り継がれたが、けっして説明しつくせるものではないとぼくらは確信している。ミスタ・ユージーンは、癌や鬱病、その他の病気を引き起こす〝悪い遺伝子〟が今に発見されるだろうと語り、科学者たちはもうじき「自殺の遺伝子も見つける」だろうという希望を述べた。ミスタ・ヘドリーと違って、彼は姉妹の自殺を歴史の一瞬に対する反応とは見ていなかった。「まったく」彼はいった。「今どきの子どもたちは何を心配しなきゃならないのかね？　何かトラブルにあってみたいっていうなら、バングラデシュにでもいけばいいんだ」

「これは多くの要因が組み合わさった結果だ」ホーニッカー医師は最後の報告書の中でそう書いた。医学の上での必要から書いたのではなく、姉妹のことをどうしても頭の中から追い払えないというだけの理由で書いた報告書だった。「多くの人にとって」と、医師は書いている。「自殺はロシアン・ルーレットのようなものだ。つまり、薬室の一つにだけ弾が込められている。ところが、リズボン家の姉妹の場合、銃には弾が全部込められていた。家族へのいじめに対する弾。遺伝的な素質に対する弾。歴史の不安に対する弾。逆らい難い趨勢に対する弾。あとの二発は名づけることができないが、それは決して薬室が空だったということではない」

しかし、これはすべて風がおさまった後で追いかけたことだ。姉妹の自殺の核心は、悲哀や神秘ではなく、単純な自己愛にあった。姉妹は神の手に委ねるよりも、自らの手で決定をつかみ取った。彼女たちはぼくらの間で生きるにはあまりに強く、あまりに利己的に、あまりに夢見がちに、あまりに盲目的になりすぎていた。彼女たちの後に取り残されたのは、常に自然の死を乗り越えていく生ではなく、世俗的な事物ばかりのひどく細々したリストだった。壁でカチカチ時を刻む時計、真昼も薄暗い部屋、そして自分のことしか考えない女の度し難さ。女の脳はほかのことではぼやけていても、苦痛や自分だけの傷、失われた夢といった限られた一点ではぱっと燃え上がる。すると、すべての愛しいものも、後景に退いてしまう。とてつもなく大きな流氷の彼方で、小さな手を振る黒い点に縮んで、もう声も聞こえなくなる。そうなると、梁にロープを引っかけたり、偽りの長い生命線が刻まれた掌に睡眠薬を振り出したり、窓を大きく開けたり、オーブンのガス栓を開いたりすることになるのだ。彼女たちは自らの狂気のうちにぼくらを巻き込んだ。というのは、ぼくらは彼女たちの足跡を踏みなおし、彼女たちの思考をたどりなおさずにはいられなかったからだ。彼女たちの誰一人として、ぼくらのほうを向いてはこないということがわかったからだ。手首に剃刀をあて、血管を切り開く人間の空虚は、その空虚と静謐は、ぼくらには想像もつかなかった。だから、ぼくらは彼女たちの最後の足跡に、床についた泥の跡に、蹴飛ばされたトランクに鼻面をこすりつけなければならなかったのだ。彼女たちが自殺した部屋の空気をいつまでも吸わなければならなかったのだ。結局、彼女たちが享年何歳だったかということ、あるいは彼女たちが女の子だったということは問題ではなかったのだ。大切なのは、ぼくらが彼女たちを愛していたということ、彼女たちにはぼくらの呼ぶ声が聞こえなかったということなのだ。この木の上の家で、薄くなった髪、たるんだ腹を抱えているぼくらの声が今でも聞こえないということなのだ。彼女たちが永久に独りになるために、自殺して独りになるために赴いた部屋から呼びだそうとするぼくらの声が聞こえないのだ。その孤独は死よりも深く、その場所では彼女たちをもとどおりに復活させるピースは決して見つからないだろう。

リズボン家の崩壊

慶應義塾大学文学部教授・アメリカ文学
巽 孝之

ジェフリー・ユージェニデスという聞き慣れない新人作家の、原題どおりなら『処女たちの自殺』と訳せる奇妙なタイトルの処女作を薦められたのは、忘れもしない、一九九四年七月のことだった。

そのときのわたしは、いまやわが国では九〇年代アヴァン・ポップ文学の伝道師として知られる元フラワー・チルドレンのラリイ・マキャフリイ&シンダ・グレゴリー夫妻と、アメリカ西海岸はサンディエゴの都心から郊外へ車で二時間ほどのところにある砂漠のリゾートへ、ただひたすら車を走らせており、いわばオン・ザ・ロードの真最中。途上、休憩のため立ち寄った書店に、いま話題沸騰中というふれこみでこのユージェニデス作品が積んであり、すでに読了していたシンダが「とてもおもしろかった、きっと気に入るわ」と太鼓判を押してくれたのだった。

彼らふたりの推薦作品が外れたことはない。そして、ペイパーバックを一読するやいなや、ここには少女たちの連続自殺という家族の悲劇のみならず、七〇年代アメリカそのものの悲劇が、思いのほか巧妙かつ複合的に物語られているのに、わたしは深い感銘を受けた。帰国早々、本書の翻訳が出ると、一も二もなく当時担当していた朝日新聞夕刊の書評欄で取り上げたのは、そのためである。以下、手前味噌で恐縮だが、本書翻訳初版出版当時の歴史的記録として、また本書に関するいちばんてっとり早いアウトラインとして、全文引用させていただく。

世に自殺小説は数あれど、アメリカの新人作家ユージェニデスが九三年に発表したデビュー長篇『ヘビトンボの季節に自殺した五人姉妹』ほどヒネリの効いたものは珍しい。舞台は七〇年代前半とおぼしき米国ミシガン州の田舎町。ある初夏の日、リズボン家の末娘セシリアが自殺したのを皮切りに、表題どおり若く美しい姉妹たちの多様で奇怪な連続自殺がくりひろげられる。

物語は、当時彼女たちの友人だった少年が、二十年以上のち、膨大な調査記録をふまえつつ事件を回想するかたちで進む。だがこのジグソーパズル最大の仕掛けは、自殺の原因より自殺の預言性のほうにある。巧みな語り口の裏には、七〇年代以降のアメリカ的運命を見据える視座がある。

（朝日新聞「ウォッチ文芸」一九九四年八月二十五日付夕刊）

本書をことのほか熱烈に薦めてくれたシンダは一九四七年生まれ。いまでこそ同年代の夫と同じサンディエゴ州立大学教授として、また作家・批評家として幸せな結婚生活を送り、ダシール・ハメット研究の大家としても知られているが、六〇年代前半、まだ女子高校生だった時分には妊娠・出産を経験し、家庭内に大波乱をまきおこしている。本書で生き生きと描かれた少女たちは、厳格なる学校教師の父親のもと、いわば徹底的な家父長制に縛られつつ、そこからの果敢な脱出を試みるのだが、ひょっとしたらシンダ自身が、自らの多感にして反抗的だった「十代の少女」のころを、ヒロインたちの人生に絶妙に重ね合わせることができたのかもしれない。そしてわたしもまた、作者ジェフリー・ユージェニデスがほぼ同世代といってよい生まれで（わたしは一九五五年、彼は六〇年）、のちに述べるとおり、あるていどの同時代文化を共有することができたからこそ、国や環境はちがっても、「自らの十代」との共鳴を聴くことができたのかもしれない。したがって、原作出版から六年も経つ一九九九年に、作者よりはひとまわりも下の世代に属し性別さえ異なる若手女性映画監督ソフィア・コッポラが、本作品からあまりにも美しい映画版を紡ぎだし、自身の処女作として世に問うたのも、原作の存外に広く、超世代的にして全地球的な普遍性をもつ「十代の物語」に深く共感したためではなかったろうか。

ジェフリー・ユージェニデスは一九六〇年、『ヘビトンボの季節に自殺した五人姉妹』で舞台に設定されているミシガン州はデトロイト郊外のグロスポイントにて、銀行家の息子として生まれ育つ。この姓（Eugenides）にはどこかギリシャ風の色彩があるが（Eugene といえば高貴な家柄を意味する）、案の定、宗教はギリシャ正教。ブラウン大学英文科では創作を専攻し、ポストモダン文学の巨匠のひとりジョン・ホークスの薫陶《くんとう》を受け（この作家からはのちに本書への推薦の辞まで贈られることになる）、「情欲の領分その他の物語」を制作して優等で卒業、そののちスタンフォード大学でも研鑽を積む。タクシー運転手からヨット雑誌ライター、アメリカ詩人協会編集局員、それにインドではマザー・テレサに協力するヴォランティアなど、多彩な職業を経験。やがてニューヨークを拠点に創作活動にいそしみ、八〇年代には一時、映画脚本の道をめざすべくニコル奨学金を獲得。だが、一九九一年に本作品の第一章を〈パリス・レビュー〉に発表したことがきっかけでアガ・カーン賞を受け、九三年にはホワイティング賞、グッゲンハイム奨学金を、九五年には全米芸術基金をも取得し、創作一本に絞る。この間、前掲誌のほか〈ニューヨーカー〉、〈イエール・レビュー〉、〈コンジャンクションズ〉、〈グランタ〉、〈ニューヨーク・タイムズ・ブックレビュー〉など一流の舞台で活躍。最近ではアメリカ芸術院のハロルド・ヴァーシェル賞、さらにベルリン奨学金を得て、二〇〇〇年から一年間、最新長篇『ミドルセックス』を完成させるべくベルリン滞在。ウェブサイトでは、スーツ姿できっちりネクタイを締めた当人の近影が確認できる（http://www.americanacademy.de/fellows/Alumni/Fall_00/eugenides/body_eugenides.html）。

それでは、映画化されてますます人気急上昇中の本書『ヘビトンボの季節に自殺した五人姉妹』の普遍的な魅力とは、いったいどこにあるのか。

ユージェニデス本人の回想するところでは、本書のセンセーショナルな発想は、たまたまミシガン州の兄弟の家を訪問中、そこで働く若い家政婦がこんなふうに語るのを耳にしたことに起因する――「あたしの家じゃ、姉妹みんなが自殺しようとしたことがあるのよ」。彼が即座に理由を問いただしたのはいうまでもないが、家政婦はこう答えるばかりだったという――「みんなプレッシャーを感じてたからね」。この短い会話から、作家は「静謐なる郊外都市の内に秘められた言いしれぬ思春期のトラウマ」を洞察し、九〇年代アメリカ文学を代表する小説を書き上げることになる。

アメリカ文学史上に定位するならば、本書はひとつの郊外小説、つまり地方色小説という以前に、アメリカ最初の小説であるウィリアム・ヒル・ブラウンの『共感力』（一七八九年）から十九世紀ロマン派作家ハーマン・メルヴィルの『ピエール』（一八五二年）や世紀末作家ケイト・ショパンの『目覚め』（一八九九年）、さらに冷戦時代の詩人小説家シルヴィア・プラスの『ベル・ジャー』（一九六三年）と続く伝統的な自殺小説の系譜に連なるだろう。それらがいずれも若さゆえの苦悩を扱っていることを思えば、ここにJ・D・サリンジャーの『ライ麦畑でつかまえて』（一九五一年）を代表とする青春小説の系譜を見て取ることもできる。作者本人の発言や想像力の品質を尊重する限り、ヘンリー・ジェイムズの『ある貴婦人の肖像』（一八八一年）やウラジミール・ナボコフの『ロリータ』（一九五五年）の影響も外せまい。

とはいえ正直なところ、わたし個人の第一印象は、これはじつは上出来の七〇年代音楽小説、ないしほとんど七〇年代DJ小説と呼んでもよい物語ではないか、というものだった。そう感じざるをえないほどに、本書には七〇年代フレイバーのアングロアメリカン・ポップスが蔓延している。当時、リアルタイムで青春を送った人間はもちろん、今日、リバイバル中の七〇年代ポップスにハマっている人間にも、それは一目瞭然。何しろ、本書にはサイモン&ガーファンクルの《明日に架ける橋》やギルバート・オサリヴァンの《アローン・アゲイン》、キャロル・キングの《去りゆく恋人》、ジェイムス・テイラーの《きみの友だち》から、ジム・クロウチの《タイム・イン・ア・ボトル》に至る音が渦巻くばかりか、終盤では、語り手となる少年たちが、家の中に幽閉された少女たちと意思疎通を図る手段として、これらのポップ・ソングをフル活用するのだ。

しかも、学園のアイドルとなり、とうとうリズボン家四女のラックスを射止めるトリップ・フォンテインがドラッグを吸いながらトリップするためのBGMとして「ピンク・フロイドかイエス」（第三章、九九頁）が選ばれている点に注目するならば、本書はおそらくイエスの『危機』が火付け役のひとつとなったプログレッシヴ・ロック・ブームを睨んでいるであろうから、おおむね一九七二年から七三年（それはクロウチの七二年アルバムから前掲《タイム・イン・ア・ボトル》がシングルカットされた年だ）にかけての時代を基本設定に据えているものと思われる。ヨーロッパには長く、記憶の宮殿の中で個々の概念を別々の「絵」の中に封じ込め、必要とあらば頭の中のその図像を思い出すことで瞬時にしてデータを引き出すという記憶術の伝統があるが、さてここでユージェニデスが用いているのは、ひとつひとつの人生経験を一曲毎の「音」に封じ込め、どれだけの歳月を経たあとでも、ふたたびその調べを耳にしたならたちまち当時起こった各々の事件のディテールの細部まで甦《よみがえ》らせることができるという、いわば記憶の音楽堂ともいえる方法論にほかならない。そもそもタイトル自体が、クルーエル・クラックスなるバンドの《処女の自殺》から採られたという設定なのである。

そして、いちばん衝撃的なのは、これら七〇年代前半の「音」には、リズボン家の崩壊もさることながら、アメリカ合衆国全体の危機が、さながら「集団的記憶」のように封じ込められていることだ。そもそもデトロイトは世紀転換期より自動車工業のメッカ「モーター・シティ」となり、第二次世界大戦中には軍需産業都市としてその名を轟かせ、今日でも同市を抱くミシガン州は全米の自動車の約三十二パーセント、トラックの約二十パーセントを生産する。ところが、じっさいのところ六〇年代に勃発した公民権運動によって、人々は同市を離れるようになり、七三年を岐路とするオイル・ショックの時代には、自動車業界は不況に追い込まれていく。六〇年代以降、最先端の実験文学はみな、世界がどんどん衰亡し断片化していくという「無秩序指向《エントロピー》」を好んで描くようになったが、ユージェニデス本人の回想では、当時のデトロイトはわざわざ実験的手法に訴えなくとも、まさにそうした崩壊感覚をごくごく日常的に体現する時空間であった。

かくして家族の崩壊とデトロイトの崩壊、そして国家アメリカの崩壊が絶妙に連動する。本書は第三章で「残った姉妹はケネディ家の人々のように耐える力を身につけた」（一四四頁）と記し、第五章、最後のリズボン姉妹であるメアリイがとうとう自殺して葬られる折には（映画版ではこの痛ましいくだりは削除されている）「黒いドレスを着てベールをかぶった姿に、未亡人となったジャッキー・ケネディの喪服を思い出した人もいた」と綴るが、ここに現代アメリカ特有の崩壊の歴史を見出すのは、決してむずかしくない。

具体的にいえば、一九六三年のジョン・F・ケネディ第三十五代大統領暗殺の瞬間から、一九七三年、泥沼化したヴェトナム戦争での敗北が決定するとともに、前年度に発覚したウォーターゲート事件で、リチャード・ニクソン第三十七代大統領が証拠湮滅工作を図ったことが明るみに出た瞬間までのプロセス、ここに二十世紀アメリカ最大の崩壊劇がひそむ。それは、戦後アメリカが世界の覇者として黄金時代を迎えたにもかかわらず、冷戦期におけるさまざまな失策から崩壊の度合を強め、ついには国民が国家へ根深い不信感を抱くようになるまでのプロセスであった。新たなるエデンとして始まったアメリカは、誰の目にも、当初の汚れなき初心、すなわちイノセンスを失ってしまったのであり、だからこそ、アメリカ人は楽園と無垢を取り戻すべく躍起になった。本書の舞台設定とも重なる一九七三年に公開されたウィリアム・フリードキン監督のオカルト映画『エクソシスト』が、まさしく悪霊に取り憑かれたひとりの少女を救う物語だったことを思い出そう。七〇年代前半、いちばん「悪魔祓《ばら》い」が必要だったのは、少女リーガンに仮託された国家アメリカそのものだったのである。

したがって、リズボン家の姉妹たちによる連続自殺もまた、とうに個人的水準を超えたところで、以後のアメリカの運命に関する思いのほか重大な預言的役割を持たされていることに、わたしは感銘を新たにする。それは、十七世紀末のセイラムの魔女狩りが、事実上、少女たちの反乱に根ざしていたことを彷彿とさせる。本書ではさらに、環境汚染の文脈において、姉妹たちの深く感情移入するニレの木が象徴的に描かれていることも、そしてその木の処理をめぐって姉妹たちが徹底抗戦することも、すべて七〇年代以後のアメリカに関わる、いやアメリカを中心にした全地球に関わる深い洞察を与えてやまない。

ちなみに、計算してみると、本書『ヘビトンボの季節に自殺した五人姉妹』で最初の自殺者としてクローズアップされる末娘、十三歳のセシリアは、作者ジェフリー・ユージェニデスとほぼ同じころ、つまり一九六〇年ごろの生まれ。そして、中心舞台をなす一九七二年というのは、本書を映画化したソフィア・コッポラがこの世に生を享《う》けたばかりで、実父フランシス・コッポラの出世作『ゴッドファーザー』（一九七二年）の受洗場面に登場し、早々と映画デビューを飾った時期にあたる。ただし、この物語をさらに広げたいと願う彼女は、10CCが一九七五年にヒットさせた《アイム・ノット・イン・ラヴ》をダンス・パーティの場面で使ったり、現在活躍中のフランスのエールやブライアン・リエトゼルに音楽面での参加を仰ぎ独自の七〇年代風時空間を創造したりと、細かい仕掛けに余念がない。

ふつう小説原作と映画版は大幅に乖離《かいり》するものだが、本書の場合の映画化は原作の心に最も忠実ながら、九〇年代独自のカルト的な脚色も多々なされているため、ぜひとも映画版のほうもごらんになるよう、強くおすすめしたいと思う（詳細は http://www.paramountclassics.com/virginsuicides/html_3/index.html、および http://www.theannashack.50megs.com/sofia.htm 参照）。姉妹の中心を成す四女ラックスが、ジョディ・フォスターの再来というべき天才少女キルステン・ダンストによってみごとに演じられているのも、話題のひとつだ。そして何より、一九七〇年代が死に絶えるどころか二十一世紀の今日にも脈々と息づいていることを、これほどみごとに表現した映像はきわめて少ないのだから。

二〇〇一年五月

本書は一九九四年八月に早川書房より単行本
として刊行された作品を文庫化したものです。

悪童日記

Le Grand Cahier

アゴタ・クリストフ

堀 茂樹訳

戦争が激しさを増し、ふたごの「ぼくら」は、小さな町に住むおばあちゃんのもとへ疎開した。その日から、ぼくらの過酷な生活が始まる。人間の醜さや哀しさ、世の不条理——非情な現実を目にするたび、ぼくらはそれを克明に日記に記す。戦争が暗い影を落とす中、ぼくらはしたたかに生き抜いていく。圧倒的筆力で人間の内面を描き読書界に旋風を巻き起こしたデビュー作。

日はまた昇る〔新訳版〕

The Sun Also Rises

アーネスト・ヘミングウェイ
土屋政雄訳

第一次世界大戦後のパリ。芸術家が享楽的な日々を送るこの街で、アメリカ人ジェイク・バーンズは特派員として働いていた。彼は魅惑的な女性ブレットと親しくしていたが、彼女は離婚手続き中で別の男との再婚を控えている。そして夏、ブレットや友人らと赴いたスペイン、パンプローナの牛追い祭り。七日間つづく祭りの狂乱のなかで様々な思いが交錯する……巨匠の代表作

ハヤカワ epi 文庫は、すぐれた文芸の発信源（epicentre）です。

訳者略歴　立教大学文学部英米文学科卒，英米文学翻訳家
訳書『孤独の要塞』レセム
『T・S・スピヴェット君　傑作集』ラーセン
『琥珀の眼の兎』ドゥ・ヴァール
『マリッジ・プロット』ユージェニデス
（以上早川書房刊）他多数

ヘビトンボの季節《きせつ》に自殺《じさつ》した五人姉妹《ごにんしまい》

〈epi 7〉

二〇〇一年六月十五日　発行
二〇二一年八月二十五日　六刷
（定価はカバーに表示してあります）

著者　ジェフリー・ユージェニデス
訳者　佐《さ》々《さ》田《だ》雅《まさ》子《こ》
発行者　早川浩
発行所　株式会社　早川書房
郵便番号　一〇一 - 〇〇四六
東京都千代田区神田多町二ノ二
電話　〇三 - 三二五二 - 三一一一
振替　〇〇一六〇 - 三 - 四七七九九
https://www.hayakawa-online.co.jp
乱丁・落丁本は小社制作部宛お送り下さい。
送料小社負担にてお取りかえいたします。

印刷・中央精版印刷株式会社　製本・株式会社川島製本所
Printed and bound in Japan
ISBN978-4-15-120007-6 C0197

本書は活字が大きく読みやすい〈トールサイズ〉です。